ALIEN-GEÄCHTETER

Gefährtinnen der Sandmeer-Warlords
Buch Fünf
Von Ursa Dax

I0637164

Danksagung

WIE IMMER MÖCHTE ICH mich bei all meinen wundervollen Leser:innen und neuen Freund:innen auf diesem Alien-Abenteuer bedanken. Ein Riesendankeschön geht an meinen grandiosen Ehemann RSH und meine Eltern SMD und RPD für ihre unentwegte Unterstützung.

RECHTLICHER HINWEIS

Alien-Geächteter © 2021 Veronica Doran

Übersetzung: Stefanie Kersten

Lektorat: Debora Exner

Korrektorat: Tanja Eggerth

Peace Weaver Press Inc.

5-190 Minet's Point Drive, Suite 140, Barrie, ON, Canada, L4N 8J8

ursadaxwriter@gmail.com

ISBN: 978-1-7381129-5-1

Triggerwarnung

IN DIESEM BUCH WIRD der Verlust der Eltern durch einen Autounfall erwähnt (nicht detailliert beschrieben). Außerdem gibt es einige Kampfszenen, in denen Gewalt dargestellt wird. Des Weiteren kommt es zu einer Szene, in der ein Charakter beinahe ertrinkt.

KAPITEL EINS
Zoey

„WAS GLAUBST DU, WAS das ist?"

Meine Frage ließ Kat von ihrem Mikroskop aufschauen. Die grellweiße Beleuchtung des Labors schien auf ihren rasierten Kopf und ließ die Piercings in ihren Ohren, der Augenbraue und der Nase glitzern.

„Weiß ich noch nicht genau. Aber so etwas habe ich noch nie untersucht, das ist mal sicher."

Ich schob mir noch einen Cheeto in den Mund. Die Tüte hatte ich mir aus dem Überwachungsraum geholt, der für den Großteil meiner bisherigen Zeit auf diesem Planeten mein Zuhause gewesen war. *Bisher.* Jetzt nicht mehr. Seit etwas über einer Woche war ich im Alien-Lager bei den anderen Frauen untergebracht.

Kat wandte sich wieder ihrer Arbeit zu. Auf dem Objektträger, den sie inspizierte, war ein Tropfen dessen, was die Aliens das Blut der Lavrika nannten. Die seltsame weiße Flüssigkeit, in die ich in den Höhlen hineingewatet war und die mir auf rätselhafte Weise eine komplette Alien-Sprache in den Kopf gepflanzt hatte. Sie hatte auch Kats Partner – oder sogenannten Gefährten – vor dem sicheren Tod bewahrt. Ich verschluckte mich hustend an meinem Cheeto, weil mir die Erinnerung an diese furchtbare Nacht die Kehle zuschnürte.

Stirnrunzelnd warf Kat mir einen Blick zu. „Muss ich den Heimlich-Griff auspacken?"

Zwischen keuchenden Atemzügen formte ich das Wort „Nein" mit den Lippen, schluckte schwer und konnte nicht verhindern, dass mein Blick zu der Stelle wanderte, wo Ga-lok – Kats riesiger Alien-Kerl –beinahe auf dem Boden verblutet wäre. Kat hatte nach unserer Rückkehr sofort alles sauber gemacht und die Fliesen dabei so heftig geschrubbt, dass ich fast erwartet hatte, dass sie irgendwann auf das Met-all darunter stieß. Alles, was noch an diese Nacht erinnerte, war ein leicht verfärbter Fleck.

Zum Glück hatte Galok es ganz gut überstanden. Tat-sächlich hatte er sich mittlerweile so gut erholt, dass er genug Kraft hatte, um ständig hier reinzukommen und Kat abzu-lenken.

Und prompt tauchte er auch schon wieder auf, vermut-lich zum achzigsten Mal, seit wir vor ein paar Stunden hier angekommen waren. Argwöhnisch machte ich einen Schritt zur Seite, als er hinter Kat trat und ihr über die Schulter schaute. Ich hatte mich noch nicht an diese Aliens gewöhnt. Schließlich hatte ich sie wochenlang nur über die Sicherheit-skameras beobachtet. Die anderen Frauen hatten die ganze Zeit über schon Seite an Seite mit ihnen gelebt und einige hatten sich sogar in einen Alien verliebt. Bisher schien das Sandmeer-Volk ganz okay zu sein, aber es war mir immer noch sehr fremd, sie um mich zu haben.

Nicht, dass ich daran jetzt etwas ändern konnte. Nachdem wir bei unserem letzten Besuch im Schiff angegriffen worden waren, begleitete uns diesmal eine ganze Gruppe von Alien-Kriegern als Leibwächter. Ich hatte die Hälfte unserer Aufgaben bereits erledigt, indem ich einen Haufen nützlichen Kram aus dem Laderaum zusammengetragen hatte (unter anderem einen Teil der an Bord geschmuggelten Snacks, die die Crew gehortet hatte). Kat übernahm die anderen Hälfte – unterschiedliche Rohstoffe vom Planeten zu analysieren, um irgendwann wichtige Dinge wie Sonnenmilch herzustellen. Und heute hatte sie eben auch eine Probe vom Blut der Lavrika mitgebracht.

„Was erzählt dir diese kleine schwarze Augenröhre über das Blut der Lavrika?", erkundigte sich Galok und beugte sich etwas weiter vor, um an Kat vorbeizuspähen, die förmlich am Okular des Mikroskops klebte.

„Sie erzählt mir, dass du dich verziehen und mich arbeiten lassen sollst", brummte sie und erwischte Galoks beeindruckenden Bizeps, als sie abwesend nach ihm schlug. Mann, diese Kerle waren die reinsten Muskelpakete. Und mindestens zwei Meter groß. Für eine ganz normale Frau von der Erde war das ziemlich ... überwältigend.

Galok grinste, gehorchte aber und ging zur Tür zurück. Abgesehen von einem ungewöhnlich grimmigen Ausdruck in seinen Augen schien er komplett ungerührt von dem zu sein, was beim letzten Mal hier passiert war. Soweit ich es verstanden hatte, wurden diese Typen ständig in irgendwelche Kämpfe verwickelt und blickten dabei auch gerne mal dem Tod ins Auge. Das hatte ich bisher noch nicht ganz verinnerlicht.

Galok unterhielt sich mit einem der Wachposten im Flur und ich trat wieder neben Kat.

„Im Ernst jetzt: Was siehst du?"

„Es ist verrückt", hauchte Kat, ohne vom Mikroskop aufzuschauen. „Das ist mit Sicherheit das Zeug, das die Menschen auf diesem Planeten abbauen wollten. Es leitet nicht nur Energie, es ist auch selbst eine Energiequelle. Wahrscheinlich würde jeder Scanner auf unserem Forschungsschiff Alarm schlagen und es sogar so tief verborgen in den Höhlen noch erfassen."

„Oh wow ...", flüsterte ich, schob meine Brille etwas nach oben und strich meine langen Zöpfe nach hinten. Jepp, darauf waren die Machthaber der Erde ganz bestimmt aus. Aber war es das wert, uns alle auf diesem verfluchten Planeten auszusetzen? Das bezweifelte ich doch stark.

Ich seufzte. Vielleicht sollte ich mir ein Beispiel an Kat und so vielen der anderen Frauen nehmen, die ihr neues Leben hier akzeptiert hatten. Ich musste mich damit abfinden, dass ich nie nach Montréal zurückkehren und meinen Abschluss in Maschinenbau an der McGill machen würde. Meine Eltern – die einzige Familie, die ich noch gehabt hatte – waren letztes Jahr bei einem Autounfall gestorben, also wartete niemand auf mich, aber trotzdem ...

Ein schmerzhafter Stich durchzuckte meine Brust und ließ mich scharf Luft einziehen. Hastig blinzelte ich gegen die aufsteigenden Tränen an, wurde dann jedoch davon abgelenkt, dass Galok schon wieder hereinkam, um seiner Gefährtin auf die Nerven zu gehen.

„Ich kann so nicht arbeiten", stöhnte Kat, riss sich vom Mikroskop los und durchbohrte Galok mit einem Todesblick. Und ganz ehrlich? Das hob meine Stimmung ein bisschen. Zu sehen, wie Kats finstere Miene ein immer breiteres Lächeln auf das Gesicht ihres völlig vernarrten Freunds zauberte, war merkwürdig amüsant.

„Die Nacht bricht bald herein. Wir sollten den Rückweg ins Lager antreten", sagte Galok und Kat seufzte.

„Müssen wir wirklich schon gehen?", fragte sie und ihr Stirnrunzeln vertiefte sich.

„Ja, sollten wir", erwiderte ich und konnte das leichte Zittern meiner Stimme nicht unterdrücken. Der Angriff, bei dem Galok beinahe gestorben war, war nachts passiert. Auch wenn es mir noch etwas fremd war, fühlte ich mich definitiv wohler, bei den anderen Clans zu sein, wenn es dunkel wurde.

„Na gut. Wahrscheinlich habt ihr recht. Wir wollen ja nicht, dass der große Kerl hier wieder eine Abreibung kassiert", gab Kat nach und lehnte sich an Galoks Brust. Ihr Tonfall war sarkastisch, doch ihre Miene wurde weicher. Ich wusste, dass sie entsetzliche Angst gehabt hatte, ihn zu verlieren. Ihr Gesichtsausdruck verriet es sogar jetzt – obwohl sie es mit Missbilligung tarnte.

Wir packten schnell zusammen und eilten hinaus in die Dünen. Die vier Krieger, die im Gang vor dem Labor Wache gestanden hatten, begleiteten uns und wir grüßten die anderen sechs, die mit gezogenen Klingen kampfbereit bei den *irkdu*-Kreaturen warteten.

Ja, wenn ich die Känguru-Kerle schon für schräg gehalten hatte, waren ihre Reittiere noch viel schräger: gewaltige, monströse Wesen, so groß wie ein kleiner Wal auf der Erde, mit matten grau-violetten Schuppen, Hunderten von Insektenbeinen, einer langen, reptilienartigen Schnauze und viel zu vielen Augen.

„Man gewöhnt sich an sie", versicherte mir Kat und klopfte mir lächelnd fest auf die Schulter.

„Das hoffe ich", entgegnete ich zurückhaltend. Die *irkdu* schienen ein wichtiger Bestandteil des Lebens hier zu sein. Längere Strecken legte man vorwiegend auf ihnen zurück. Und die Strecke zwischen dem Schiff und dem Lager wurde wohl als lang genug angesehen, um auf sie zurückzugreifen. Außerdem konnte man sie mit den Vorräten beladen, die wir ins Lager zurücktransportieren mussten.

Galok hob mich in den Sattel seines Reittiers, als würde ich nichts wiegen. Kurz darauf spürte ich Kat hinter mir. Es war eng mit uns beiden im Sattel, obwohl Kat so zierlich war, aber ich war noch nicht bereit, allein mit einem der anderen Krieger zu reiten. Bei Kat und Galok fühlte ich mich wohl.

Ich atmete tief durch, um meine Nerven zu beruhigen, und ließ den Blick über die Wüste wandern, während der Rest unseres Trupps aufsaß und sich bereit zum Aufbruch machte. Die Dämmerung tauchte alles in düstere Abstufungen von Kupferrot, Rostorange und sogar Indigoblau. Der Asteroidengürtel, der den Planeten umgab, erschien am Horizont und schimmerte deutlich sichtbar am dunkler werdenden Himmel. Weit in der Ferne konnte ich die Klippen von Uruzai, an deren Fuß sich unser Lager befand, als gezackte schwarze Linie ausmachen.

Wir setzten uns in Bewegung und jagten mit atemberaubender Geschwindigkeit über den Sand. Ich gab ein überraschtes Quietschen von mir und klammerte mich mit einer Hand an den Sattel, während ich meine umherpeitschenden

Zöpfe mit der anderen unter den Kragen meiner Solarschutzjacke stopfte.

Hinter mir stieß Kat ein Jubeln aus. Die anderen Krieger fächerten aus und bildeten einen schützenden Kreis um uns. Ich wurde ordentlich durchgeschüttelt, während wir über Dünen und durch Senken fegten. Auf den massigen Tieren brauchten wir nicht lange zu den Klippen und kurz darauf verringerte unsere Gruppe das Tempo auch schon wieder. Wir bewegten uns an dem Wall aus dunklem Stein entlang auf die Einbuchtung zu, in der sich das Lager befand.

Direkt vor den Zelten hielten wir an. Die *irkdu* waren zu groß, um durch das Lager zu stampfen, und sie schienen die ganze Nacht über im Freien zu grasen und umherzustreifen. Galok half Kat zu Boden und streckte mir dann eine große, krallenbewehrte Hand hin. Mit einem angespannten Lächeln ergriff ich sie und mir wurde unwillkürlich wieder bewusst, wie fremdartig sich seine Haut an meiner anfühlte und wie gigantisch seine Hand im Vergleich zu meiner war, als er mich aus dem Sattel hob.

Die Unterschiede zeigten sich noch deutlicher, als er an Kats Seite trat und ihr einen Arm um die Schultern legte. Galok war einer der größten Alien-Männer, die ich bisher gesehen hatte, und Kat war definitiv die kleinste der menschlichen Frauen. Der Kontrast zwischen ihnen war fast schon skurril. Kopfschüttelnd schaute ich den beiden hinterher, folgte ihnen dann aber eilig. Ich hatte mich während meiner Zeit auf dem Schiff so daran gewöhnt, allein zu sein, dass ich mich manchmal selbst daran erinnern musste, dass ich Teil dieser Gruppe war und auch dort hingehen musste, wo sie hingingen.

Obwohl es mittlerweile fast vollkommen dunkel war, herrschte im Lager rege Betriebsamkeit. Und es lebten sehr viel mehr Leute hier als an meinem ersten Tag. Vermutlich hatte der Angriff auf Galok die drei Clans, die sich derzeit hier aufhielten, näher zusammenrücken lassen. Der dritte Clan, dem sich Melanie als Gahnala angeschlossen hatte, war zu den ersten beiden gezogen und hatte seine Zelte zwischen denen der anderen aufgeschlagen. Zwischen diesen und dem großen, in dem alle menschlichen Single-Frauen zusammen schliefen, errichteten einige der Alien-Frauen und -Kinder das große abendliche Feuer. Andere Frauen kauerten auf dem Boden und nahmen die Beute aus, die die Jäger nach Hause gebracht hatten – große bisonähnliche Tiere, deren Fleisch unsere tägliche Nahrung darstellte. Männer, die von der Jagd oder der Patrouille zurückkamen, strömten ins Lager. Wenn ich es richtig verstanden hatte, blieben viele Krieger jedoch draußen und gingen in sehr viel größeren Gruppen als üblich auf Patrouille. Doch schon jetzt war der Überschuss an Männern deutlich sichtbar. *Kein Wunder, dass sie auf der Suche nach Gefährtinnen sind ...*

Na ja, das war vielleicht nicht ganz fair. Die Aliens wählten ihre Gefährtinnen nicht einfach so selbst aus, das machten die Lavrika für sie, eine Art Alien-Drachengottheit oder Naturgeist oder was auch immer. Das Wesen, das uns bei Galoks Nahtoderfahrung in die Höhlen geführt hatte. Das ihn geheilt und mir die Fähigkeit geschenkt hatte, die Sprache des Sandmeers zu verstehen und zu sprechen. Diese Sache mit der Gefährtenbindung war mir noch ein bisschen schleierhaft. Kam mir irgendwie esoterisch vor. Andererseits hatte ich die Macht der Lavrika live und in Farbe miterlebt.

Wenn sie Leute von der Schwelle des Todes zurückholen konnten, konnten sie wahrscheinlich auch dafür sorgen, dass man sich in jemanden verliebte.

Obwohl diese Macht bisher noch keine direkte Auswirkung auf Menschen gezeigt hatte. Nur auf die Aliens. Und soweit ich es bei Galok und Kat mitbekommen hatte, mussten sich die Alien-Männer dann den Arsch aufreißen, um das Herz der Menschenfrau zu gewinnen.

„Kommst du? Lass uns was essen, ich verhungere." Kats Stimme riss mich aus meinen Gedanken. Sie war mit Galok stehen geblieben und schaute mich erwartungsvoll an.

„Sorry." Ich schloss eilig zu ihnen auf.

„Ist alles noch ein bisschen viel, hm?", erkundigte sich Kat grinsend.

„Allerdings", antwortete ich mit einem zittrigen Lachen. Ich ließ den Blick über die zahlreichen Zelte aus braunem Leder schweifen, die Aliens dazwischen, die beeindruckenden, fast bedrohlich dunklen Klippen hinter dem Zelt der Menschen. Dadurch wäre ich jedoch fast über ein kleines Alien-Kind gestolpert, das mir direkt vor die Füße rannte, was mich mit einem erschrockenen Japsen stehen bleiben ließ. Wobei, klein ... Der Junge hatte Pausbäckchen und war insgesamt noch sehr rundlich-weich, wie ein typisches Kleinkind, aber tatsächlich war er schon so groß wie ein achtjähriger Mensch, wenn nicht sogar größer.

„Da geht einem viel durch den Kopf", meinte Kat mit einem Nicken, als wir beim Lagerfeuer ankamen.

„Das kannst du laut sagen", murmelte ich. Die meisten anderen Menschen saßen zusammen mit einigen Alien-Frauen und -Kindern auf einer Seite des Feuers. Auf der anderen Seite entdeckte ich Cece mit ihrem Gefährten, dem Anführer eines der drei Clans, und Melanie mit ihrem Partner. Chapman saß in der Nähe der Menschen bei ihrem Gefährten, einem zwielichtig aussehenden Kerl mit roten Augen, dessen Gesichtausdruck immer zwischen unbändiger Wut und einem irren Lächeln zu wechseln schien. Als sein Blick auf Galok fiel, überwog definitiv die Wut, doch ein kurzer Ellenbogenstoß in die Rippen von Chapman schien ihn wieder runterzuholen.

Was die wohl für ein Problem miteinander haben?, dachte ich und setzte mich so, dass sich die anderen Frauen links von mir und Kat und Galok rechts von mir befanden.

„Wie war's auf dem Schiff?", wollte Theresa wissen und lehnte sich neugierig ein wenig nach vorn.

„Gut", sagte ich. „Diesmal gab es zum Glück keine Katastrophen."

Theresa lächelte und der Feuerschein flackerte über ihr blondes Haar und die Grübchen in ihren Wangen. „Auf diesem Planeten ist das echt ein Segen."

Ich erwiderte ihr Lächeln und rückte etwas näher zu ihr, da Kat sich offenbar mal wieder mit Galok zankte.

„Und was habt ihr heute so gemacht?" Ich war noch dabei, den Alltag hier zu verinnerlichen, die Abläufe und Routinen.

„Bloß das Übliche. Wir haben den anderen Mädels dabei geholfen, Tierhäute auszuklopfen und sie sauberzumachen. Ich habe gelernt, wie man die großen Viecher ausnimmt, die die Jäger uns anschleppen. Die *dakrival.*"

Ich machte große Augen. „Liebst du Tiere nicht abgöttisch?", fragte ich perplex.

Sie zuckte mit den Schultern. „Ja, schon. Auf der Erde war ich Tierarzthelferin. Aber ich habe auch bei Operationen assistiert und musste während der Ausbildung einen Haufen Tiere sezieren. Also bin ich irgendwie schon daran gewöhnt. Außerdem ist es notwendig. Neben diesen Kaktusdingern ist das Fleisch das einzige hier, was man wirklich gut essen kann. Und ich will mich nützlich machen."

Sie schaute so ernst drein, dass ich wieder lächeln musste. Dann verzog ich jedoch das Gesicht und schlug mir die Hand gegen die Stirn. „Oh mein Gott, das hab ich ja ganz vergessen! Wir haben eine ganze Menge Snacks aus dem Schiff mitgebracht. Die Crew hatte das gute Zeug für sich gebunkert. Chips und Cheetos und sogar Schokolade."

„Schokolade?!"

„Jepp", bestätigte ich grinsend und reckte den Hals. Von meinem Platz aus konnte ich gerade so erkennen, wie einige der Alien-Männer am Rand des Lagers die wertvolle Fracht von den *irkdu* abluden und die Kisten und Boxen neben dem Zelt der Menschen stapelten.

Ich stupste Theresa an und deutete hinüber. „Sieht so aus, als könnten wir uns auf einen Nachtisch freuen, wenn wir wieder im Zelt sind."

„Gott sei Dank. Ich meine, ich bin wirklich dankbar, überhaupt was in den Bauch zu kriegen, aber Himmel... Man kann ja nicht ewig nur von Fleisch und Kaktusgel leben."

Ich lachte und dann widmeten wir uns besagtem Fleisch und Kaktusgel – in dem Wissen, dass uns danach ein paar Leckereien aus unserer Heimat erwarteten.

Ein lautes Schnarchen irgendwo neben mir ließ mich aufschrecken. Mit wild klopfendem Herzen musste ich mir ins Gedächtnis rufen, wo ich war: Ich lag mit all den anderen menschlichen Frauen in unserem Zelt. *Ich bin in Sicherheit.* Ich entließ leise einen langen Atemzug, um keine der anderen zu wecken. Ich hatte schon immer einen leichten Schlaf gehabt und war es nicht gewohnt, nachts jemanden um mich zu haben. Sogar zu Hause auf der Erde hatte ich allein in einer Wohnung gelebt. Kein Partner oder so. Noch nicht mal ein Haustier. Was wahrscheinlich ganz gut war, weil jetzt niemand da wäre, um es zu füttern.

Schluss jetzt. Keine depressiven Gedanken mehr.

Ich richtete mich auf und griff nach meiner Brille. Im Moment bewahrte ich sie eingewickelt in ein Stück Tierhaut auf, aber ich sollte bald ein richtiges Etui dafür basteln. Am Ende trat noch jemand drauf und dann hatte ich ein echtes Problem, denn es war ja nicht so, als hätte ich meine Kontaktlinsen oder meine Ersatzbrille dabei.

Ich setzte mir die Brille auf die Nase, stützte die Ellenbogen auf die angezogenen Knie und sah mich im schummrigen Zelt um. Anscheinend schliefen alle außer mir. Einen Augenblick lang war ich hin- und hergerissen, mich einfach wieder auf das überraschend gemütliche Bett aus Tierhäuten sinken zu lassen oder den sich immer heftiger meldenden Durst zu löschen, der mir erst jetzt richtig bewusst wurde. Nachdem wir uns nach dem Abendessen begeistert über die salzigen und süßen Erden-Snacks hergemacht hatten, würde ich jetzt alles für einen Schluck Wasser geben. Vage erinnerte ich mich an eine Kiste mit Wasserflaschen, die ich vor dem Zelt gesehen hatte. So leise wie möglich stand ich auf und machte mich auf die Suche danach.

Chouette! *Großartig!*

Tatsächlich: Draußen fand ich die Kiste. Hastig zog ich eine Flasche heraus, schraubte sie auf und trank sie in einem einzigen, langen Zug aus. Das *valok*-Zeug war gar nicht mal so schlecht, wenn man auf zu lange gezogenen grünen Tee stand, aber es war kein Vergleich dazu, einen halben Liter Wasser auf ex runterzukippen. Damit im Bauch stopfte ich die leere Flasche in meine Tasche und wackelte mit den nackten Zehen im Sand.

Im Lager war alles still. Die Leute hatten sich in ihre Zelte zurückgezogen und nur die Wachen, die in einiger Entfernung auf ihren Posten standen, waren noch auf. Von hier aus wirkten sie seltsam klein und waren sogar im überraschend hellen Schein des Asteroidengürtels und der Sterne kaum auszumachen.

Ich richtete den Blick nach oben und ließ die Schönheit des fremden Himmels auf mich wirken. Es war nicht der gleiche wie auf der Erde, aber er war ihm recht ähnlich. Und genauso schön. Besonders weil keine städtische Lichtverschmutzung das Meer aus glitzernden Diamanten und deren Konstellationen hier ausblendete. Seufzend ließ ich mich von dem Anblick der Sterne und Asteroiden einhüllen, als würde ich zu ihnen nach oben schweben. Sie schienen nach mir zu rufen. Es klang fast wie ... ein Summen?

Stirnrunzelnd senkte ich den Blick wieder. Nein, hier summte tatsächlich irgendwo etwas. *Na klasse.* Kam gleich ein riesiger Alien-Moskito im Sturzflug auf mich zu, um an mir zu knabbern? Ich verschränkte die Arme vor der Brust und verengte die Augen ein wenig, während ich mich suchend umschaute.

Das Summen wurde lauter. Jetzt schien es aus allen Richtungen gleichzeitig zu kommen. *Es ist direkt über mir.*

Keuchend legte ich den Kopf wieder in den Nacken und starrte nach oben.

Und sah mich nicht etwa einem fremdartigen Insekt gegenüber, sondern der Kameralinse einer Drohne.

Einer *menschlichen* Drohne.

KAPITEL ZWEI
Kor

ICH KAUERTE IM SCHATTEN der Klippen von Uruzai und hielt Ausschau.

Bis ich es endlich zu diesen Klippen geschafft hatte, um das Lager unter mir auszukundschaften, war die Nacht hereingebrochen. Ein paar Krieger drehten ihre Runden und einige andere hielten zwischen den Zelten und der offenen Wüste Wache, aber ansonsten herrschte Stille.

Ich verlagerte das Gewicht, senkte den Körper dichter zum Boden und zog mich tiefer in die Schatten zurück. Ich befand mich über und hinter dem Lager, auf einem Vorsprung weit oben in den Felsen, und schaute aus der Perspektive eines *brazel*-Vogels auf alles hinunter. Flügel hatte ich zwar keine, aber das hinderte mich nicht am Klettern.

Dort unten regte sich kaum etwas, nichts zog meine Aufmerksamkeit auf sich, und trotzdem stand es mir aus irgendeinem Grund klar vor Augen: Ich hatte sie gefunden. Das hier war der Ort, an dem ich meine Gefährtin finden würde. Die seltsame Frau, auf die ich in den Grotten der Kell – der Wasserschlange, die meine Mutter *Lavrika der Bittersee* nannte – einen Blick hatte erhaschen dürfen. Meine

19

Mutter erzählte mir vor langer Zeit, dass ihr Volk, das Volk des Sandmeers, ihre eigenen Kell hatten – die Lavrika, die diese Klippen hier ihre Heimat nannten. Und wie die Kell banden sie Krieger an ihre Gefährtinnen.

Doch nur ein einziges Mal hatten die Kell bisher einen Krieger der Bittersee an eine Frau aus dem Sandmeer gebunden – meinen Vater an meine Mutter. Und jetzt hatten die Kell mich an ein Wesen gebunden, das noch viel fremdartiger war als meine Mutter für meinen Vater. Sehnsucht brannte unter meiner geschuppen Haut, als ich mir ihr Gesicht ins Gedächtnis rief: strahlende dunkle Augen, umgeben von Weiß. Ihr langes dunkles Haar war in der Tradition des Sandmeers geflochten, aber darüber hinaus ähnelte sie diesem Volk kaum. Sie war kleiner, hatte keine Krallen und weiche, runde Ohren, schimmernde braune Haut und eine vogelhaft zierliche Gestalt.

Ich verlor keine Zeit mit der Frage, was das wohl bedeuten mochte. Ich schaute nur nach vorn und bereitete mich auf das vor, was ich zu tun hatte. Nie hätte ich erwartet, mit einer Gefährtin gesegnet zu werden, denn ich war zum Teil Wasser, zum Teil Wüste – der Einzige meiner Art. Ich hätte für immer ausgestoßen und allein bei meiner Mutter gelebt, hätten die Kell mich nicht gerufen.

Doch das hatten sie.

Und das hatte alles verändert. Ich war weiter gereist als je zuvor. Unendlich lange hatte ich mich einsam durch das Sandmeer geschlagen und nur die kuriose Vision des Gesichts meiner Gefährtin hatte mich angetrieben. Vor mir lag kein Pfad, den schon andere beschritten hatten. Und doch hatte ich es schlussendlich bis hierhin geschafft. Hierher, zu ihr.

Da war ich mir sicher.

In den Bergen war ich einer weiteren Frau begegnet, die meiner Gefährtin ähnelte und doch ganz anders war. Damals, als die Krieger vom Clan meiner Mutter den neuen Gahn Taliok angegriffen hatten. Ich hatte den Mann getötet, der sie bedrohte, doch mir war keine Zeit geblieben, etwas Nützliches von ihr zu erfahren.

Ich hatte mir nur ihren fremdartigen weiblichen Geruch einprägen können.

Dieser Duft war hier deutlich stärker wahrzunehmen. Er kam aus dem großen Zelt direkt unter mir. Ich starrte hinab auf das flache Zeltdach und atmete tief durch die Nase ein. Dort befanden sich viele Frauen und der Geruch setzte sich aus den unterschiedlichsten Noten zusammen, was ihn komplex und vielschichtig machte. Eine stach jedoch besonders heraus. Berauschend und verwirrend. Sie musste zu ihr gehören.

Ja, sie ist hier.

Ich unterdrückte ein Zischen und grub die Klauen in den Stein unter mir. Ein widerlich animalischer Trieb regte sich in mir. Ich wollte an der Klippe hinunterklettern, die Zeltwände aufreißen und meine Gefährtin gewaltsam entführen. Ich hatte es immer gehasst, dass mein Vater meiner Mutter das angetan hatte. Doch plötzlich verstand ich es. Das war keine Entschuldigung für seine Taten und sogar noch nach seinem Tod verabscheute ich diesen Teil ihrer gemeinsamen Vergangenheit, doch auf einmal konnte ich es nachvollziehen – all den Lehren meiner Mutter und jeder

Moral zum Trotz. Wildes Verlangen stieg in mir auf und mein Glied regte sich hinter meiner Vorspalte. Rasch rückte ich meinen Lendenschurz zurecht, falls mein Schaft sich hervorschob. Da er normalerweise hinter meiner Vorspalte verborgen war, hatte der Lendenschurz kaum eine Funktion, doch es war ein Fragment der Kultur meiner Mutter, an dem ich immer festgehalten hatte. Die Männer vom Volk meines Vaters trugen keinerlei Kleidung. Doch ich wusste nur wenig über sie und ihre Gebräuche. Mein Vater war gestorben, als ich noch zu klein war, um mich an ihn zu erinnern. Und seitdem hatte es nur meine Mutter, mich und die Wüste gegeben.

Aber jetzt nicht mehr.

Jetzt hatte ich eine Gefährtin. Ich würde mir ein ganz neues Leben aufbauen müssen. Etwas, das ich mir noch nicht einmal in meinen kühnsten Träumen hätte ausmalen können.

Ich atmete tief durch und mir entkam ein leises Stöhnen, als ich ihren Duft wiederfand. Er schien sich in meinen Körper zu stehlen, grub sich prickelnd unter meine Schuppen und mein Schwanz peitschte aufgeregt durch die Luft. Ich stemmte mich hoch, richtete mich zu meiner vollen Größe auf und stützte meinen Speer neben mir auf dem Fels ab.

Nein, ich würde sie nicht rauben. Obwohl ein dunkler, ungehemmter Teil von mir es wollte.

Was dann?

Meine Mutter hatte mich immer von den Clans des Sandmeers ferngehalten. Die Bewohner der Wüste wussten nichts von mir oder dem Volk meines Vaters. Meine Mutter hatte immer befürchtet, dass sie mich wie einen Feind behandeln und töten würden, sobald sie mich sahen. Sogar untereinander waren die Krieger des Sandmeers brutal und verteidigten ihr Territorium mit äußerster Härte. Das hatten sie mit denen der Bittersee gemein.

Ich konnte mich dem Volk des Sandmeers nicht offenbaren. Und doch musste ich meine Gefährtin finden.

Vielleicht kann ich abwarten. Warten, bis sie das Lager verlässt und allein irgendwohin geht. Dann würde ich mich ihr nähern und sie würde vom heiligen Band so überwältigt sein, dass sie zweifellos einwilligen würde, mit mir von hier fortzugehen.

In diesem Punkt war ich mir absolut sicher. Obwohl meine Mutter und mein Vater zwei unterschiedlichen Völkern entstammten und nicht einmal die Sprache des anderen beherrschten, hatten sie beide das heilige Gefährtenband gespürt. Mein Vater hatte mit der Entführung meiner Mutter einen Fehler begangen, aber sie konnte sich der starken Bindung zwischen ihnen nicht entziehen.

Genauso würde es bei meiner Gefährtin und mir auch kommen.

Vielleicht spürt sie es sogar jetzt. Vielleicht wartet sie in diesem Moment auf mich, hält vielleicht nach mir Ausschau ...

Bei diesem Gedanken umfasste ich meinen Speer ein wenig fester und mein Glied zuckte erneut. Ich presste mir eine Hand fest auf den Schritt und zwang mich zur Konzentration. Mich in meinem Verlangen zu verlieren, würde mich jetzt nicht weiterbringen. Ich musste aufmerksam sein und abwarten und den richtigen Moment abpassen, um zuzuschlagen.

Doch dann, als hätte der mächtige Ruf meines Verlangens sie aus der Finsternis der Nacht hervorgelockt, trat sie in Erscheinung.

Alles um mich herum verblasste, als meine Sichtsterne sich auf ihre Gestalt unter mir fokussierten.

Anmutig kam sie aus dem Zelt. Das Licht der Sterne fiel glitzernd auf ihre Zöpfe, ihre Haut und die seltsamen, durchsichtigen Scheiben, die sie vor den Augen trug. Sie ging neben einem sehr merkwürdigen Stein mit glatten Kanten in die Hocke, holte etwas daraus hervor und nahm den Inhalt des Behältnisses zu sich, das sie jetzt in der Hand hielt.

Selbst aus dieser Entfernung, weit über ihr, konnte ich erkennen, wie ihre zarte Kehle zuckte, wie ihr schmaler Kiefer sich bewegte. Gerade war ich überaus dankbar für meine scharfen Augen, als ich sie weiter beobachtete. Erstaunt. Fasziniert.

Aber ich zwang mich zurück ins Hier und Jetzt. *Ist jetzt der richtige Zeitpunkt? Sie ist beinahe allein ...*

Dort unten waren Krieger. Ich entdeckte auf Anhieb mindestens acht. Ich war größer und stärker als die Männer des Sandmeers, doch gegen acht von ihnen wollte ich keinen Kampf riskieren. Wenn nötig, würde ich mich ihnen stellen, um zu meiner Gefährtin zu gelangen. Aber ich schreckte davor zurück, die Männer zu töten. Sie sahen meiner Mutter so ähnlich.

Ein lautes Summen, das unangenehm in meinen Fangzähnen vibrierte, erklang ganz in der Nähe und lenkte mich von meiner Planung ab. Meine Sichtsterne stoben in alle Richtungen, fächerten aus, um mein Sichtfeld zu erweitern. Innerhalb weniger Momente machte ich die Quelle des

Geräuschs ausfindig: Eine große, silbrige, vogelähnliche Kreatur schwebte mit vier rotierenden Flügeln durch die Luft. So etwas hatte ich noch nie gesehen, aber ich war ja auch auf unbekanntem Territorium. Vielleicht war dieses Wesen hier heimisch.

Doch heimisch oder nicht, es konnte sich sehr wohl um ein Raubtier handeln und es hielt direkt auf meine Einzigartige zu.

Meine Gefährtin hatte das Geräusch offenbar auch gehört, sogar mit ihren seltsamen kleinen Ohren. Ihr Kopf ruckte so heftig herum, dass ich Angst um ihren schrecklich zerbrechlich aussehenden Hals bekam. Mit einem Zischen hob ich den Speer, als der Vogel sich ihr weiter näherte.

Ihr Blick fand gerade rechtzeitig nach oben, um die Kreatur zu entdecken.

Und gerade rechtzeitig, um zu sehen, wie mein Speer sie durchbohrte.

KAPITEL DREI
Zoey

OKAY, VON ALLEN DINGEN, die ich vermisste und gern noch mal sehen würde, stand eine Drohne ganz sicher nicht weit oben auf der Liste. Hier wirkte sie komplett fehl am Platz, fast schon anachronistisch. Ihre Anwesenheit machte überhaupt keinen Sinn. Auf dem Schiff gab es ein paar Drohnen, klar. Aber niemand außer mir besaß vermutlich die technischen Kenntnisse, um sie zu aktivieren, und die hier stammte nicht von mir. Um ehrlich zu sein trat ich mir gerade echt in den Hintern, weil ich auf jeden Fall mit einem dieser fiesen Dinger die Umgebung hätte im Auge behalten sollen, als ich noch allein auf dem Schiff gewesen war.

Doch das hatte ich nicht. Und ich war mir auch ziemlich sicher, dass keine der anderen Frauen es getan hatte. Und ganz bestimmt hätte kein Alien es geschafft ...

Diese Kerle waren auf ihre ganz eigene Art intelligent und nutzten verschiedene Werkzeuge. Aber eine menschliche Drohne einschalten und fliegen? Ich bezweifelte, dass sie dazu in der Lage wären.

Ich lehnte mich leicht nach vorn, als die Drohne vor mir in der Luft zum Halten kam.

„Was zum Teufel …?"

Ich hatte nicht viel Zeit, mir das Ding genauer anzusehen. Denn irgendetwas zischte vor mir durch die Dunkelheit und schlug in die Drohne ein. Mit einem erschrockenen Aufschrei wich ich vor dem überraschenden Knall zurück und landete prompt auf dem Hintern. Ein paar Funken stoben und Rauch stieg von der Stelle auf, wo die Drohne von einem Speer an den Boden genagelt worden war.

Zittrig atmete ich aus. *Alles ist gut. Das war bloß einer der Aliens.*

Mein Schrei hatte drei Krieger alarmiert, die mit gezückten Speeren auf mich zurannten. Ich stutzte, schaute wieder auf die abgestürzte Drohne hinunter und erkannte, dass der Speer von … oben gekommen sein musste?

Ich hob rasch den Kopf und ließ den Blick über die Klippen mit ihren unzähligen Schatten und Nischen und Vorsprüngen schweifen. War dort oben ein Krieger postiert? Das kam mir nicht gerade klug vor – Theresa hatte mich vor den Raubtieren gewarnt, die hoch in den Klippen nisteten: riesige, fleischfressende Fledermaus-Kreaturen, die man hier *krixel* nannte. Also warum trieb sich ein Krieger da oben herum?

„Was ist geschehen?" Der erste Krieger, der mich erreichte, stieß ein wütendes Fauchen aus und wich vor den Trümmerteilen zu meinen Füßen zurück.

„Das weiß ich auch nicht so genau", antwortete ich ehrlich und begegnete seinem fragenden Blick. Zwei weitere Krieger schlossen bald zu ihm auf.

„Das ist kein Speer aus dem Sandmeer", bemerkte der zweite Krieger.

Bei diesen Worten schaute ich mir das Ding genauer an und mir ging auf, dass er recht hatte. Der sah nicht wie die Speere der Krieger hier aus. Die meisten Männer nutzten Waffen mit einem langen Knochenschaft und einer schwarzen Spitze aus einem *zeelk*-Stachel. Aber dieser Speer war ... anders. Der Schaft schien ebenfalls aus Knochen zu bestehen, doch er war dicker. Die Hand, die ihn umschließen konnte, musste riesig sein, dachte ich schaudernd. Und die Spitze sah auch anders aus. Statt aus einem schwarzen *zeelk*-Stachel bestand sie aus einem glänzenden silbernen Material und war länger und flacher. Fast wie eine Scheibe, die aber in einer scharfen Spitze auslief. Der Anblick kam mir irgendwie vertraut vor, doch ich konnte nicht so richtig den Finger darauflegen, warum. Und dann stand mir plötzlich eine Erinnerung aus meiner Jugend klar und deutlich vor Augen: wie ich mit meinem Vater an den Ufern des Lac Saint-Jean angelte. Wie wir einen Hecht fingen, dessen silberne Schuppen in der Sonne glitzerten.

Das ist eine Schuppe.

Bevor ich mir darüber klar werden konnte, was genau das bedeutete, wurde ich von einem Aufruhr hinter mir abgelenkt. Theresa stand mit großen Augen am Zelteingang. Im Inneren hörte ich aufgeregtes Stimmengewirr.

„Was ist denn hier los? Wir haben dich schreien gehört!"

Ich trat zur Seite, damit die anderen einen Blick auf die rauchenden Trümmer zu meinen Füßen werfen konnten. „Das war eine Drohne. Sie ist gerade zu mir rübergeflogen. Und dann wurde sie von einem Speer aufgespießt." Wachsam schaute ich wieder nach oben, konnte jedoch immer noch nichts entdecken. Nichts außer Schatten und Stein.

„Eine Drohne?!" Theresa wirkte, als würden ihr gleich die Augen aus dem Kopf fallen. „Wie ist das möglich?"

Ich wollte ihr gerade sagen, dass ich darauf auch keine Antwort hatte, als eine befehlsgewohnte Stimme erklang. „Ich weiß, wie das möglich ist."

Ich wirbelte herum und sah, dass Chapman neben der abgestürzten Drohne in die Hocke gegangen war und sie nachdenklich betrachtete. In ihren grauen Augen lag ein harter Ausdruck und ihr rotes Haar war noch vom Schlaf zerzaust, aus dem mein Schrei sie gerissen hatte. Ihr ernster Blick wanderte zu mir, dann hinüber zu Theresa, während ihr riesiger Gefährte Gahn Fallo bedrohlich hinter ihr Stellung bezog. Die drei Krieger hoben respektvoll die Schwänze vor die Augen, als sie sich wieder aufrichtete.

„Das Forschungsschiff ist zurück. Es muss im Orbit kreisen."

Im Zelt schnappten mehrere Frauen nach Luft. Eine nach der anderen kamen sie nach draußen. Alle schienen in unterschiedlichen Abstufungen entweder besorgt oder echt angepisst zu sein.

Und ich hatte keinen blassen Schimmer, warum.

„Moment mal, warum ist das schlecht? Wenn es zurück ist, können wir vielleicht mit den Leuten da Kontakt aufnehmen und erzählen, was passiert ist. Ihnen sagen, dass wir hier gestrandet sind!" Meine Stimme wurde mit jedem Wort lauter. „Vielleicht ist das eine Aufklärungsdrohne für eine Rettungsmission. Wir sollten ..."

„Ist es nicht", unterbrach mich Chapman harsch und eisig. „Das wird keine Rettungsmission."

„Woher willst du das wissen?", schrie ich und meine Kehle fühlte sich auf einmal wie zugeschnürt an. Klar, ich war lange von den anderen getrennt gewesen. Aber ich bekam mehr und mehr das Gefühl, hier nicht durchzublicken. Als wäre ich auf der anderen Seite einer Mauer und sie wüssten über alles Bescheid, während ich Mühe hatte, überhaupt mitzukommen.

Chapman massierte sich seufzend die Nasenwurzel.

Ihr Gefährte trat knurrend näher an sie heran. „Sprich in der Zunge des Sandmeers, meine Gefährtin."

Chapman tat ihm den Gefallen und es klang so flüssig, als hätte sie nie eine andere Sprache gesprochen. Und genauso problemlos verstand ich sie auch. „Das Ding auf dem Boden ist ein Werk menschlicher Technologie. Ich glaube, dass unsere Leute zurück sind."

Gahn Fallo gab ein lautes Brüllen von sich, streckte die muskulösen Arme zu beiden Seiten aus und senkte den Kopf wie ein wütender Stier. „Sind sie gekommen, um dich zurückzuholen? Denn falls das ihr Begehr ist, erwartet sie hier nur der Tod."

„Es müssten ja nicht alle mit ihnen gehen", warf ich hastig ein. Ich spürte, wie mir die Chance auf Rettung immer weiter entglitt, und ich verstand einfach nicht, wieso. „Warum wollt ihr denn nicht wieder nach Hause?"

Ich drehte mich um und ließ den Blick über die Gesichter der anderen Frauen schweifen. An Theresas nachsichtiger, aber auch trauriger Miene blieb ich hängen.

„Was glaubst du, was sie dann mit uns machen, Schätzchen? Ehrlich, denk mal drüber nach. Sie haben uns unter Drogen gesetzt und entführt, um diese Mission geheim zu halten. Glaubst du wirklich, die wollen uns jetzt nach all dem einfach nach Hause holen?"

Etwas in mir zerbrach. Nicht so schlimm wie damals, als ich vom Tod meiner Eltern erfahren hatte, aber es kam dem schon sehr nahe. Denn das hieß, dass ich nie wieder nach Hause zurückkehren würde.

Weil Theresa recht hatte. Sie alle hatten recht.

Ich bin so dumm. Wieso habe ich bis jetzt noch nicht darüber nachgedacht?

Mittlerweile hatten sich weitere Krieger und Kat zu uns gesellt. Sie ging neben Chapman in die Hocke, stupste das verkokelte Wrack mit einem Finger an und riss dann zischend die Hand zurück.

„Hast du den Rauch nicht gesehen?", schimpfte Chapman, doch Kat zuckte bloß mit den Schultern.

„Sie müssen hinter dem Blut der Lavrika her sein. Aber offenbar haben sie das Schiffswrack mit ihren Scannern lokalisiert und daraufhin eine verdammte Drohne runtergeschickt, um alles auszukundschaften. Um zu sehen, wie viele von uns übrig sind und wie die Bedrohungslage aussieht", überlegte Kat laut.

„Ich glaube nicht, dass sie sie runtergeschickt haben", mischte ich mich ein und setzte mich neben ihnen in den Sand. „Ich denke, das ist eine der Drohnen vom Schiff. Sie haben sie vom Orbit aus aktiviert und hierher gesteuert."

Chapman nickte und Kat verdrehte die Augen.

„Diese Wichser ... Sie haben uns hier zum Sterben ausgesetzt, warum können sie uns jetzt nicht einfach in Ruhe lassen?"

„Könnten sie ja trotzdem tun", sagte Chapman und ihr Blick wanderte in die Ferne.

Ich blinzelte weitere Tränen weg und ignorierte angestrengt, dass ich gar nicht *wollte*, dass sie uns in Ruhe ließen. Ich wollte, dass alles wieder gut wurde. Ich wollte, dass sich die anderen irrten. Scheiße, ich wollte, dass die Kavallerie von der Erde hier einritt und mich nach Hause brachte.

„Glaubst du das wirklich? Dass sie uns in Ruhe lassen, meine ich?", fragte ich krächzend und schniefte. Dann räusperte ich mich und versuchte, mir eine Scheibe von Chapmans stoischer Ruhe und Kats Aggressivität abzuschneiden. Aber das fiel mir verflucht schwer.

„Keine Ahnung. Vielleicht hat das Ding überhaupt nichts zu bedeuten. Ein letzter Kontrollbesuch, bevor sie diesen Planeten von ihrer Liste streichen. Oder ..."

„Oder was?", hakte ich nach, weil mir nicht gefiel, wie Chapman die Stirn runzelte.

„Oder es ist *tatsächlich* eine Art Aufklärungsmission. Nicht für eine Rettung, sondern als Vorbereitung für eine Landung, um sich gewaltsam zu holen, was auch immer sie von hier haben wollen."

„Lasst sie nur kommen!", schrie Fallo über uns und seine Fangzähne schimmerten im Licht der Asteroiden. „Wir werden sie alle vernichten."

„Du kapierst es nicht!", fauchte seine Gefährtin und ihre grauen Augen blitzten auf. „Unser Volk hat Waffen, die alles von der Oberfläche dieses Planeten hinwegfegen können. Es wäre das reinste Gemetzel. Und dabei würden wir *alle* sterben."

Chapmans Worte ließen mir das Blut in den Adern gefrieren, denn ich wusste ohne jeden Zweifel, dass sie recht hatte. Wie oft hatten die Menschen genau das ihresgleichen auf der Erde angetan? Wenn sie hier runterkamen, waren wir alle verloren. Auch wenn ich mich noch nicht an unsere neuen Alien-Nachbarn gewöhnt hatte, wollte ich doch nicht, dass sie von den korrupten Regierungen unseres Planeten in tausend Stücke gesprengt wurden.

Doch Gahn Fallo schien das nicht zu beunruhigen. Er kniete sich neben Chapman in den Sand und hob ihr Kinn mit einer Kralle an. „Jeder Feind, ob nun von dieser Welt oder einer anderen, der es wagt, meine Gefährtin zu bedrohen, hat sein Leben verwirkt."

„Okay, lassen wir die Menschen mal einen Augenblick beiseite – was ist mit der Person, die diesen Speer geworfen hat?"

Gahn Fallo richtete seinen durchdringenden Blick auf mich. Ich musste schlucken und es überraschte mich selbst, dass ich diesen durchgeknallten riesigen Alien einfach so angesprochen hatte. Aber die Tatsache, dass irgendjemand die Waffe von einem Punkt über mir geworfen hatte, machte mich zunehmend nervös.

„Die Drohne und das mögliche Auftauchen von Menschen sind durchaus eine wichtige Angelegenheit. Aber sie sind noch nicht hier. Der Speerwerfer schon. Und er hätte auch auf mich zielen können", fügte ich hinzu.

Chapman, Kat und Fallo schauten wieder auf die Drohne. Fallo legte die klauenbewehrte Hand um den Speer, riss ihn mühelos mit einem Ruck aus dem Boden und schüttelte Sand und Ruß davon ab. Er betrachtete ihn eingehend und zuckte dann knurrend zurück. Die Krieger, die sich mittlerweile in großer Anzahl um uns versammelt hatten, traten näher, um zu sehen, was er da in der Hand hielt.

„Diese Waffe stammt nicht aus der Wüste", stellte der riesige Gahn mit rauer Stimme fest.

„Dieser Gedanke kam mir auch schon, Gahn Fallo", sagte einer der Krieger, die nach meinem Schrei als Erstes zu mir gerannt waren. Derjenige, der vorhin genau das Gleiche angemerkt hatte.

Hektisch huschte Gahn Fallos Blick hinauf zu den Klippen und er entblößte die Fangzähne, während er die Steinwand eingehend betrachtete. „Weckt die anderen Gahns!", brüllte er, ohne den Blick von den Felsen abzuwenden. „Wir müssen die Klippen absuchen!"

„Wir sind wach und wir sind hier", meldete sich eine weitere tiefe Stimme.

Ich wirbelte herum, genau wie Gahn Fallo und der Rest, als die beiden anderen Clan-Anführer auf uns zukamen. Alle Alien-Männer waren irrsinnig stark, aber die Gahns waren noch mal auf einem ganz anderen Level. Sie strahlten einen Grad an Macht aus, den man praktisch *spüren* konnte. Und jetzt standen alle drei zusammen vor mir. Ich kannte nicht alle Einzelheiten, doch ich hatte mitbekommen, dass der Frieden hier eher wackelig war, und tatsächlich lag sofort noch mehr Anspannung in der Luft, als Buroudei und Taliok zu Fallo traten.

Fallo brachte die beiden anderen Gahns auf den neuesten Stand. Buroudei hörte aufmerksam zu und sein Schwanz peitschte aufgeregt über den Sand. Taliok lauschte dem Bericht stumm und reglos, wobei sein Blick unbeirrt auf dem Speer in Fallos Hand ruhte. *Was er wohl gerade denkt ...* Sein vernarbtes Gesicht glich einer versteinerten Maske.

Aber überraschenderweise ergriff Gahn Taliok als Erster das Wort, nachdem Fallo zum Schluss gekommen war. „Dieser Speer stammt nicht von unserem Volk. Und bisher sind wir nur einem Mann begegnet, der nicht unserem Volk angehörte. In den Bergen ...“

„Du glaubst, das könnte das Werk des *irkdu*-Kriegers sein?“, fragte Buroudei und die Sichtsterne in seinen Augen wirbelten schneller durcheinander.

Taliok schlug zustimmend mit dem Schwanz. „Ja. Er suchte in den Reihen der neuen Frauen nach einer Gefährtin. Ich bezweifle, dass er diesen Speer geworfen hat, um einer Frau Schaden zuzufügen, sondern eher, um dieses Ding zu zerstören.“ Er stieß das verbogene Metall mit einem krallenbewehrten Zeh an.

Moment mal ... Ein irkdu-*Mann? Was zum Teufel soll das denn sein? Und wollte er mich damit wirklich beschützen?*

Allerdings hatte ich bisher noch keinen Alien hier gesehen, der kein fähiger Krieger mit tödlicher Treffsicherheit war. Wenn ein Bewohner dieses Planeten mich mit diesem Speer hätte treffen wollen, wäre er vermutlich erfolgreich damit gewesen. Insbesondere wenn man bedachte, dass das menschliche Ziel – also ich – in sämtlichen Reaktionstest versagte und schon beim Völkerball immer eine äußerst schlechte Figur abgegeben hatte.

Während mir noch Hunderte Fragen durch den Kopf schossen, schmiedeten die Gahns bereits fieberhaft Pläne.

„Wie Gahn Fallo bereits sagte, wir müssen Suchtrupps aussenden. Aber ich stimme Gahn Talioks Einschätzung zu.

Vermutlich hat der Eindringling nur den Schutz einer der neuen Frauen im Sinn gehabt." Buroudeis kupferfarbene Sichtsterne fixierten mich und ich zuckte steif und unbehaglich mit den Schultern. Ich hatte den Kerl ja gar nicht gesehen. Nur seinen Speer, der vor mir eingeschlagen war. Ich konnte nur hoffen, dass er wirklich nicht mich im Visier gehabt hatte.

Gahn Buroudei erhob die Stimme und richtete nun das Wort an alle Versammelten. „In der Nähe hält sich ein Krieger auf, der aussieht, als wäre er zum einen Teil *irkdu* und zum anderen Teil Mann. Ergreift ihn. Sollte er sich wehren, tötet ihn. Aber nur dann."

„Wir sollten ihn töten, sobald wir ihn zu Gesicht bekommen", knurrte Fallo und ich verzog das Gesicht. Das kam mir doch etwas übertrieben vor. Wie Buroudei und Taliok schon gesagt hatten: Der Speerwerfer hatte bisher noch niemanden verletzt. Die Drohne sah für diese Leute sicher wie eine Bedrohung aus, die man mit einem Speerwurf unschädlich machen musste.

Buroudei schien in ähnlichen Bahnen zu denken, denn er sagte: „Wenn diese Kreatur eine Gefährtin unter den neuen Frauen hat, weißt du genauso gut wie ich, dass wir kein Recht haben, ihn nur deswegen zu töten. Wir können den Willen der Lavrika nicht so einfach ignorieren." Wieder sprach er mit dröhnender Stimme zur versammelten Menge. „Wir werden nicht zulassen, dass er eine der neuen Frauen gewaltsam raubt. Fünf Männer werden als Wachen beim Zelt bleiben, während sich die anderen auf die Suche nach ihm machen. Solltet ihr diesen Krieger finden und er greift euch an, darf jeder Mann tun, was nötig ist, um sein eigenes

Leben zu schützen. Doch der Befehl lautet, die Kreatur zu fesseln und den Gahns lebend vorzuführen. Jetzt geht!"

Die Krieger um uns herum schrien auf, bleckten die Fangzähne und reckten die Waffen in die Luft, bevor sie sich zerstreuten. Einige liefen in Richtung Wüste, viele andere strömten zu den zahlreichen Öffnungen und Spalten in den Klippen.

Ich erschauderte und rieb mir über die nackten Arme. Diese Klippen waren das reinste Labyrinth. Wenn sich jemand dort versteckte, würden sie ihn vielleicht nie finden. Die Vorstellung, dass sich jemand ungesehen dort oben aufhalten und uns jetzt gerade beobachten könnte ...

Eine Kreatur ... Mehr irkdu *als Mann ...*

„Was genau meinte er mit *Kreatur*?", wollte ich wissen, als sich die Gahns von uns entfernten. Die meisten anderen Frauen gingen leise tuschelnd zurück ins Zelt und draußen blieben nur Chapman, Kat und ich zurück, außerdem die fünf Krieger, die als Wachen abgestellt worden waren.

Kat seufzte, ließ sich aus der Hocke auf den Hintern fallen und überkreuzte die Beine. „Das ist echt schräg. Eigentlich weiß ich es gar nicht so genau. Melanie hat ihn gesehen. Sie hat erzählt, dass sie in den Bergen so einem Echsenmann begegnet ist, der auf der Suche nach einer von uns war."

Ähm ... Was zum Teufel?

Meine Augen mussten tellergroß geworden sein. „Möchtest du das noch etwas näher ausführen?", fragte ich perplex, ohne wirklich zu begreifen, was sie gerade gesagt hat.

„Also, Mel und ich sind vor einer Weile mit Galok und Taliok in die Berge gegangen. Da haben uns ein paar Krieger von Gahn Baldors Clan angegriffen. Galok hat mich hinter so einen verdammten Felsen geschoben, aber währenddessen ist Mel von einem der Angreifer in die Enge getrieben worden. Letztendlich ist sie mit heiler Haut davongekommen, weil Mr. Godzilla den Kerl getötet hat."

„Mr. Godzilla?", wiederholte ich und kam mir langsam etwas begriffsstutzig vor. Aber ich konnte einfach nicht anders. Ihre Worte ergaben so gar keinen Sinn. Es war, als würde sie mir die absurdeste Geschichte überhaupt auftischen und hoffen, dass ich sie ihr abkaufte.

„Na ja, so hat sie ihn beschrieben. Ich habe ihn ja nicht gesehen. Aber er hatte Schuppen. Und für mich hat die Spitze dieses Speers ausgesehen wie eine geschliffene Fischschuppe. Vielleicht stammt sie ja von da, wo auch der Echsenmann hergekommen ist."

Ich schluckte. Ich machte mich gerade erst allmählich mit dem Sandmeer-Volk vertraut, aber zumindest waren sie annähernd humanoid, abgesehen von den Känguru-Attributen und den kreiselnden Sichtsternen in den Augen. Aber ein Echsenmann? *Mr. Godzilla?!*

„Jedenfalls", fuhr Kat fort, „scheint eine Glückliche unter uns den Kroko-Mann zum Gefährten zu bekommen."

„Auf gar keinen Fall!", stieß ich hervor und schüttelte heftig den Kopf. „Das ist einfach nicht okay." Da draußen war ein Reptilienmonster, das sich mit einer menschlichen Frau paaren wollte? Der Gedanke war entsetzlich.

Chapman schaute mir fest in die Augen. „Das sehe ich genauso. Wir werden nicht zulassen, dass irgendjemand sich einer Menschenfrau nähert, wenn sie das nicht will. Sand-meer-Krieger, Echsenmann, spielt keine Rolle. Die Lavrika wecken zwar die Gefährtenbindung in diesen Typen, aber wir können immer noch selbst entscheiden, was und wen wir wollen. Und wir unterstützen jede einzelne Frau dabei, wie auch immer ihre Entscheidung ausfällt."

„Du spürst diese ... Gefährtenbindung also überhaupt nicht?", hakte ich nach. Offenbar wussten hier alle außer mir bis ins kleinste Detail über diese komische Alien-Sache Bescheid. Und mir gefiel die Vorstellung gar nicht, gegen meinen Willen gezwungen zu werden, mich in jemanden zu verlieben. Aber sowohl Chapman als auch Kat schüttelten den Kopf.

„Nein, bei uns scheint es nicht so zu funktionieren", bestätigte Chapman. „Wir müssen uns so verlieben, wie wir es auch auf der Erde tun würden. Und wie gesagt: Niemand wird hier eine Frau anfassen, wenn sie es nicht will."

Ich schenkte ihr ein zittriges Lächeln und fühlte mich etwas besser. Chapman war eine abgebrühte Soldatin. Wenn sie sagte, dass sie uns beschützen würde, dann glaubte ich ihr. Außerdem hatte ich Gahn Buroudeis Ansprache gehört – dass keine Frau gegen ihren Willen von hier weggebracht werden würde.

Und welche Frau bei Verstand würde freiwillig von hier weggehen?

Kat streckte die Beine mit Schwung aus, ballte die kleinen Hände zu Fäusten und täuschte ein paar Schläge in die Luft an. „Chapman hat recht. Wenn irgendein Kerl sich hier einschleicht und versucht, was Krummes abzuziehen, machen wir ihn fertig."

Mein Lächeln wurde etwas breiter und ich lehnte den Kopf an Kats knochige Schulter. Doch immer noch nagte die Unruhe an mir. *Wenn er an den Sandmeer-Kriegern vorbeikommt und das Zelt findet ...*

Das Zelt *findet*? Er hatte es ganz offensichtlich schon gesehen und beobachtet, wie ich herausgekommen war, der Flugbahn seines Speers nach zu urteilen.

„Wir sollten wieder reingehen", flüsterte ich und schaute noch einmal zu den Klippen hinauf.

„Dann los", stimmte Chapman zu und erhob sich. Kat sprang ebenfalls auf und wir machten uns zu dritt auf den Weg ins Zelt. Aber selbst als ich mich drinnen zu den anderen Frauen gesellte, waren meine Gedanken noch bei den Klippen.

Bei dem Fels, den Schatten und Nischen.

Und wer auch immer sich darin verbarg.

KAPITEL VIER

Kor

DER VOGEL, DER MEINE Gefährtin bedroht hatte, war tot. Und das war auch gut so, denn seine Eingeweide schienen aus Feuer bestanden zu haben. Funken und Rauch stiegen von seinem zu Boden gestürzten Kadaver auf und mir behagte die Vorstellung nicht, was dieses Feuer meiner Gefährtin hätte antun können, wenn es ihr zu nahe gekommen wäre.

Meine Gefährtin hatte sich zu Boden geworfen und in meinem Körper pulsierte die Sehnsucht nach ihrer Nähe. Doch sie war nicht länger allein. Ihr spitzer Schrei – ein Laut, der mir durch Mark und Bein gegangen war – hatte drei der Sandmeer-Krieger an ihre Seite eilen lassen. *Nur drei Männer ... Mit denen könnte ich vermutlich fertigwerden. Und dann hätte ich sie für mich allein ...*

Angespannt und von Verlangen durchströmt starrte ich nach unten und versuchte, die Situation einzuschätzen. Ich hatte keinerlei Erfahrung mit einer Gefährtin und ebensowenig mit einem Clan. Mein Clan hatte immer nur aus meiner Mutter und mir bestanden, seit ich denken konnte.

Jetzt dort hinunter zu gehen und mit all diesen Leuten in Kontakt zu treten, würde mir schwerfallen.

Und nun stießen weitere Männer hinzu und umringten meine Gefährtin und den abgestürzten Vogel. Das entlockte mir ein verärgertes Zischen. Es gefiel mir nicht, meine Gefährtin ohne mich zwischen all diesen anderen Männern zu sehen. Wenn die Güte und Weltanschauung meiner Mutter nicht auf mich abgefärbt hätten, hätte ich die Männer dort unten in Stücke gerissen. Aber so kannte ich die Gebräuche des Sandmeers. Ich wusste, dass sie ihre Frauen hoch schätzten. Wie es schien sogar die fremdartigen, denen meine Gefährtin angehörte.

Weitere Frauen, die wie meine Gefährtin aussahen, spähten aus dem Zelt und zwei weitere kamen aus dem Lager herbei. Von meiner Position aus und durch die Dunkelheit konnte ich nicht viel von ihnen erkennen, nur dass sie wie meine Gefährtin klein und unbeschwänzt waren und seltsame Kleidung trugen.

Woher stammen diese Frauen?

Soweit ich das wusste, gab es nur zwei Arten von Bewohnern in dieser Welt: das Volk meines Vaters aus der Bittersee und das meiner Mutter aus dem Sandmeer. *Diese Frauen müssen von weither gekommen sein. Aus einem unbekannten Land. Oder aus unbekannten Wassern ...*

Ich beobachtete die Geschehnisse weiter, lauschte den Frauen und den Kriegern, die jetzt mit den Gahns sprachen, die sich ihnen angeschlossen hatten. Mein Schwanz zuckte angespannt, als sich das Gespräch um mich drehte.

Sie wussten, dass der Speer mir gehörte. Sie wussten, dass ich mich hier draußen verbarg. Und lauerte.

Ich hatte keine Angst. Ich war auf einer gesegneten Mission hier. Ich war hier, um das heilige Band mit meiner Gefährtin zu vollziehen. Kein Mann konnte mir das verwehren. Ich war stärker und größer als alle Männer des Sandmeers. Meinen Speer hatte ich zwar verloren, doch im Knoten meines Lendenschurzes steckte noch eine Klinge an meiner Hüfte und mir blieben auch noch die Waffen meines eigenen Körpers. Meine Klauen, meine Stachel. Nein, wenn sich die Clans nicht alle gleichzeitig auf mich stürzten, fürchtete ich nicht um mein Leben. Und es schien, als würden die Gahns sowieso den Befehl geben, mich nicht zu töten. Sondern mich in Fesseln zu legen und zu ihnen zu bringen.

Dazu wird es nicht kommen.

Ich würde nicht in Gefangenschaft enden. Ich konnte besser als die Sandmeer-Krieger durch diese Klippen klettern. Wenn ich es wollte, könnte ich mich auf ewig hier verstecken. Ihren Blicken entgehen und den rechten Augenblick abwarten, wenn meine kleine Gefährtin einmal mehr allein war.

Doch die Ungeduld nagte an mir. Ich wollte sie nicht länger einsam wissen. Jetzt, da ich sie tatsächlich gesehen hatte, brannte mein Blut für sie. Meine Klauen fühlten sich ohne sie so leer an, wie ich es noch nie zuvor erlebt hatte.

Nein. Ich werde nicht warten. Ich werde die Männer des Sandmeers überlisten. Ich werde ihnen entwischen, durch diese Klippen fließen wie Wasser, und dann irgendwie einen Weg zu meiner Gefährtin finden.

Sie war bereits zusammen mit ihren Begleiterinnen wieder in dem großen Zelt verschwunden und mich durchzuckte ein scharfer Schmerz, als sie meinen Blicken entschwand. Es kam mir vor, als könnte nur meine Anwesenheit an ihrer Seite für ihre Sicherheit sorgen. Diese Sehnsucht trieb mich beinahe in den Wahnsinn – der Drang, zu ihr zu gehen. Sie zu beschützen.

Mich mit ihr zu vereinen.

Knurrend presste ich wieder eine Klaue auf meinen Schritt. Jetzt war nicht der richtige Zeitpunkt, um an unsere Vereinigung zu denken. Jetzt musste ich planen, suchen, finden ...

Doch während ich noch beobachtete, wie sich die Sandmeer-Krieger auf der Suche nach mir zerstreuten, wurde ich von einem scheußlichen Kreischen aus meinen Gedanken gerissen.

Ich wirbelte herum, riss die Klinge aus meinem Lendenschurz und fauchte, als ich mich einer hässlichen Kreatur gegenübersah. Sie war fast so groß wie ich, mit kraftvollen Beinen, einer eingedrückt wirkenden Schnauze und schwarzen Flügeln, die eine gewaltige Spannweite aufwiesen. Es war eine grässliche, ehrfurchtgebietende Bestie. Eine, die mir noch nie zuvor begegnet war.

Ich seufzte. Ich hatte nicht vorgehabt, heute Nacht ein grauenhaftes Biest zu bezwingen. Aber offenbar konnte ich mich dem nicht entziehen.

Brüllend richtete ich mich zu meiner vollen Größe auf und ließ die Stacheln entlang meiner Wirbelsäule ausfahren, von meinem Nacken bis hinunter zu meinem Schwanz. Auch an meinen Armen sprossen sie hervor, schwarze Dornen, die in gefährlichen Spitzen ausliefen. Ich breitete die Arme aus und brüllte noch einmal in der Hoffnung, die

Kreatur zu verscheuchen. Nicht, dass ich sie fürchten würde. Wirklich nicht. Aber es war eine Unannehmlichkeit, die ich gerne vermeiden würde. Sie zu töten, war Zeitverschwendung.

Doch das dumme Tier wünschte sich anscheinend den Tod, denn es stürzte sich auf mich.

Nun gut.

Ich ging auf alle viere und schob mich blitzschnell an der Felskante entlang in den Schatten der Klippe, der Kreatur entgegen. Als ich mich näherte, versuchte das Ding, seine Krallen in meinen Rücken zu schlagen, zuckte jedoch zurück, als meine Stacheln in die empfindlichen Teile seiner Klauen schnitten. Ich stieß mit der Klinge nach oben, um ihm den Bauch aufzuschlitzen, doch es wich rechtzeitig aus. Stattdessen fand mein Messer seine Lende, hinterließ einen blutigen Schnitt, verletzte es jedoch nicht tödlich. Mit einer Drehung duckte ich mich unter ihm weg und kam fauchend wieder auf die Beine. Gerade rechtzeitig, um zu sehen, wie eine zweite geflügelte Kreatur vom Himmel hinabstieß.

Das ... macht das Ganze etwas komplizierter.

Es war ärgerlich, dass ich meinen Speer nicht mehr hatte. Ich bereute es nicht, ihn zur Verteidigung meiner Gefährtin eingesetzt zu haben. Das würde ich niemals bedauern. Selbst wenn ich hier und jetzt den Tod fand, wäre mein einziges Bedauern, dass ich nie ihre Haut hatte berühren dürfen. Sie sah so weich aus, dass ich am liebsten aufgestöhnt hätte.

Aber ich würde hier nicht sterben. Nicht bevor ich sie für mich gewonnen hatte.

Noch einmal stieß ich einen Schrei aus und erklomm mit peitschendem Schwanz die raue Felswand, um mich der

Kreatur entgegenzuwerfen. Mein Gewicht zwang sie nach unten, sodass sie mit dem ersten Tier zusammenstieß. Im entstehenden Chaos brachte ich der zweiten Bestie den Tod, indem ich ihr in dem Gewirr aus schnappenden Klauen und wild schlagenden Schwingen die Kehle aufschlitzte. Ich schob den Kadaver zur Seite, stellte mich umgehend der ersten Kreatur und zwang sie zu Boden. Sie schrie auf und zielte mit ihren Krallen auf meine Augen, doch ich riss mit meinen Armdornen die Innenseiten ihrer Schwingen auf, was sie gepeinigt aufkreischen ließ.

Allmählich wurde ich es leid.

Dafür war ich nicht hergekommen. Und es raubte mir nur wertvolle Zeit.

Eine Welle ungeduldigen Zorns jagte durch meine Adern und mit einem letzten wilden Brüllen verzichtete ich auf das Messer und tötete das Ding mit meinen Klauen. Zischend und schwer atmend richtete ich mich auf und schüttelte mir das dunkle Blut von den Krallen. Mein Blick suchte die Dunkelheit der mich umgebenden Klippen und dann den sternenklaren Himmel ab, ob ich noch weitere von den lästigen geflügelten Biestern entdeckte. Doch ich konnte keine ausmachen.

Hoffentlich wird der Geruch des Bluts ihrer Brut, der von meinem Sieg kündet, sie von mir fernhalten. Furcht empfand ich keine vor ihnen. Doch auf noch eine weitere Ablenkung konnte ich verzichten.

Aber mein Wunsch ging nicht in Erfüllung. In nächsten Moment tauchten drei Sandmeer-Krieger auf dem einen Hang auf, der zu demdem Felsvorsprung führte, auf dem ich stand. Sie erreichten den Sims fauchend mit gezogenen Waffen.

Hat sich denn jeder Mann und jede Bestie dieser Welt dazu verschworen, mich aufzuhalten?

So langsam regte sich Frustration in mir. Ich war eine halbe Ewigkeit durch die Wüste gewandert, um meine Gefährtin zu finden. Und jetzt, als ich ihr so verflucht nahe war, kam mir ständig etwas in die Quere. Die Gewaltbereitschaft meines Vaters und seines Volkes drohte, über die Güte meiner Mutter die Oberhand zu gewinnen. Das Verlangen, jeden Feind in die Knie zu zwingen, meine Gefährtin zu rauben und von allem und jedem anderen wegzubringen. So, wie es mein Vater vor mir getan hatte. Obwohl ich meiner Mutter und mir selbst geschworen hatte, das niemals zu wiederholen.

Doch die Umstände zermürbten mich. Und meine Mutter hatte mich stets gewarnt, dass ich von den Männern des Sandmeers sofort als Feind betrachtet werden würde.

Wenn sie mein Leben bedrohen, bleibt mir keine andere Wahl, als mich gegen sie zur Wehr zu setzen.

Drei konnte ich töten. Auch wenn es mir widerstrebte. Denn in jedem Pulsieren ihrer Sichtsterne sah ich meine Mutter.

Warum ist das alles so schwierig?

Ich straffte die Schultern und reckte die Schnauze, als sich die Krieger mir mit gebleckten Fangzähnen näherten

Es war schwer, ja. Aber für meine Gefährtin war mir nichts zu schwer. Ich würde jeden Mann und jede Kreatur bezwingen, jede Wüste durchqueren, um zu ihr zu gelangen. Dazu musste ich sie nicht einmal kennenlernen. Ihr Leben und das meine waren nun untrennbar miteinander verwoben.

„Das ist die Kreatur aus den Bergen! Der *irkdu*-Krieger!", knurrte einer der Männer, dessen schwarze Klinge im Sternenlicht aufblitzte. Ich beobachtete schweigend, wie die drei sich langsam an mich heranpirschten. Auch sie ließen mich nicht aus den Augen, lauerten auf jede noch so kleine Bewegung. Ich zuckte jedoch nicht mal mit der Schwanzspitze, blieb vollkommen reglos. Auch wenn unter meinen Schuppen jeder Muskel zum Zerreißen gespannt und ich bereit war, sofort zuzuschlagen, wenn nötig. Aber ich würde nicht als Erster angreifen. Ich würde die Angehörigen des Volkes meiner Mutter nicht ohne Provokation töten.

Der Krieger, der sich auf meine rechte Seite bewegte, ergriff das Wort. Sein Schwanz peitschte angespannt hinter ihm durch die Luft. „Ich habe gehört, dass er nach einer der neuen Frauen sucht. Er behauptet wohl, mit einer Gefährtin aus ihren Reihen gesegnet worden zu sein."

Der dritte Krieger, der direkt vor mir stand, fauchte aufgebracht. Ich umfasste meine Klinge etwas fester und behielt sie weiter im Blick. Wartete ab.

„Dieses Ungeheuer? Der kann unmöglich der Gefährte einer der neuen Frauen sein, so weich und klein wie sie sind. Er wird keine von ihnen anrühren."

Sie halten mich für ein Ungeheuer. Mir war bewusst, dass meine Schnauze eher an ein *irkdu* erinnerte als an die flachen Gesichter der Sandmeer-Krieger, doch das Volk meines Vaters bestand trotzdem aus vernunftbegabten Wesen. Sie waren keine stumpfen Tiere wie die *irkdu*. Ich musste mich anstrengen, damit meine Stacheln sich nicht wieder zeigten. Ich würde mich zu keinem Akt der Aggression hinreißen lassen. Noch nicht.

Der Krieger fuhr fort: „Ich sage, wir töten die Kreatur, bevor sie die Möglichkeit hat, den Frauen zu nahe zu kommen."

„Das entspricht nicht unseren Befehlen, Vakal. Das weißt du", knurrte der erste Krieger.

„Gahn Fallo würde mir zustimmen", entgegnete der andere erregt.

„Aber die anderen Gahns nicht", ergriff der Krieger zu meiner Rechten das Wort. „Obwohl mir sein Anblick nicht behagt, lautet die Anweisung, ihn zu fangen und zu den Gahns zu bringen. Nicht, ihn zu töten."

Das ermüdete mich auch zunehmend. So viele Worte. So viel verschwendete Luft und Zeit.

Ich könnte sie töten, schnell und mühelos, dann müsste ich das nicht mehr ertragen ...

Der mittlere Krieger fauchte und schlug zustimmend mit dem Schwanz. „Nun gut. Dann fangen wir dieses Ungeheuer. Obgleich ich es nicht für klug halte ..."

Die drei Männer kamen jetzt schneller auf mich zu und überraschten mich damit doch.

Wie kühn sie annehmen, sie könnten mich zu dritt überwältigen.

Der mittlere Krieger war jetzt in Reichweite. Als er knurrend den Griff seiner Klinge hob, um ihn kräftig auf meinen Kopf niederfahren zu lassen, ließ ich meine Stacheln hervorschießen. Heißes Blut rann über meinen Hinterkopf, weil die Spitzen seine Hand aufschlitzten. Ich ging auf alle viere, während die zwei anderen Kriegern mich von beiden Seiten angriffen. Den mittleren Krieger erwischte ich hart mit der Schulter in der Körpermitte und drängte ihn damit zurück, sodass er über den Kadaver der geflügelten Bestie stolperte.

Diesen Moment nutzte ich, um zu den anderen herumzuwirbeln und mich zu voller Größe aufzurichten. Ich duckte mich unter einer Klinge hindurch, doch die andere grub sich tief zwischen die Stacheln meines Arms. Ich zischte verärgert und schwang die Faust gegen die Schläfe des erfolgreichen Angreifers, wodurch er das Bewusstsein verlor.

Ich würde mich zurückhalten müssen. Ein Schlag gegen den Kopf mit voller Wucht hätte ihn bei einer Faust wie meiner glatt umbringen können. Ich wandte mich dem anderen Krieger zu, doch mittlerweile hatte sich der erste nach seinem Sturz über die tote Bestie wieder auf die Füße gekämpft. Nun kamen sie beide mit erhobenen Klingen auf mich zu. Einer entrollte ein ledernes Seil, das er um den Arm geschlungen hatte und ganz offensichtlich gegen mich einsetzen wollte. Als könnte mich so etwas bändigen. Ich breitete die Arme aus, ließ meine Stacheln erzittern und brüllte aus voller Kehle, was Staub von den Klippen herabrieseln ließ.

Dann fixierte ich die beiden Sandmeer-Krieger und richtete zum ersten Mal das Wort an sie. „Ich bin Kor. In mir vereinen sich die Bittersee und das Sandmeer. Ich bin kein Tier. Und ihr werdet mir keine Fesseln anlegen."

Und damit ging ich in die Knie, wirbelte herum und fegte ihnen mit meinem geschuppten Schwanz die Füße weg, sodass sie ins Taumeln gerieten. Im nächsten Moment war ich über ihnen. Ein alles verschlingender, rasender Blutdurst, ein furchtbarer, besitzergreifender Instinkt trieb mich an, sie zu töten, und zwar auf der Stelle. Doch die Erinnerung an den Blick meiner Mutter und meine zierliche Gefährtin hielt mich zurück. Ich würde nicht das Monster sein, das diese Leute ohnehin schon in mir sahen.

In schneller Folge schlug ich beide verbliebenen Krieger bewusstlos, obwohl ich mir dabei mehrere Treffer ihrer Klingen einhandelte. Mit dem Seil, das sie mitgebracht hatten, band ich ihre Körper zusammen und wuchtete sie mir ächzend auf den Rücken.

Ich konnte nicht länger abwarten und nur zusehen. Ich konnte nicht länger vermeiden, von den Angehörigen des Volkes meiner Mutter gesehen zu werden. Wenn ich meine Gefährtin erobern wollte, würde ich das aus dem Clanverband heraus tun müssen. Ich würde keinen Gefallen daran finden, so das Lager zu betreten. Aber ich hoffte, das Leben dieser drei Männer würde als Friedensangebot ausreichen. Und falls nicht? Dann würde der Sand mit Blut getränkt werden. Ich würde zu meiner Gefährtin gelangen, um jeden Preis. Aber ich weigerte mich, in Fesseln vor sie zu treten.

Ich suchte mir einen Weg durch die Klippen, den Hang hinunter bis zur Wüste, wobei mich das Gewicht der drei Männer verlangsamte. Ich war größer als sie und es strengte mich nicht übermäßig an, sie zu tragen, aber sie waren für ihre Verhältnisse trotzdem groß und schwer. Als sich einer von ihnen regte, verpasste ich ihm einen schnellen Schlag auf den Kopf, sodass sein Körper wieder erschlaffte. Zufrieden stellte ich fest, dass alle drei noch atmeten, und sorgte dafür, dass meine Stacheln so dicht wie möglich an meiner Haut

lagen, damit ich sie nicht verletzte. Obwohl sie mir nicht
die gleiche Rücksicht entgegengebracht hatten. Jetzt, da die
Hitze des Gefechts verblasste, nahm ich meine Wunden
deutlicher wahr. Ich spürte, wie ich bei jedem Schritt Blut
verlor.

Doch das war unwichtig. Denn mit jedem Augenblick
kam ich meiner Anbetungswürdigen näher.

Meiner Gefährtin.

KAPITEL FÜNF
Zoey

„ICH SEHE NICHTS!", jammerte Kat und versuchte, Chapman beiseite zu schieben. Die beiden standen an der Zeltklappe und beobachteten, wie die Krieger nach dem Eindringling suchten. Nach dem, der diesen abgefahrenen Schuppenspeer geworfen und eine Drohne direkt vor meinen Augen zerstört hatte ...

„Du bist so mickrig, dass du dich auch einfach vor mich stellen kannst", murrte Chapman und trat zur Seite, um Kat einen besseren Blick zu ermöglichen. Ich überlegte, ob ich mich zu ihnen gesellen und im Auge behalten sollte, was da draußen vor sich ging, entschied mich aber dagegen. Für heute hatte ich wirklich genug Aufregung gehabt. Hoffentlich kehrte bald wieder Normalität ein. Was auch immer Normalität an einem Ort wie diesem bedeutete.

Ich setzte mich zu den restlichen Frauen in die Mitte des Zelts. „Vielleicht sollten wir die Kerzen ausmachen", sagte ich und beobachtete, wie der warme Schein über die Zeltwände flackerte. „Falls tatsächlich jemand da draußen ist, ihr wisst schon. Um weniger Aufmerksamkeit zu erregen."

„Gute Idee", stimmte Kat mit einem Blick in meine Richtung zu. „Außerdem können wir besser beobachten, was da draußen abgeht, wenn kein Licht von hinten kommt."

Ich nickte, krabbelte zur nächsten Kerze, einem kleinen grünen Kegel aus getrocknetem *valok*-Gel, und blies sie aus. Schnell folgten die weiteren Lichtquellen, bis wir schließlich im Dunkeln saßen. Mit der Finsternis schien auch automatisch die Stille einzuziehen, denn niemand sagte mehr etwas. Mein Herz hämmerte wie wild. Ich hatte das unerklärliche Gefühl, als würde sich uns etwas nähern.

Etwas Schreckliches.

Ich zwang mich, ganz bewusst auszuatmen. Seit dem Tod meiner Eltern hatte ich mit dieser Angst zu kämpfen. Allerdings war ich auch entführt und hier ausgesetzt worden und wäre beinahe gestorben, also war die Angst vielleicht berechtigt. *Vielleicht sollte ich mehr auf sie hören ...* Sie nahm mit jeder verstreichenden Sekunde zu.

Und als ich hörte, wie Chapman nach Luft schnappte und Kat tonlos „Ach du Scheiße" wisperte, wurde mir klar, dass die Angst alles andere als unberechtigt gewesen war.

„Was ist los?", fragte ich mit bebender Stimme. Ich ballte die Hände zu Fäusten und bemühte mich, ruhig weiterzuatmen. Doch keine der Frauen antwortete mir aus der Dunkelheit. Ich biss mir auf die Lippe und konnte schließlich meine Neugier nicht mehr im Zaum halten. Falls irgendetwas Furchterregendes auf dem Weg zu uns war, wollte ich wenigstens sehen, was zum Teufel es war.

Ich kroch an den anderen Frauen vorbei und spähte mit schmalen Augen an Kats und Chapmans Beinen hindurch in das Halbdunkel aus Sternenlicht und Schatten. Zuerst war ich mir nicht sicher, was ihnen das Keuchen entlockt hatte. Aber dann flüsterte Kat: „Bei den Klippen, direkt geradeaus."

Und dann sah ich es.

Ein richtiges, echtes Monster.

Er löste sich aus den Schatten der Klippe und als das Licht der Sterne und des Asteroidengürtels auf ihn fiel, erstarrte ich. Mein Atem wurde immer flacher, während er sich aus der Dunkelheit schälte, als würde er aus tiefem, trübem Wasser emporsteigen.

„Das muss er sein", zischte Kat. „Der Echsenmann, den Melanie in den Bergen gesehen hat."

„Da hast du wohl recht", stimmte Chapman ihr zu. „Fuck, ich wünschte, ich hätte eine Waffe. Falls er wirklich auf der Suche nach einer von uns ist ..." Mir gefiel ihr Tonfall nicht. Denn der sagte mir, dass wir ihn nicht aufhalten konnten, wenn er zu uns wollte.

„Das kann er sich direkt abschminken", entgegnete Kat hitzig. „Falls er so weit kommt, machen wir ihn kalt. Solange ich hier bin, rührt der niemanden an."

Ich schüttelte den Kopf, denn obwohl Kat es zu hundert Prozent ernst meinte, würde es so vermutlich nicht laufen. Und offensichtlich sah Chapman das genau so.

„Wir können es versuchen, aber schau ihn dir doch mal an."

Das taten wir. Die anderen Frauen drängten sich hinter mir zusammen und gaben erschrockene Laute von sich, sobald sie einen Blick auf ihn erhaschten.

Er war gigantisch. Einen Kopf, vielleicht sogar zwei Köpfe größer als die Kängurukerle im Lager. Zweieinhalb Meter, mindestens. Durch die Dunkelheit fiel es mir schwer, seine Hautfarbe zu erkennen. In diesen Lichtverhältnissen schimmerte sein Körper wie dunkles, poliertes Metall oder wie Onyx. Sein gewaltiger Kopf mit der lang gezogenen Schnauze war von Furchen durchzogen. Sein Schwanz erinnerte am ehesten an einen Dinosaurier und er stapfte auf kräftigen Beinen durch den Sand. Und es sah aus, als hätte er eine Art Buckel ...

„Oh Gott!", ächzte Chapman und lehnte sich ein Stück weiter nach vorn. Und dann erkannte ich, warum sie so entsetzt reagiert hatte.

Das ist kein Buckel auf seinem Rücken. Das sind die Körper von drei Männern.

Mir wurde schwindelig und ich bekam nicht mehr genug Luft. *Er hat ganz allein drei Männer getötet? Vielleicht kann er sich wirklich bis hierher durchkämpfen und eine von uns einfach mitnehmen ...*

Offenbar hatte er eine Gefährtin unter den Menschen. Aber wer könnte das sein?

Ich beneide sie kein Stück, dachte ich, denn beim Anblick dieser riesigen Kreatur überrollte mich eine neue Welle der Angst. Die Kängurukerle waren schon fremdartig, aber verglichen mit diesem Wesen kam es mir fast vor, als würde ich sie schon mein ganzes Leben lang kennen. Als wären sie meine vertrauten Nachbarn, meine Familie. Diese Kreatur war durch und durch ein Alien. Reptilienartig und gnadenlos.

Mittlerweile hatten die Krieger, die zwischen den Zelten patrouillierten, das Monster ebenfalls bemerkt und rannten darauf zu. Ich atmete erleichtert auf. Zwar wollte ich nicht dabei zusehen, wie die Kreatur direkt vor unseren Augen in Stücke gerissen wurde, aber wenn er schon drei Männer getötet hatte und auf der Suche nach einer Menschenfrau war, wäre es vielleicht doch das Beste, wenn er ausgeschaltet wurde.

Bevor die Sandmeer-Krieger ihn jedoch erreichten, beugte er sich vor und ließ die Leichen überraschend vorsichtig und elegant zu Boden gleiten. Dann richtete er sich zu seiner vollen Höhe auf und war jetzt, ohne die Männer auf dem Rücken, sogar noch größer.

Selbst von hier konnte ich sehen, wie sich seine breite geschuppte Brust unter einem tiefen Atemzug hob. Und als er sprach, bescherte mir das durchdringende, raue Grollen eine Gänsehaut.

„Ich bin Kor. Ich habe diese Männer nicht getötet. Ich wünsche niemandem Böses, der mir nichts Böses will."

Die Krieger, die auf dem Weg zu ihm waren, wurden langsamer und näherten sich ihm in einem lockeren Kreis. Ich verlagerte das Gewicht aufs andere Bein und lehnte mich in dem Versuch zur Seite, den Riesen nicht aus den Augen zu verlieren.

Sagte er die Wahrheit? Hatte er diese Männer wirklich nicht getötet?

Aus dem Augenwinkel bemerkte ich drei weitere Männer, die auf die versammelten Krieger zueilten. Sofort erkannte ich sie als die drei Gahns. Mit gezogenen Waffen drängten sie sich in den Kreis. Taliok beugte sich über die verschnürten Krieger und in dem Moment sah ich, dass die Glieder des Alien-Pakets sich rührten und somit mindestens einer der Männer wieder zu Bewusstsein kam.

Erleichterung durchströmte mich, dass niemand gestorben war und dieser Kerl womöglich doch keine so große Bedrohung darstellte wie gedacht. Aber dann fiel mir wieder ein, warum er wahrscheinlich hier war: um sich eine menschliche Frau zur Gefährtin zu machen. Und damit verpuffte die Erleichterung auf der Stelle.

„Er sagt die Wahrheit. Die Männer sind am Leben", verkündete Gahn Taliok den Versammelten.

Seine Worte linderten die Anspannung kaum. Jeder einzelne Sandmeer-Krieger stand kampfbereit mit gezückten Waffen da. Der Echsenmann blieb vollkommen reglos, eine dunkle, alienhafte Statue inmitten der Männer.

„Ist dies dein Speer?", wollte Gahn Buroudei wissen und hielt die Waffe hoch, die die Drohne zerstört hatte.

„Ja", antwortete der Echsenmann knapp.

„Und warum hast du diesen Speer in unser Territorium geworfen?", spie ihm Gahn Fallo entgegen und rollte die Schultern, als würde er sich für einen Kampf wappnen.

Der Echsenmann hielt kurz inne und ich ertappte mich dabei, den Atem anzuhalten. Warum hatte er den Speer direkt vor meine Füße geschleudert? Hatte er versucht, mich zu töten, oder nur schlecht gezielt? Oder hatte das Ganze einem anderen Zweck gedient?

„Ich musste ihn werfen, um das fliegende Wesen zu töten."

„Warum hast du das getan, wenn es sich doch auf unserem Territorium befand und dich überhaupt nicht kümmern sollte?", fragte Buroudei. Sein Blick wanderte hinunter auf den Speer und dann wieder zu dem Monster in der Mitte des Kreises.

Als der Echsenmann wieder das Wort ergriff, wurde mir der Atemzug, den ich angehalten hatte, aus der Lunge getrieben. Ich grub die Finger im Sand und senkte den Kopf, weil mir bei seiner Antwort schwindelig wurde.

„Ich hatte keine andere Wahl", sagte er. Seine Stimme war animalisch und tief und drückte eine erschreckende Gewissheit aus.

Seine Worte durchbohrten mich wie der Speer diese Drohne und brannten sich in meine Haut.

„Es kam meiner Gefährtin zu nahe."

KAPITEL SECHS
Kor

„ES KAM MEINER GEFÄHRTIN zu nahe."

Die umstehenden Krieger reagierten mit Zischen und Knurren und vor Überraschung umherpeitschenden Schwänzen. Zum ersten Mal in meinem Leben war ich wirklich in Gefahr. Gegen so viele Männer kam ich nicht an. Meine Mutter hatte mich immer gewarnt, mich einem der Völker meiner Eltern zu offenbaren. Ich war zu anders und würde zwangsläufig von ihnen als Monster angesehen werden.

Aber mir blieb keine andere Wahl. Ich konnte mich dem Ruf meiner Gefährtin nicht verweigern. Und diese Männer hielten sie so grausam weit von mir fern. Mein Blick fand das große Zelt. Da war ein schmaler Spalt zwischen den Tierhäuten, doch in der Dunkelheit dahinter konnte ich nichts erkennen. *Ist sie dort? Beobachtet sie mich gerade?* Der Gedanke, dass ihr Blick in diesem Moment auf mir ruhen könnte, schickte Hitze durch meine kalten Adern.

Gahn Taliok, der mittlerweile die drei Männer am Boden von ihren Fesseln befreit hatte, erhob sich und stellte sich neben die anderen Gahns. Die drei Krieger kamen langsam wieder zu sich. *Wie es scheint, habe ich meine Kraft ausreichend gezügelt,* dachte ich zufrieden. Ich hatte noch nie einem Mann aus dem Sandmeer einen Schlag auf den Kopf verpasst und es wäre durchaus möglich gewesen, dass ich mehr Schaden als beabsichtigt anrichtete. Doch alle drei kämpften sich aus eigener Kraft, wenn auch etwas wackelig, auf die Füße.

„Also ist es wahr. Du behauptest, eine Gefährtin unter den neuen Frauen zu haben." Gahn Taliok, der vernarbte Gahn aus den Bergen, musterte mich lange. Der Mann neben ihm, den ich für einen weiteren Gahn hielt, beobachtete alles schweigend. Ein dritter Mann, der ebenfalls ein Gahn zu sein schien, zeigte wesentlich weniger Zurückhaltung und ließ aufgebracht seine Klingen durch die Luft sausen.

„Er kann keine Gefährtin haben. Nur die Männer des Sandmeers werden von den Lavrika gerufen", knurrte der größte und aufgebrachteste der Gahns.

„Ich wurde gerufen", entgegnete ich bemüht ruhig. Zorn kochte heiß in mir hoch. Doch ich blieb besonnen, denn eine falsche Bewegung könnte mein Ende sein. „Mir wurde seit jeher beigebracht, dass die Krieger des Sandmeers den Ruf der Lavrika ehren." Ich nutzte absichtlich den Namen, den das Volk meiner Mutter ihnen gegeben hatte, weil das Wort sicherlich etwas in den Gahns auslösen würde. Und ich behielt recht. Obwohl es sich dabei nicht um *ihre* Lavrika handelte, den Geist der Wüstenklippen, sorgte allein ihre Erwähnung dafür, dass sie alle erstarrten oder zusammenzuckten.

„Du gehörst nicht unserem Volk an, und doch sprichst du in unserer Zunge und kennst den Namen der Lavrika? Wie ist das möglich?", fragte der Gahn mit dem langen, geflochtenen Zopf, der meinen Speer in der Hand hielt.

„Ich werde euch weiter Auskunft geben, wenn ihr zwei Bedingungen erfüllt", erwiderte ich. Ich wollte nicht ewig hier stehen und ihrer Gnade ausgeliefert sein. Ich hatte eine Mission zu erfüllen und eine Gefährtin zu erobern.

Die Sichtsterne des wütenden Gahns flackerten auf und er fauchte, sodass die umstehenden Krieger automatisch ihre Waffen hoben. Doch die anderen beiden Gahns blieben reglos stehen.

„Wie lauten deine Bedingungen?", fragte Gahn Taliok schließlich.

„Ich werde hier nicht als Gefangener festgehalten. Ich bin ein freier Krieger, der nach dem heiligen Ruf der Lavrika seine Gefährtin sucht. Kein Mann hat das Recht, mir das zu verweigern." Die drei Gahns beobachteten mich stumm und warteten auf die zweite Bedingung. Die einzige, die mir wirklich wichtig war. „Und ich fordere eine Unterredung mit meiner Gefährtin."

Der wütende Gahn schnaubte spöttisch und stürmte knurrend auf mich zu. Ich schaute auf ihn hinunter und begegnete seinem hitzigen Blick unbeirrt.

„Wir haben dich umzingelt. Dein Wort hat hier kein Gewicht. Warum sollten wir dir irgendetwas gewähren?", sagte er und hob dabei seine beiden Klingen, als würde er sie mir in die Seiten treiben wollen. Der Zorn dieses Gahns ging mir unter die Schuppen, doch ich bemühte mich redlich, die Fassung zu bewahren.

Es gab nur ein Argument, das ich in die Waagschale werfen konnte. Wenn sie in mir ein Ungeheuer sahen, das kein Recht hatte, eine Gefährtin für sich zu beanspruchen, würde ich die einzige andere Sache anbringen müssen, die das Blatt zu meinen Gunsten wenden konnte.

Ich war der Einzige hier, der vom Volk meines Vaters wusste.

„Es gibt weitere von meiner Art. Männer, die viel größer und stärker sind als ich. Und zwar viele. Genug, um eure Clans zu überrennen."

Der Gahn vor mir zuckte zurück und seine Fangzähne schimmerten im Licht der Sterne.

„Du lügst!", rief der Gahn neben Gahn Taliok.

„Wo, glaubt ihr, bin ich hergekommen, wenn nicht von meinem Volk?", blaffte ich, weil mich dieses Gespräch zunehmend ermüdete.

Die anderen Gahns mussten die Schlüssigkeit meiner Aussage anerkennen. Was, glaubten sie denn, ich sei dem Sand entstiegen, ohne Eltern und ohne Abstammung, wie ein Ghul der Wüste? Meine Mutter war eine intelligente, scharfsinnige Frau. Dass sie einem Clan dieser Stumpfsinnigen entstammte, entzog sich meiner Vorstellungskraft.

„Wir müssen darüber beraten", verkündete Gahn Taliok und der knurrende Gahn zog sich endlich zurück und schloss sich den anderen beiden an. Ich beobachtete sie mit unbewegter Miene, während sie besprachen, wie mit mir umzugehen war. Falls sie meiner zweiten Bedingung – dem Treffen mit meiner Gefährtin – nicht zustimmten, dann würde sich die Wüste heute Nacht mit Sandmeer-Blut schwarz färben. Vielleicht fand ich dabei den Tod, doch ich würde nicht zulassen, dass mir mein Recht verwehrt wurde. Sie würden mir nicht vorenthalten, wofür ich hergekommen war – das Einzige, was für mich zählte.

Nach einer Weile wandten sich die drei Gahns wieder mir zu.

„Ich bin Gahn Buroudei", sagte der Gahn mit dem einzelnen geflochtenen Zopf. „Dies sind die Gahns Fallo und Taliok. Wir herrschen hier, drei Gahns der Wüste, die sich miteinander verbündet haben."

Ich schwieg und wartete auf seine nächsten Worte. Die Worte, die ihr Schicksal und auch das meine besiegeln würden.

„Wir Gahns sind übereingekommen, dir für eine Befragung Zutritt zu unserem Lager gewähren. Wir möchten mehr darüber erfahren, was du über diese Männer zu berichten hast, die dir ähnlich sehen. Wenn du dem entgegenkommst und den Frieden wahrst, werden wir dir erlauben, deine Gefährtin unter Aufsicht kennenzulernen."

Wut flammte in mir auf. *Unter Aufsicht?* Dazu hatten sie kein Recht! Sie ...

Eine Stimme, die sehr an die meiner Mutter gemahnte, verschaffte sich in mir Gehör. Drängte mich zu Frieden und kluger Strategie. Wenn ich die Wünsche der Gahns jetzt ausschlug, würde ich von ihren Männern in Stücke gerissen werden. Wenn ich einwilligte und meinen Stolz hinunterschluckte, bekam ich vielleicht endlich, wofür ich gekommen war. Vielleicht durfte ich dann meine Gefährtin endlich aus der Nähe sehen. Die Vorstellung war wie Balsam, wie die heilende Milch der Kell, und hielt meine Stacheln in Schach.

„Ich stimme euren Bedingungen zu", brachte ich mühsam hervor. „Stellt eure Fragen und ich werde antworten."

„Woher kennst du unsere Sprache und Gebräuche?",
eröffnete Gahn Buroudei die Befragung.

Jetzt führte kein Weg mehr daran vorbei. Ich musste
ihnen von meiner Mutter erzählen. Sie war in Sicherheit,
wieder bei ihrem Volk in Gahn Baldors Clan. Meine Worte
konnten ihr keinen Schaden zufügen.

„Meine Mutter stammt aus dem Sandmeer. Aus Gahn
Baldors Clan."

Erneutes Zungenschnalzen und Zischen.

„Wie ist das möglich? Du bist nicht von unserer Art. Das
kann nicht sein", fauchte Fallo.

„Es sind fremdartige Frauen unter euch. Einige von ihnen habt ihr zu euren Gefährtinnen genommen, das ist mir
bereits bekannt." Ich richtete den Blick auf Fallo. Gahn Talioks Gefährtin war mir in den Bergen begegnet und dort
hatte ich auch noch ein anderes Paar gesehen. Die kleine
Frau ohne Haare und der große Krieger. „Sie sind auch nicht
von eurer Art. Und doch wurdet ihr miteinander verbun-
den."

„Er hat recht", sagte Taliok. Seine Narben verwandelten
sein Gesicht in eine finstere Maske. Und doch vertraute ich
ihm von den drei Gahns am meisten. Auf meinem Weg
durch die Berge hatte ich ihn im Auge behalten. Ich hatte
mitverfolgt, wie er seine Gefährtin und seine Männer behan-
delte. Und aus dieser kurzen Beobachtung konnte ich bereits
schließen, dass er seinem Clan ein guter Gahn war.

„Wenn deine Mutter von unserer Art war, dann berichte
uns von deinem Vater und seinem Volk", verlangte Buroudei.

„Die Vorfahren meines Vaters stammten alle aus der Bittersee. Der gewaltigen Fläche dunklen Wassers jenseits der Berge, weit jenseits der Wüste. Weit über das Territorium von Gahn Baldors Clan hinaus. Dort lebt das Volk meines Vaters. Sie haben ihre eigene Sprache, ihre eigenen Gebräuche und ihre eigenen Lavrika. In ihrer Zunge werden sie Kell genannt."

Fallo hob eine Klinge und deutete mit der Spitze direkt auf meine Brust. „Du lügst, schändliche Bestie. Es gibt nur unsere Lavrika. Und sie leben hier in diesen Klippen."

Ich unterdrückte ein Knurren und verstärkte den Griff um meine eigene Klinge. Ich war kein Lügner. „Das ist nicht wahr. Es gibt sie ebenfalls in der Bittersee. Sie haben mich in ihre Grotten gerufen und in ihre Teiche geführt, wo ich einen Blick auf das Gesicht eines merkwürdigen Wesens gewährt bekam. Einer Frau. Diejenige, die dazu bestimmt ist, meine Gefährtin zu werden." Die Gahns schienen nicht überzeugt und ich fuhr fort: „Woher hätte ich denn sonst von der Anwesenheit der seltsamen Frauen wissen sollen, wenn nicht aus der Vision der Kell? Ich bin unzählige Tage gereist, um hierherzugelangen. Eine halbe Ewigkeit habe ich die Wüste durchquert, um sie zu finden. Und ich suchte ohne Karte und ohne Plan, konnte mich nur an der Schönheit ihres Gesichts orientieren, das vor mir in den Sternen schwebte. Mich weiter vorantrieb. Ihr könnt mich einen Lügner nennen, wenn ihr das wünscht. Ihr könnt mich verstoßen, wie ich mein ganzes Leben schon verstoßen wurde. Doch eins solltet ihr wissen: die bedeutsamste Wahrheit, die einzige Wahrheit, die jetzt mein Leben bestimmt, ist sie."

Meine Worte hingen schwer zwischen uns in der Luft, bis Taliok schließlich das Wort ergriff: „Was er beschreibt, ist das heilige Band. Daran besteht kein Zweifel. Ich glaube ihm."

Nach einer weiteren langen Stille schlug Gahn Buroudei zustimmend mit dem Schwanz. „Ich ebenso. Gahn Taliok und ich haben erlebt, was dir gerade geschieht. Haben die fremdartigen Gesichter unserer Gefährtinnen in den Teichen erblickt, bevor wir überhaupt wussten, dass solche Wesen existierten. Deine Worte scheinen der Wahrheit zu entsprechen."

Neben ihnen schäumte Fallo sichtlich vor Wut, sagte aber nichts dazu.

„Das Gleiche ist meinem Vater vor uns passiert. Als er zu den Kell, den Lavrika der Bittersee, gerufen wurde, erblickte er keine Frau aus seinem eigenen Volk, sondern meine Mutter." Bis zu diesem Zeitpunkt hatten die beiden Völker nichts voneinander gewusst, getrennt durch die Weite des dunklen Wassers. „Mein Vater schwamm viele Tage und wanderte noch viele mehr, bis er schließlich meine Mutter fand." *Fand* war sehr diplomatisch ausgedrückt. In Wahrheit hatte er sie verschleppt, um im Verborgenen mit ihr zusammenzuleben, abseits der beiden Völker. „Mein Vater starb, als ich noch ein Kind war, und ich blieb allein mit meiner Mutter in der Wüste."

„Warum hast du dich weiterhin in den Schatten verborgen? Warum hast du dich nicht schon vorher zu erkennen gegeben?", fragte Gahn Buroudei und neigte den Kopf zur Seite. Seine Sichtsterne pulsierten.

Ich verkniff mir ein bitteres Auflachen. „Warum wohl, mächtiger Gahn? Sieh dir nur an, welche Begrüßung mir hier zuteilwurde." Ich schwenkte die Klinge in einer ausladenden Geste über die Anwesenden. „Ich bin nur ein einziger Mann und doch bin ich von Dutzenden umringt, die ihre Waffen gezogen haben. Ich habe keinen von euch getötet und die Männer, die mich in Fesseln legen wollten, nur niedergerungen. Der einzige Mann aus dem Sandmeer, den ich in den letzten Tagen getötet habe, stammte aus dem Clan meiner Mutter und ich brachte ihn zur Strecke, um eine eurer neuen Frauen zu schützen – Gahn Talioks Gefährtin. Jetzt komme ich auf der Suche nach meiner eigenen Gefährtin zu euch, auf heiliger Mission, und sehe mich Klingen gegenüber. Genau das hat meine Mutter schon immer gewusst und gefürchtet. Ich bin zu anders, also hat sie mich versteckt, um mich zu schützen. Aber da ich nun ein Mann, ein Krieger bin, brauche ich ihren Schutz nicht mehr. Und sobald ich meiner Gefährtin gewahr wurde, konnte ich nicht länger im Verborgenen bleiben. Das Schicksal verlangte, dass ich mein altes Leben zurücklasse und mich auf den Weg hierher begebe. Und so ist es gekommen."

„Ich traue ihm nicht", ereiferte sich Fallo und ließ seine Klinge erneut durch die Luft sausen.

„Ich schon."

Die hohe, sanfte Stimme zog unsere Aufmerksamkeit auf sich. Eine der fremden Frauen, deren Haare in der Farbe roten Steins leuchteten, schritt durch die Dunkelheit auf uns zu. Sie kam aus der Richtung des großen Zelts, in dem sich meine Gefährtin aufhielt. Buroudei und Taliok hoben die Schwänze vor die Augen und ich beobachtete interessiert, wie sie sich an Fallos Seite gesellte. *Seine Gefährtin. Die Gahnala.*

Ihr Gefährte neigte den Kopf, sodass sie ihm etwas ins Ohr flüstern konnte. Doch einige ihrer Worte entgingen meinem geschärften Gehör nicht. Worte wie *Kampf* und *Krieg* und *Verbündete.* Die anderen Gahns traten näher zu ihnen und schlossen sich der Zwiesprache an. Ich bezweifelte, dass sie mich in die Einzelheiten der Unterredung einweihen würden. Doch sie musste wohl dazu beitragen, eine Entscheidung zu fällen, denn als sie sich mir wieder zuwandten, ließen Gahn Buroudeis nächsten Worte mein Herz wie einen geworfenen Speer fliegen.

„Komm. Wir führen dich zu deiner Gefährtin."

KAPITEL SIEBEN
Zoey

ALS CHAPMAN INS ZELT zurückkehrte, war sie ganz blass. Und ihr Blick fiel sofort auf mich. *Das hat nichts Gutes zu bedeuten.* Sie kam zu mir, kniete sich neben mich und schaute mich eindringlich an. Nachdem der Echsenmann sich jetzt sowieso im Lager aufhielt, hatten wir beschlossen, die Kerzen wieder zu entzünden, weil ihr Licht wohl kein Problem mehr darstellte. Doch im Kerzenschein sah ich nun deutlich die Sorge auf Chapmans Gesicht. Und da sie eine abgebrühte Soldatin war, kam mir das ... beunruhigend vor.

Na ja, es ist nun mal beunruhigend, wenn ein zweieinhalb Meter großer Echsen-Kerl reinschneit und behauptet, ich wäre seine Gefährtin!

Genau das hatte er gesagt. Man konnte seine Worte gar nicht anders interpretieren. Er hatte den Speer geworfen, weil der Vogel – die Drohne – sich seiner Gefährtin genähert hatte. Als sein Speer das Ding getroffen hatte, war ich als Einzige in der Nähe gewesen. Und die Drohne hatte direkt vor meinem Gesicht geschwebt.

„Okay, so sieht's aus", setzte Chapman zum Sprechen an.

Ich sog scharf Luft ein und wappnete mich gegen das, was als Nächstes kommen würde. Aber so richtig darauf vorbereitet war ich nicht. Wie sollte ich auch?

„Wir haben zugestimmt, dass der Echsenmann dich kennenlernen darf."

„Ihr habt was?" Ich atmete zittrig aus. Was sollte das heißen? Etwa allein? Warum musste ich mich mit ihm auseinandersetzen?

Ich war nicht die Einzige, die sich diese Fragen stellte. Kat sprang auf und stieß ein „Scheiße, nein!" hervor. Die anderen Frauen nickten und stimmten ihr lautstark zu. Doch Chapman hob eine Hand, bis alle sich wieder beruhigten.

Mein Herz hämmerte in meiner Brust und mein Mund war staubtrocken. *Was haben sie vor?*

„Wir haben uns nur darauf geeinigt, dass er mit dir sprechen darf. Er wird dich nicht anfassen oder irgendwohin mitnehmen. Das Treffen wird unter Aufsicht stattfinden. Du musst keine Sekunde lang mit ihm allein sein."

„Aber ... warum?" Warum zum Teufel musste ich mit Mr. Godzilla reden, der mich ganz offensichtlich am liebsten verschleppen würde, damit ich die kleine Menschenehefrau für ihn spielte?

Chapman seufzte und schürzte die Lippen. „Es ist nicht die beste Lösung. Das weiß ich. Aber möglicherweise notwendig."

„Scheiß auf notwendig!", empörte sich Kat, kniete sich zu uns und verpasste Chapman einen Stoß mit dem Ellenbogen. „Sag uns, was zum Teufel hier los ist. Du weißt, dass ich es aus Galok rauskriegen werde, der es sowieso von Buroudei hört."

Chapmans Blick wanderte zu Kat, dann wieder zu mir. „Na gut, Folgendes: Ich glaube, , dass menschliche Truppen auf dem Weg hierher sind und die Drohne der Späher war. Möglicherweise werden wir um das Leben, das wir uns hier aufgebaut haben, kämpfen müssen. Und für den Schutz der Leute, die uns geholfen haben." Der Rest ihres Satzes blieb unausgesprochen in der Luft hängen: *der Leute, die wir lieben* … Zumindest ein Teil ihrer Sorge galt ihrem Gefährten.

Kat wirkte im Kerzenlicht plötzlich blass um die Nase, denn zweifellos dachte sie sofort an Galok, den sie schon einmal fast verloren hätte.

„Okay, aber was hat das damit zu tun, dass ich mit einem Krokodil auf zwei Beinen reden muss?", jammerte ich. Nichts davon ergab irgendeinen Sinn.

„Er behauptet, dass er einer Spezies von Alien angehört, die aussehen wie er. Viele von ihnen sind angeblich sogar größer und stärker als er. Sollten wir uns gegen die Streitkräfte der Menschen verteidigen müssen, werden wir alle Verbündeten brauchen, die wir kriegen können."

Mir blieb der Mund offen stehen. „Also verschacherst du mich wie eine Braut im Mittelalter? Um Verbündete zu gewinnen?"

„Nein", entgegnete Chapman fest und legte mir eine Hand auf die Schulter. Ich zog die Knie an meine Brust und bettete die Stirn darauf. Meine Atmung wurde hektisch und flach. Das alles ging viel zu schnell. Der Druck war zu groß. Es war alles zu seltsam. Einfach … zu viel. Doch Chapmans Griff fühlte sich verlässlich an und ich zwang mich, ihr zuzuhören.

„Wir werden dem Kerl nur erlauben, einen Blick auf dich zu werfen. Wir würden dich niemals mit ihm wegschicken. Wir würden niemals eine von uns dafür eintauschen. Auf gar keinen Fall." Chapman klang aufrichtig, fast schon wütend, und ich hob den Kopf, um sie anzusehen.

„Wir hoffen, dass ihm das Überleben unserer ganzen Gruppe noch mehr am Herzen liegt, wenn er dich sieht. Und dass er sich bereit erklärt, zu seinem Volk zurückzukehren und eine Allianz gegen einen möglichen Angriff auszuhandeln."

Ich atmete bebend aus. Das Ganze klang schon irgendwie logisch. Wenn er tatsächlich diese Gefährtenbindung oder was auch immer spürte, würde er doch bestimmt wollen, dass ich und die Leute, die mir wichtig waren, überlebten?

Oder ...

„Was, wenn ihm dieses Bündnis und alles und jeder egal sind? Was, wenn er versucht, mich zu entführen?" Ich klang erbärmlich, wie ein kleines Mädchen, das nach einem Albtraum wimmernd im Bett lag. Aber ich konnte einfach nicht anders. Der Anblick dieser gewaltigen Kreatur hatte eine tiefsitzende Urangst in mir geweckt. Und die Tatsache, dass er wusste, wie ich aussah, und nach mir suchte, machte es noch viel schlimmer.

„Wird nicht passieren", sagte Chapman entschlossen. „Ich werde dabei sein. Und die drei Gahns auch, zusammen mit einer ganzen Truppe Kriegern."

Ich biss mir auf die Lippe und schob meine Brille nach oben. „Wann soll dieses Treffen stattfinden?", fragte ich mit zitternder Stimme.

„Ganz ehrlich? Am besten jetzt sofort. Ich bin hergekommen, um dich zu holen."

Ich stöhnte auf. „Keine Zeit, um mich darauf vorzubereiten, hm?"

Chapman zuckte entschuldigend mit den Schultern. „Sorry. Die Lage da draußen kann jeden Moment umschlagen. Aber wie gesagt, du musst gar nichts tun. Wir gehen einfach nur zu ihm. Mehr nicht."

Mir gingen bereits tausend Szenarios durch den Kopf, wie das Ganze schiefgehen konnte. Aber wenn das zum Schutz von uns allen beitragen konnte, würde ich es tun. Es führte kein Weg daran vorbei. Und wie sie schon gesagt hatte: Ich musste ja überhaupt nichts tun, oder? Ich musste einfach nur dastehen und ihm erlauben, mich anzuschauen.

Ich nickte knapp. Chapman schenkte mir ein schmales, freudloses Lächeln, hielt mir beim Aufstehen eine Hand hin und zog mich auf die Füße. Ihre Hand fühlte sich gut in meiner an, wie schon vorhin auf meiner Schulter. Sicher. *Ich kann ihr vertrauen. Ich kann ihnen allen vertrauen.* Sie waren jetzt meine Freundinnen, mein Clan, meine Familie. Sie waren alles, was mir noch geblieben war.

Chapman ließ mich nicht los, während wir das Zelt verließen. „Ich bin die ganze Zeit bei dir. Dein ganz persönlicher Bodyguard", versicherte sie mir und warf mir einen Seitenblick zu.

Ich bemühte mich, sie anzulächeln, doch dem Gefühl nach zu urteilen, sah es wahrscheinlich gequält und schief aus.

„Wo ist er?", fragte ich.

„Alle haben sich außerhalb des Lagers versammelt. Zwischen Klippen, wo Gahn Talioks Clan früher campiert hat. Wir wollten das Treffen nicht in der Nähe der Zelte abhalten ..."

„Falls es eskaliert", beendete ich den Satz tonlos.

Sie drückte meine Hand. „Bloß eine Vorsichtsmaßnahme."

Wir verließen das Lager und liefen in die offene Wüste hinaus. Am Rande bemerkte ich, dass zwei Krieger uns mit gezogenen Waffen folgten, aber ich achtete kaum auf sie. In meinem Kopf herrschte Leere. Bewusst war mir nur das blanke Entsetzen, das wie ein bleischweres Gewicht auf meiner Brust lastete, während ich auf dem Weg war, das Monster persönlich kennenzulernen.

Der Sand schimmerte in der Nacht und die Klippen ragten neben uns empor wie ein rauer Vorhang. *Vielleicht können wir einfach für immer weiterlaufen und diesem Kerl niemals begegnen ...*

Doch viel zu bald schon erreichten wir eine Kluft in der Klippe.

„Hier lang", sagte Chapman. Die Sandmeer-Krieger, die uns begleiteten, teilten sich auf, sodass einer voranging und einer die Nachhut bildete. Wir liefen zwischen den Felswänden entlang, bis der Weg in eine große, kreisrunde freie Fläche mündete. Über uns erstreckte sich der nachtschwarze Himmel.

Schluckend ließ ich den Blick über die Szenerie schweifen. Wie schon im Lager hatten mehrere Krieger einen Kreis gebildet, doch hier standen sie sehr viel dichter zusammen, praktisch Schulter an Schulter. Eigentlich hätte man nicht erkennen sollen, was sich innerhalb des Kreises befand, wenn der Mann in der Mitte nicht größer gewesen wäre als alle Anwesenden.

Mann? Nein. Ganz sicher nicht.

Das Ding da inmitten der Gruppe war definitiv kein Mann.

Die Krieger machten Platz, um Chapman und mich durchzulassen. Wenn sie mich nicht an der Hand hinter sich hergezogen hätte, hätte ich mich keinen Meter mehr vorwärts bewegen können. Die Kreatur vor mir war zu surreal, zu entsetzlich.

Aber da stand er nun. Chapman und ich blieben etwa drei Meter vor dem riesigen Ungeheuer stehen. Auf der einen Seite des Echsenmanns befand sich Chapmans Gefährte Fallo. Auf der anderen hatten Buroudei und Taliok Stellung bezogen. Hinter ihnen im Kreis entdeckte ich Galok, dessen normalerweise unbeschwerter Gesichtsausdruck einer ernsten, unbewegten Miene gewichen war.

Ich konzentrierte mich auf die mir bekannten Männer, damit ich die Kreatur nicht direkt ansehen musste. Doch ich konnte ihm nicht ewig ausweichen. Mit angehaltenem Atem ließ ich schließlich den Blick über den Sand zwischen uns und dann nach oben wandern. Über seine langen, geschuppten Füße mit je drei krallenbewehrten Zehen, an seinen kräftigen Echsenbeinen hinauf, über seine breite, muskulöse Brust zu seinen Schultern. Weiter an seinem starken, definierten Hals hinauf. Über die Schnauze, die an einen Drachen erinnerte. Weiter hinauf. Bis zu seinen Augen. Augen, die mich fixierten, ohne zu blinzeln.

Ich schnappte nach Luft und jedes Härchen auf meinem Körpers stellte sich auf. Ich wünschte, ich hätte an meine Solarschutzjacke gedacht. Im Moment trug ich nur die graue Hose und das Tanktop, das wir auf dem Schiff bekommen hatten, und ich fühlte mich furchtbar entblößt. Allerdings wäre ich mir wohl auch mit der Jacke unter der Aufmerksamkeit dieses Furcht einflößenden Blicks genauso entblößt vorgekommen.

Seine Augen waren groß und komplett schwarz und in ihnen glommen ähnliche umherwirbelnden Funken wie bei den Männern des Sandmeers. Doch sie waren anders ausgerichtet, weiter auseinander, und befanden sich unter gewölbten, zerfurchten Brauenbögen, die seinem Blick etwas sehr ... Durchdringendes verliehen.

Und momentan wirkte er durchdringend wütend.

Vielleicht entspreche ich nicht seinen Erwartungen. Vielleicht schaut er mich einmal an, packt seine Sachen und verschwindet wieder. Doch dann fiel mir ein, dass wir ihn und sein Volk laut Chapman brauchten, also wurde daraus nichts. Ich stöhnte innerlich auf.

„Wir haben sie hergebracht, wie du es verlangt hast", verkündete Chapman neben mir mit erstaunlich ruhiger Stimme. Verdammt, die Frau ging mit Druck so gelassen um. Ich wünschte, ich könnte mir nur ein kleines Scheibchen davon abschneiden. Meine Stimme schien sich nämlich auf Nimmerwiedersehen verabschiedet zu haben.

„Ja", erwiderte die Kreatur und seine Nähe setzte jeden meiner Muskeln unter Strom. Er stand nicht einmal besonders dicht bei mir, doch seine Stimme schien mir direkt unter die Haut zu gehen, tief und rau. Sie jagte mir einen

Schauer über den Rücken. Seine Sichtsterne zogen sich eng zusammen. Er löste den Blick von meinem Gesicht und ließ ihn so langsam an meinem Körper hinunterwandern, dass ich die Arme vor der Brust verschränkte.

„Meine Augen sind hier oben", murmelte ich kaum hörbar, nachdem ich offensichtlich meine Stimme wiedergefunden hatte.

Chapman schaute mich an, als wäre sie überrascht, dass ich ausgerechnet das als Erstes zu diesem Kerl sagte, aber konnte sie es mir verübeln? Er zog mich quasi mit seinen Blicken aus.

„Bist du verletzt?", fragte er schließlich, wobei sich seine pulsierenden Sichtsterne wieder auf meine Augen fixierten.

Ich blinzelte. „Was?"

„Als ich den Vogel niedergestreckt habe, der sich dir genähert hat, entstand dadurch große Zerstörung und ich habe Funken und Rauch gesehen. Doch ich kann kein Anzeichen für eine Verletzung an dir entdecken. Bitte bestätige mir das."

Oh. Deshalb hat er also ausgesehen, als wollte er mit seinen komischen Augen durch meine Kleidung gucken? Um sich zu vergewissern, dass ich unverletzt bin?

Wahrscheinlich um sicherzugehen, dass seine Ehefrau nicht an Wert verloren hat oder so. Beschädigte Ware.

Vielleicht sollte ich lügen. Behaupten, ich wäre verletzt worden. Wenn er wirklich so denkt, will er mich dann vielleicht nicht mehr …

Mir war bewusst, wie dämlich das klang. Aber die ganze verfluchte Situation war dämlich. Dass ich auf einem frem-

den Planeten gelandet und vom Schicksal an ein Echsen-
monster gebunden worden war.

Und eigentlich *hatte* ich mich sogar verletzt. Mehr oder
weniger. Nachdem die Drohne abgestürzt war, hatte ich in
den Trümmern herumgestochert und mich an einer scharfen
Metallkante geschnitten. Das war zwar nicht durch seinen
Speerwurf passiert, aber trotzdem.

„Doch, ich wurde verletzt", sagte ich, wobei meine
Stimme zitterte wie ein verdammtes Blatt an einem Ast. Und
zwar nicht wie ein saftig grünes Blatt. Sondern wie das letzte,
einsame, welke Blatt, das vor dem ersten Schneesturm des
hereinbrechenden Winters vom Baum fiel.

Aus dem Augenwinkel bemerkte ich, wie Chapman mir
einen scharfen Blick zuwarf, da ich ihr gegenüber keine Verletzung erwähnt hatte. Ich entzog ihr meine Hand und hielt
sie ihr hin, um ihr den kleinen Schnitt an meinem Finger zu
zeigen. Dann wandte ich mich wieder dem Echsenmann zu
und hoffte, dass er damit jegliches Interesse an mir verloren
hatte.

Doch ich erstarrte mitten in der Bewegung.

Die Augen der schaurigen Kreatur loderten auf. In
schwarzem und silbernem Feuer. Er knurrte und war schein-
bar drauf und dran, einen riesigen Schritt nach vorn zu
machen. Doch die drei Gahns reagierten augenblicklich und
kreuzten Speere und Klingen vor ihm, um ihm den Weg zu
versperren.

Was zum Teufel, warum dreht er denn so ab? Mir schlug
das Herz bis zum Hals und ich wich einen Schritt zurück.

Der Echsenmann wirkte, als hätte er die Gahns am liebsten in Stücke gerissen, um zu mir zu gelangen. Doch er

sah von einem weiteren Schritt in meine Richtung ab. Mit angespannter Stimme knurrte er: „Ist es eine ernste Verletzung? Und wurde sie bereits behandelt?"

Da lag ein seltsamer Unterton in seiner Stimme, der vorher noch nicht da gewesen war. *Okay, diese Strategie hat offenbar nicht funktioniert.*

„Schon gut. Ist nicht so wichtig", ruderte ich hastig zurück.

„Es ist wichtig."

Ich zuckte zusammen, als sich die massige Kreatur in einer fließenden Bewegung schwer auf die Knie fallen ließ.

„Vorsicht", raunte Chapman mir zu, wandte den Blick jedoch keine Sekunde von dem knienden Alien ab.

„Meine Gefährtin", begann das Ungeheuer mit belegter Stimme. „Ich habe unbeschreibliche Entfernungen zurückgelegt. Bin Tage um Tage gewandert. Ich habe die Wüste und all ihre Schrecken bezwungen, um dich zu finden. Und jetzt, da du vor mir stehst, weiß ich nicht ..." Er hielt inne und zog die Augenbrauen zusammen. „Nichts an mir ist deiner Schönheit würdig. Und dass ich dir bei dem Versuch, dich zu beschützen, Schaden zugefügt habe ..."

Er schleuderte sein Messer in den Sand zwischen uns. Ich starrte es fragend an, während er die muskulösen Arme zu beiden Seiten ausbreitete.

„Tu mit meiner Klinge, was du willst. Nimm so viel von meinem Blut, wie ich dir genommen habe."

Ähm. Was um alles in der Welt ...

„Das mache ich ganz bestimmt nicht!", widersprach ich und schaute hektisch zu Chapman. Dieses Treffen lief gerade gewaltig aus dem Ruder. Ich versuchte, ihr verzweifelt mit

Blicken zu vermitteln, dass eine verdammte Rettungsmission angebracht wäre.

Chapman nickte und wandte sich dann wieder dem gewaltigen, knienden Monster zu. „Das entspricht nicht den Gebräuchen der Menschenfrauen. Sie wird dich nicht mit deiner eigenen Klinge verletzen."

Die Kreatur blickte uns eindringlich an. Beinahe ... verzweifelt? Bei seinem Echsengesicht war das schwer zu sagen.

„Warum nicht?", wollte er wissen und schaute jetzt direkt zu mir.

„Weil ... das komplett verrückt ist!", rief ich und schüttelte den Kopf so heftig, dass mir die Zöpfe um die Schultern flogen. Der Kerl war also nicht nur riesig und furchterregend, sondern anscheinend auch durchgeknallt.

Er gab einen lang gezogenen, tiefen Laut von sich. Ein grollendes, nachdenkliches Knurren. „Ich habe meiner Gefährtin Schmerzen verursacht. Sie wurde durch meine Taten verletzt." Er hob den Schwanz vor die Augen, neigte sich noch weiter nach vorne und stützte sich mit den dunkel geschuppten Händen im Sand ab. Dann ließ er den Schwanz sinken und alles in mir verkrampfte sich, als sein durchdringender Blick ein weiteres Mal meinen suchte. „Dazu wird es nicht noch einmal kommen, meine Anbetungswürdige. Wenn du und ich gemeinsam als Gefährten von hier fortgehen, dann sei versichert, dass ich, Kor, dich hegen werde wie die größte *grogar*-Perle der Bittersee. Dein Schmerz ist jetzt auch mein Schmerz. Dir wird kein Leid geschehen, solange ich atme und meine Klauen noch von Stärke erfüllt sind."

Aber diejenige, die gerade nicht mehr atmete, war ich.

Wenn wir gemeinsam als Gefährten von hier fortgehen ...

„Sie wird nicht mit dir fortgehen. Das war nie Teil unseres Handels", zischte Fallo und stieß mit seiner Klinge in die Richtung des Echsen-Aliens. *Kor.*

Sofort kam Kor wieder auf die Beine und schnappte sich mit einer Bewegung, die ihm bei seiner Größe überhaupt nicht möglich sein sollte, sein Messer aus dem Sand. *Er ist verflucht schnell ...*

„Werdet ihr sie etwa davon abhalten, sich ihrem Gefährten anzuschließen?", wollte Kor wissen und klang fast schon verwirrt.

„Aber ich bin nicht deine Gefährtin!", rief ich, weil ich es einfach nicht mehr aushielt. All das ging viel zu weit. Mir kam es vor, als könnte ich jede Sekunde über die Schulter geworfen und verschleppt werden. Zum zweiten Mal in meinem Leben.

Kors gewaltiger Kopf ruckte zu mir herum. Das Licht des Asteroidengürtels schimmerte auf den Furchen und schwarzen Stacheln, die sich über seinen Schädel und den Nacken hinunter erstreckten. Seine Größe, die unverhohlen tödliche Kraft, die in seinem Körper schlummerte, war überwältigend. „Was hast du gesagt?"

Auch wenn in seiner Stimme kein Vorwurf mitschwang, gefror mir trotzdem das Blut in den Adern. Aber ich musste das durchziehen. Das vor ihm und allen anderen ein für alle Mal klarstellen.

„Ich habe gesagt, dass ich nicht deine Gefährtin bin."

KAPITEL ACHT
Kor

NOCH NIE ZUVOR WAR ich Zeuge solcher Schönheit geworden und hatte zur gleichen Zeit solchen Schmerz erfahren müssen. *Sie ist hier. Sie ist echt.* Ich war ihr so nahe. Nur wenige Schritte von ihr entfernt.

Und doch durfte ich sie nicht berühren. Nicht zu ihr gehen. Es war eine unvergleichliche Qual. Sie zu sehen. Ihren Duft zu riechen. Und sie doch nicht an mir zu spüren.

Dieses Treffen verlief schon jetzt nicht so, wie ich es erwartet hatte. Wie ich es mir erhofft hatte. Wenn ein Krieger laut den Erzählungen meiner Mutter zu den Lavrika der Bittersee oder des Sandmeers gerufen wurde, erwachte das heilige Band auch in seiner Gefährtin. Und wenn sie ihren Gefährten dann nach dem Ruf zum ersten Mal erblickte, fühlte sie es. Doch ich konnte keinerlei Anzeichen dafür bei diesem winzigen, seltsamen und wunderschönen Wesen vor mir entdecken. Der Ausdruck auf ihren flachen, weichen Zügen war für mich schwer zu deuten, aber auf ihnen schien sich keine Spur von Freude oder Liebe abzuzeichnen. Der Blick ihrer dunklen Augen hinter den merkwürdigen durchsichtigen Scheiben huschte umher, beunruhigt und misstrauisch. Und ihre nächsten Worte zerschmetterten jegliche Illusionen oder Hoffnungen meinerseits, dass sie mich freiwillig begleiten würde.

„Ich bin nicht deine Gefährtin."

Das ergab keinen Sinn. Irgendetwas stimmte hier nicht. *Bitte sie, das zu wiederholen.*

Ich musste sie falsch verstanden haben.

„Was hast du gesagt?"

Aber die Worte waren beim zweiten Mal noch deutlicher, sogar noch erschütternder und schmerzhafter als zuvor. „Ich habe gesagt, dass ich nicht deine Gefährtin bin."

„Wie ist das möglich ...?", murmelte ich und spürte, wie sich meine Sichtsterne vor Verwirrung ausdehnten, um mehr von ihr zu erfassen. Mehr über sie herauszufinden. Mehr zu begreifen.

„Die neuen Frauen spüren das Gefährtenband nicht so wie wir", ergriff Gahn Buroudei das Wort. „Jeder Mann, der eine Gefährtin unter den neuen Frauen findet, muss ihr Herz aus eigener Kraft, mithilfe seiner eigenen Fähigkeiten für sich gewinnen."

Ich peitschte verärgert mit dem Schwanz, woraufhin die Gahns angespannt zischten. „Aber solche Fähigkeiten besitze ich nicht", knurrte ich. Das war in den Geschichten meiner Mutter nie vorgekommen. Dass man die Liebe seiner Gefährtin erst für sich gewinnen musste. Das heilige Band mit den eigenen Händen, dem eigenen Herzen erarbeiten musste. Sie hatte mir nur davon berichtet, dass die Gefährtenbindung von allein in ihr erwacht war, stark und unwiderruflich, trotz der Entfernung und der Taten meines Vaters.

„Das ist wahr. Ein Ungeheuer wie du wird niemals erfolgreich eine der neuen Frauen erobern, nicht wie die mächtigen Männer des Sandmeers", spottete Fallo neben mir. Und in diesem Moment brach alles um mich herum zusammen. Alles, was mich durch die Wüste geführt und mir Hoffnung gegeben hatte. Alles, was meine Welt mit Schönheit gesegnet hatte. Alles wurde davongespült.

Warum verdamme ich sie nicht alle mit mir ... Wenn meine Gefährtin sich mir nicht anschließen wollte, mich nie als Gefährten annehmen würde, hatte ich keinen Grund, hier den Frieden zu wahren. Fauchend wandte ich mich Fallo zu, ließ meine Stacheln ausfahren und wappnete mich für den Kampf. Ich würde sie alle in Stücke reißen. Ich hatte lange genug gewartet, hatte ihre Ungerechtigkeit und Demütigungen lange genug ertragen. Ich würde ...

„Hört sofort damit auf, ihr zwei!"

Die Stimme von Fallos Gahnala ließ das Knurren in meiner Kehle ersterben. Und auch Fallo wirkte beschämt, als er zu seiner Gefährtin schaute. Ich folgte seinem Beispiel und war entsetzt, als ich dank meines Akts der Aggression, der Enthüllung meiner Stacheln, Angst auf der Miene meiner Gefährtin entdeckte. Ich wollte zu ihr gehen, ihr schmales Gesicht umfassen und ihr erklären, dass ich und auch niemand sonst sie jemals verletzen würde. Dass mein Körper nun eine Waffe war, die nur ihrem Schutz diente. Doch ich wusste, dass die Gahns das nicht zulassen würden. Und sie wollte das vermutlich auch gar nicht hören. Außerdem schien die Gahnala noch etwas sagen zu wollen.

„Wir haben dir erlaubt, Zoey zu sehen."

Zoey. Das war ihr Name. *Zoey.* Hatte es je ein schöneres Zusammenspiel von Lauten gegeben? Ich bezweifelte es. Während die Gahnala sprach, wandte ich den Blick nicht von Zoey ab, bewunderte, wie das silbrige Sternenlicht auf ihren dunklen Zöpfen schimmerte und ihre braune Haut in glänzende Seide verwandelte. *Vielleicht kann ich die anderen doch besiegen. Sie rauben, jetzt sofort.*

Wie mein Vater meine Mutter geraubt hat.

Ich schüttelte diesen widerlichen Gedanken ab und konzentrierte mich stattdessen auf die Worte der Gahnala.

„Kor, wir möchten noch über etwas anderes mit dir reden. Du hast deine Gefährtin gesehen. Jetzt haben wir ein Angebot für dich."

„Welche Art von Angebot?", fragte ich, ohne Zoey aus den Augen zu lassen.

Sie antwortete nicht sofort, sodass ich sie beinahe fragend angeschaut hätte. Aber zum Glück fuhr sie von allein fort, sodass mein Blick weiter auf Zoeys Gesicht ruhen konnte. *Selbst wenn sie mich niemals als Gefährten akzeptiert, war allein ihr Anblick die lange Reise wert ...*

„Es wird Krieg geben. Und wir brauchen Verbündete."

Das sorgte nun doch dafür, dass ich mich der Ganahla zuwandte. Ihre Worte überraschten mich, denn zwischen den Clans des Sandmeers wurden häufig Kriege und Kämpfe ausgefochten. Das war ihre Natur, ihre Kultur und der normale Lauf der Dinge. Ich hatte noch nie gehört, dass sie dabei Verbündete gebraucht hätten. Tatsächlich war die Tatsache, dass hier drei Clans gemeinsam lagerten, schon einzigartig in ihrer Geschichte.

„Warum?", wollte ich deshalb wissen. „Hier haben sich bereits drei Clans zusammengeschlossen, damit sollte keiner der übrigen Clans der Wüste eine Gefahr für euch darstellen."

„Das ist nicht der Feind, den ich meine."

Anspannung erfasste meinen Körper und drohte, meine Stacheln wieder hervorzutreiben. Die Krieger der Bittersee wussten nichts vom Volk des Sandmeers. Mein Vater hatte als Einziger von seiner Existenz gewusst und dieses Geheimnis mit ins Grab genommen, um meine Mutter und ihresgleichen zu beschützen. Welchen Feind gab es dann noch abseits der anderen Clans?

„Der Feind sind die *Menschen*. Unser Volk. Sie haben uns hiergelassen und wir glauben, dass sie jetzt mit Waffen ausgestattet zurückkommen."

„Um euch zurückzuholen?" Meine Brust fühlte sich plötzlich eng an. Zoey hatte mir bereits gesagt, dass sie sich nicht als meine Gefährtin ansah, doch in mir glomm noch ein kleiner Funke Hoffnung für uns. Dass die Möglichkeit bestand, sie für immer zu verlieren, war ein furchtbarer Gedanke, der in mir den Drang weckte, in rasende Wut zu verfallen. Felsen zu zerschmettern.

„Ich möchte dich nicht anlügen, vor allem wenn du dich mit uns verbünden willst. Ehrlich gesagt glaube ich nicht, dass sie zurückkommen, um uns zu holen. Aber ich bezweifle genauso, dass sie in Frieden kommen. Sie wollen das Blut der Lavrika. Deshalb haben sie uns überhaupt erst hierhergebracht, um es zu sammeln und zu untersuchen. Als unsere Mission gescheitert ist, dachten wir, es wäre vorbei, und haben uns hier ein Leben aufgebaut. Aber diese *Drohne* –

der Vogel, den du getötet hast – lässt uns vermuten, dass sie vielleicht zurückkehren. Und falls sie das tun, sind wir alle in Gefahr."

Ich starrte die Gahnala an. Sie hatte so viele Worte benutzt, deren Bedeutung sich mir nicht erschließen wollte. Dann stellte ich die Frage, die mich schon heimsuchte, seit ich das Gesicht meiner Gefährtin erblickt hatte. Und ich richtete sie nicht an die Gahnala. Sondern an Zoey.

„Wer seid ihr?"

Die Gahnala stieß meine Gefährtin leicht an und sie erklärte es mir stockend. Ihre Stimme war wie das liebreizende Plätschern von süßem Wasser in meinen Ohren.

„Wir sind *Menschen*. Wir kommen von der *Erde*. Das ist ein anderer *Planet*. Hm ... eine andere Welt. Da draußen." Sie deutete anmutig mit einem Arm zum Himmel hinauf und ich folgte ihrem Fingerzeig verwirrt. Da oben erstreckte sich nur das endlose Chaos aus Sternen.

„Ihr kamt vom Himmel?", fragte ich.

„Von jenseits davon", korrigierte mich Zoey.

Ich senkte den Blick und bemühte mich, das Ganze zu verstehen. Sie zu verstehen. Wie konnte das sein? Von einer Welt jenseits des Himmels zu kommen? *Sie ist sogar noch weiter gereist als ich, um ihr Schicksal zu erfüllen. Doch nun, da sie hier ist, verweigert sie sich ihm ...*

„Wir brauchen Verbündete, falls es hart auf hart kommt", fuhr die rothaarige Gahnala fort. „Wir wollen, dass du zu deinem Volk zurückkehrst, ihnen den Ernst der Lage schilderst und mit den Anführern zurückkommst, damit wir mit ihnen ein Bündnis aushandeln können."

Ich atmete tief durch, um mich zu beruhigen. Diese Bitte konnte ich unmöglich erfüllen. „Das kann ich nicht tun."

Die Gahnala verengte die Augen zu Schlitzen. „Warum nicht?"

„Aus vielen Gründen", antwortete ich aufrichtig. „Das Volk der Bittersee ist sich weder meiner noch eurer Existenz bewusst. Mein Vater verließ seine Leute und kehrte nie mit meiner Mutter oder mir zu ihnen zurück. Wir hielten uns in der Wüste verborgen. Sollte ich mich ihnen nähern, würde mich eine ähnliche Begrüßung erwarten, wie sie mir hier zuteilwurde: mit gezogenen Waffen."

„Aber wenn die Befürchtungen der neuen Frauen eintreffen, wenn dieser Feind ein weiteres Mal auf unsere Welt kommt, bedeutet das Gefahr für uns alle. Dein Volk und unseres", sagte Buroudei zu meiner Linken und senkte seine Klinge ein wenig.

„Das ist der einzige Weg, um Zoey zu beschützen", fügte die Gahnala hinzu und ihr steinharter Tonfall sagte mir, dass ich in der Falle saß. Mir war bewusst, dass sie mich manipulierte – die Sicherheit meiner Gefährtin einsetzte, um eine Einwilligung zu erzwingen. Aber das war mir gleich, denn wenn auch nur ein Quäntchen Wahrheit in ihren Worten lag und Zoey wirklich in Gefahr schwebte, dann würde ich es tun. Ich würde alles für sie tun, sogar jetzt noch. Sogar obwohl sie mich ansah, als wäre ich nicht besser als die geflügelten Bestien, die ich in den Klippen bezwungen hatte.

„Ich werde es tun", brachte ich angestrengt hervor und mein Blick fand wieder das Gesicht meiner Gefährtin. Ein Gesicht, das mehr Schönheit barg als sonst etwas auf dieser

Welt. Für sie würde ich dem nahezu sicheren Tod ins Auge blicken, der mich bei dem Volk meines Vaters erwartete.

„Aber euch muss gewahr sein, dass mein Vorhaben nur schwerlich Erfolg haben wird. Sie werden mich als Feind betrachten, wie ihr auch, und mich zu töten versuchen. Und selbst wenn nicht, bin ich mir nicht sicher, ob ich sie von all dem überzeugen kann. Von Frauen, die von einer Welt jenseits des Himmels gekommen sind, und von Feinden, die dieses Volk nicht kennt. Sie haben keinen Grund, mir zu glauben."

„Da hat er recht", brummte Taliok.

„Ja, das stimmt. Würde ein fremder Krieger hier auftauchen und versuchen, uns diese Geschichte darzulegen, würden wir auch nicht auf seine Worte vertrauen", stimmte Buroudei zu.

Nun, zumindest erkennen sie die Torheit dieses selbstmörderischen Vorhabens.

„Dann gehen wir eben zusammen. Lasst uns eine Gruppe zusammenstellen, um die Wüste zu durchqueren."

Bei den Worten der Gahnala erstarrten alle Anwesenden. Ihr Gefährte reagierte als Erster darauf, indem er fauchend mit dem Schwanz peitschte. „Auf gar keinen Fall. Wir werden keine der neuen Frauen dafür durch die Wüste ziehen lassen. Ich will diese Wassermänner sowieso nicht in unserer Mitte wissen."

„Wir brauchen sie!" Seine Gefährtin wurde lauter und zum ersten Mal bekam ihre gelassene Fassade Risse, durch die tiefe Angst schimmerte. „Uns bleibt keine andere Wahl. Zu ihnen zu gehen, wird gefährlich, ja. Aber die Alternative ist viel schlimmer. Wenn wir nicht alle warnen und jeden Verbündeten gewinnen, den wir kriegen können, ist das unser Ende. Wahrscheinlich ist es das sowieso, aber dann hätten wir wenigstens den Hauch einer Chance. Wenn einige von uns ihn begleiten, muss sein Volk zumindest anerkennen, dass wir die Wahrheit über die drohende Gefahr sagen."

Die Gahnala war gleichermaßen weise und töricht. Ich erkannte sowohl die Sinnhaftigkeit als auch die Gefahren dieser Mission. Aber wenn die Bedrohung wirklich so groß war, wie sie behauptete, hatte sie womöglich recht. Vielleicht gab es keine andere Möglichkeit.

„Ich stelle mich dieser Aufgabe, egal unter welchen Bedingungen. Ich werde allein oder in Begleitung einer Gruppe aus eurem Lager in die Wüste ziehen. Doch lasst euch gesagt sein, dass die Reise lang und beschwerlich sein wird. Wenn wir die Bittersee erreichen, werde ich sie ohne euch durchschwimmen und die Anführer meines Volks dazu überreden müssen, sich am Ufer mit euch zu treffen." Hoffentlich brachten sie mich nicht vorher um. Ich war der Einzige, der sowohl die Zunge der Bittersee als auch die des Sandmeers beherrschte. Ich hatte nur wenig Erinnerung an meinen Vater, doch seine Sprache hatte sich in meinen Körper eingebrannt. Mein Mund eignete sich besser dafür, meine gespaltene Zunge konnte ihre Laute besser formen als die des Sandmeers. Ich würde als Übersetzer auftreten, als Bote für das Anliegen dieser Clans, um meiner Gefährtin und ihrem Volk zu helfen. Obwohl mir bei meiner Ankunft nur Ablehnung entgegengebracht worden war, würde ich es tun. Für sie.

„Wann brechen wir auf?"

„So bald wie möglich", sagte die Gahnala, woraufhin ihr Gefährte neben mir knurrte. „Wenn die Reise wirklich so lang ist, wie du sagst, sollten wir morgen bei Tagesanbruch losgehen."

„So wird es geschehen", stimmte ich zu. Die Vorstellung, mich ohne meine Gefährtin auf den Weg zu begeben, stürzte mich in Verzweiflung. Ich würde das für sie tun, ob sie mich akzeptierte oder nicht, aber vielleicht würde diese Tat ihr zeigen, dass sie mir vertrauen konnte. Vielleicht würde sie sich mir öffnen. Und sich später dazu entschließen, mit mir zu kommen.

Falls ich überlebte.

KAPITEL NEUN
Zoey

AUF DEM RÜCKWEG ZUM Zelt hielt Chapman die ganze Zeit meinen Arm fest umklammert, als könnte ich ohne sie umkippen. Und ich war mir nicht mal ganz sicher, ob sie damit falschlag. Ich war recht wackelig auf den Beinen und da die Wirkung des Adrenalins allmählich nachließ, wurde ich zunehmend zittriger.

Als wir wieder bei den anderen Frauen ankamen, ließ ich mich schwer in den Sand sinken. Kat und Theresa waren sofort an meiner Seite.

„Was ist passiert?", wollte Kat wissen und schaute grimmig zwischen Chapman und mir hin und her.

„Ich habe keine Ahnung." Ich ließ mich nach vorn sinken, schob die Finger unter meine Brille und presste sie mir auf die Augen. Da kündigten sich gerade miese Kopfschmerzen an.

„Ich fasse zusammen: Wir haben den Echsenmann, Kor, gebeten, zu seinem Volk zu gehen und sie zu einer Allianz mit uns zu überreden, falls die Truppen von der Erde hier aufschlagen. Wahrscheinlich sind wir so oder so am Arsch.

Aber je mehr wir von den riesigen Alien-Monsterkriegern auf unserer Seite haben, desto besser", erklärte Chapman.

„Ach du Scheiße, hältst du das wirklich für eine gute Idee?", fragte Kat mit großen Augen.

„Uns bleibt kaum etwas anderes übrig." Chapman zuckte angespannt mit den Schultern. „Ich werde Kor zusammen mit Fallo, Taliok und vielleicht noch ein paar anderen Kriegern begleiten. Wir brechen morgen früh auf. Buroudei bleibt hier im Lager."

„Warte mal, dann gehst du als Einzige von uns mit?", hakte ich nach, ließ die Hände sinken und schaute zu ihr hoch. Gerade sah sie mit ihrer kerzengeraden Haltung und den streng zurückgebundenen feuerroten Haaren unbesiegbar aus. Aber ich wusste, dass das nicht stimmte, egal wie stark sie war. Niemand von uns war unbesiegbar, vor allem nicht hier.

„Ich habe schon an militärischen Einsätzen teilgenommen. Ich schaffe das schon. Außerdem muss ich mitgehen, damit Fallo keine Dummheiten macht. In solchen Situationen ist er gerne mal zu impulsiv, aber ..." Ihre Miene wurde weicher und ihr Blick ging in die Ferne. „Aber wenn's da draußen hässlich wird, gibt es niemanden, den ich im Kampf lieber an meiner Seite hätte."

Ich nickte und musste schlucken. Das war alles so verdreht. Aus irgendeinem Grund fühlte ich mich irgendwie ... verantwortlich dafür. Dieser Echsenmann, Kor, war wegen *mir* hierhergekommen. Offenbar war er mein Gefährte und doch würde Chapman diejenige sein, die ihr Leben riskierte, um dieses fremde Volk zu finden und für uns zu verhandeln?

Soll ich mitgehen?

Nein. Wie sollte ich da mithelfen? Klar, ich war eine recht fähige Ingenieurin. Aber brachte mir das auf dieser Mission was? Ich war weder eine ausgebildete Soldatin wie Chapman noch eine Kämpfernatur wie Kat.

Chapman wünschte uns knapp eine gute Nacht und verließ dann das Zelt. Kat erhob sich ebenfalls, um zu Galoks Zelt zurückzukehren, doch ich schnappte mir ihre Hand und zog sie wieder zu mir runter.

„Was gibt's?", wollte sie wissen, als sie sich wieder setzte.

Ich biss mir auf die Lippe und suchte nach den richtigen Worten für meine Gefühle. Das Ergebnis war ein heilloses Durcheinander. „Wie machst du das? Also, ich meine, dich allen Herausforderungen einfach zu stellen, ohne Angst?"

Sie schüttelte lachend den Kopf. „Angst ist schon mit dabei. Aber ich vertraue mir wohl einfach genug, dass ich mich schon irgendwie zur Wehr setzen kann."

„Okay ... Und war ist mit Galok? Hast du dich gegen ihn auch gewehrt?" Ich konnte mir nicht vorstellen, Kor die Stirn zu bieten. Nur ein Schlag mit seinen Klauen und ich konnte mir die Radieschen von unten anschauen. Und doch verfolgte mich die unverfälschte Sehnsucht seiner Worte. *Dein Schmerz ist jetzt auch mein Schmerz ...*

Kat lachte diesmal noch etwas lauter auf. „Du hättest sehen sollen, wie ich ihn hab abblitzen lassen, Mann! Weißt du, wie hart dieser Mistkerl dafür geackert hat, dass ich ihn überhaupt an mich rangelassen und mich dann irgendwann in ihn verliebt habe? Du hast ja keine Ahnung."

Bei dieser Vorstellung musste ich lächeln. „Zu schade, dass ich auf dem Schiff festsaß und das alles nicht miterlebt habe", neckte ich sie.

Kats Miene wurde ernst. „Ja, aber du warst auf dem Schiff, als wir dich gebraucht haben. Und du fragst mich, ob *ich* keine Angst habe? Weißt du nicht mehr, was du für uns getan hast? Ohne auch nur eine Sekunde zu zögern warst du da, um mir zu helfen, als Galok fast gestorben wäre. Du hast wie MacGyver persönlich einen Flaschenzug improvisiert und ihn damit auf sein *irkdu* gehievt. Und als wortwörtlich ein Alien-Drache aufgetaucht ist und von dir verlangt hat, in den Teich zu steigen, hast du's gemacht, obwohl du nicht schwimmen kannst."

„Ja, schon", murmelte ich und nahm meine Brille ab, um sie zu putzen. Kats Lob machte mich verlegen. Nichts davon kam mir besonders tapfer vor. Es war einfach ... notwendig gewesen.

„Na ja, ich halte dich jedenfalls für knallhart. Ohne dich wäre mein dämlicher Gefährte jetzt nicht mehr hier. Du willst was über Angst hören? Ich hatte noch nie in meinem Leben so viel Angst wie in diesem Moment, ohne Scheiß." Ihre Stimme war fest, doch ich hörte heraus, dass sie den Tränen nahe war.

Ich legte ihr einen Arm um die Schultern und zog sie an mich. „Wir sind jetzt ein Team", sagte ich. „Wir alle." Ob es mir nun gefiel oder nicht, das war nun mein Leben, meine Realität. Und diese Frauen waren für mich das, was einer Familie am nächsten kam. Wir saßen alle im selben Boot.

Und in diesem Moment traf mich die Erkenntnis. Ich sträubte mich dagegen. Ich wollte davor weglaufen. Aber ich wusste es trotzdem. Dass es stimmte. Dass es notwendig war. Dass es das Richtige war.

Ich wusste, dass ich Chapman nicht allein gehen lassen konnte.

In dieser Nacht bekam ich kaum ein Auge zu, deshalb fiel es mir leicht, bei Sonnenaufgang aufzustehen und rasch einen Rucksack mit dem Nötigsten zu packen, weil ich ja sowieso wach war. Ich stopfte Wechselkleidung, Sonnenmilch und eine Sonnenbrille hinein, dazu noch den iPod, den ich im Überwachungsraum des Schiffs gefunden hatte, sowie die kleine Solarzelle, die ich mir aus ein paar Ersatzteilen aus dem Laderaum zusammengebastelt hatte, um ihn aufzuladen. Selbst als alles verstaut war, fühlte sich der Rucksack viel zu leicht für eine tagelange Reise durch die Wüste an. Doch mehr hatte ich nicht.

Mit hämmerndem Herzen schlich ich mich aus dem Zelt. *Vielleicht sollte ich das doch lieber nicht machen. Zurückgehen. Chapman das Ganze überlassen ...*

Nein. Auf keinen Fall. Ich hatte meine Entscheidung getroffen.

Etwas orientierungslos lief ich durchs Lager. Mir fehlten die Absprachen, die Chapman mit den anderen getroffen hatte, nachdem sie das Zelt verlassen hatte. *Tja, ich schätze, ich gehe einfach in Richtung offene Wüste. Da müssten wir sowieso lang.*

Also steuerte ich den Rand des Lagers an, blieb dort jedoch etwas ratlos stehen. Da draußen wartete niemand.

Tabernac. Waren sie schon weg? Hatte ich sie verpasst?

Hektisch sah ich mich um, bis ich schließlich jemanden entdeckte. Zwei Sandmeer-Krieger standen ein Stück entfernt an den Klippen. Ich verengte die Augen und erkannte, dass sie am Eingang zur Kluft Wache hielten, in die wir gestern hineingegangen waren. Ich schulterte meinen Rucksack und joggte zu ihnen hinüber, wobei ich mich nah an der Felswand hielt. Ich hatte gesehen, was draußen im Sand lauerte, und ich war nicht scharf darauf, noch vor Sonnenaufgang von einer Alien-Krabbe aufgespießt zu werden.

Als die Krieger mich bemerkten, rannte einer auf mich zu und eskortierte mich den Rest des Weges.

„Du solltest das Lager nicht allein verlassen", tadelte er mich auf dem Weg zu dem anderen Mann, der auf seinem Posten geblieben war und seinen Speer kampfbereit in der Hand hielt.

„Ist ja nichts passiert, oder?" Die Antwort klang sehr viel schärfer, als ich beabsichtigt hatte. Aber nachdem ich in Montréal so lange allein gelebt hatte und dann allein auf dem Schiff gewesen war, fühlte es sich komisch an, dass jemand mir Vorschriften machen wollte. „Ich bin auf der Suche nach Chapman, der Gahnala."

Der Krieger, der mich begleitet hatte, schlug mit dem Schwanz – die Alien-Variante eines Nickens, wie ich inzwischen wusste – und führte mich in die Kluft. Ich bemühte mich, ruhig weiterzuatmen und zu verdrängen, dass ich nicht nur zu Chapman wollte, sondern der Rest der Gruppe auch dort war. Und damit auch *er*.

Wir betraten die offene Fläche, wo das Treffen gestern Nacht stattgefunden hatte. Der erste Hauch von Morgenröte überzog den Himmel, sodass alles heller und wärmer wirkte als noch vor ein paar Stunden. Das rostrote Licht fiel auf den rötlichen Fels und warf tiefrote Schatten. Chapman und Fallo standen zusammen etwas abseits. Ein Stück entfernt entdeckte ich Galok und Taliok. Und dazwischen stand Kor mit dem Rücken zu mir.

Hitze durchflutete meinen Körper und das Herz schlug mir bis zum Hals. Er hatte mich noch nicht bemerkt, stand reglos da und hatte den Kopf in Richtung des sich rasch aufhellenden Himmels gehoben. Bisher hatte ich ihn nur im Dunkeln gesehen und im Licht des Morgens bekam ich noch einmal einen ganz anderen Eindruck von ihm.

Die ersten rotgoldenen Sonnenstrahlen fielen auf seine Schuppen und Knochenkämme und ließen das bläuliche Grau beinahe wie ein kräftiges Weinrot erscheinen. Das Licht verlieh den schwarzen Stacheln, die flach an seinem Hals anlagen und entlang seiner Wirbelsäule bis hinunter zu seinem muskulösen Schwanz immer länger wurden, goldene Spitzen. Er überragte alle anderen, seine Schultern waren breiter, sein Rücken ebenso. Er sah geradezu prähistorisch aus, mehr Dinosaurier als Mann.

Und doch ...

Irgendetwas an seiner Haltung, an der Neigung seines Kopfs, an der Art, wie er zu den verblassenden Sternen und dem sinkenden Asteroidengürtel hinaufblickte, fühlte sich beinahe vertraut an. Als würde ich etwas wiedererkennen. Auch ich schaute nach oben, folgte seinem Blick, nahm mir einen Moment Zeit, um die überwältigende Schönheit des hellen Schleiers zu bewundern, der den Himmel überzog.

Seufzend löste ich den Blick gerade rechtzeitig von dem Naturschauspiel, um zu sehen, wie Kor sich anspannte. *Er hat mich bemerkt.*

Er machte keine hastigen Bewegungen. Er wirbelte nicht herum und rannte auf mich zu. Er drehte nur ganz leicht den großen Reptilienkopf und fixierte mich. Und nur mit dieser schlichten Bewegung raubte er mir den Atem. Ich konnte noch nicht mal genau sagen, warum. Ein Grund war natürlich Angst. Aber da war noch mehr. Darunter regte sich eine Spur von Vorfreude, die mich zutiefst erschütterte.

Ich war doch nicht wegen ihm hergekommen. Oder?

Aber als Kor sich schließlich langsam zu mir umdrehte, konnte ich nicht leugnen, dass ich ein kleines bisschen neugierig war. Nur ein klitzekleines bisschen. Letztendlich war ich immer noch Wissenschaftlerin. Ich untersuchte einfach gern neue Dinge. Dinge, die ich vorher noch nie gesehen hatte.

Nicht wahr?

Kor rührte keinen Muskel, während mein Blick über seinen kräftigen Hals, die zerfurchten Schultern, die muskulöse Brust zu seinem Lendenschurz wanderte. *Dieu merci.* Gott sei Dank hatte er überhaupt was an. Der Lendenschurz aus Tierhaut war sein einziges Kleidungsstück. Er trug nicht wie die Sandmeer-Krieger die vielen Lederriemen über Brust und Rücken. *Den ganzen Kram braucht man wohl nicht, wenn der ganze Körper eine Waffe ist*, dachte ich und verzog unwillkürlich das Gesicht, als ich die langen schwarzen Krallen und die flach anliegenden Stacheln beäugte.

Ein paar Waffen hatte er aber schon. Irgendwer hatte ihm seinen Speer zurückgegeben und er trug noch eine lange Klinge an der Hüfte, die er in den Knoten seines Lendenschurzes geschoben hatte.

Er öffnete den mit spitzen Zähnen gespickten Mund, als wollte er etwas sagen, doch in diesem Moment bemerkte

Chapman meine Anwesenheit. Sie kam eilig zu mir rüber, trat damit zwischen Kor und mich und ich sah noch, wie er die Kiefer fest aufeinanderpresste und sich abwandte. In der Bewegung lag etwas Gequältes. Etwas, bei dessen Anblick ich mir auf die Lippe beißen musste.

„Was machst du denn hier?", wollte Chapman wissen und musterte meine Solarschutzjacke und den Rucksack in meiner Hand.

„Ich komme mit", sagte ich und bemühte mich, das Zittern aus meiner Stimme herauszuhalten. Ich war mir sicher. Aber ich wollte auch sicher klingen.

Wenn Chapman meine Entscheidung überraschte, ließ sie es sich nicht anmerken. „Es wird gefährlich. Hier bist du in Sicherheit", gab sie zu bedenken, legte den Kopf schief und taxierte mich nachdenklich.

„Ich weiß", erwiderte ich entschlossen. „Aber ..." Unwillkürlich huschte mein Blick hinüber zu Kors dunklem, geschuppten Rücken. Ich schüttelte leicht den Kopf und konzentrierte mich wieder auf Chapman. „Aber ich finde es nicht richtig, dass du als Einzige von uns hier draußen dein Leben aufs Spiel setzt. Ich sollte auch mitgehen."

Chapman starrte mich einen Moment lang schweigend an. Ich fragte mich, was sie wohl sah. Eine zurückhaltende Frau aus Montréal, die in ihrem Leben bisher nie auch nur mit einem Hauch von Gefahr konfrontiert gewesen war. Aber schließlich nickte sie und klopfte mir fest auf die Schulter. „Ich werde dir nicht befehlen hierzubleiben, wenn dir das so wichtig ist. Diese Mission könnte entscheidend für unser Überleben sein und ehrlich? Kors Gefährtin dabeizuhaben, könnte unsere Position bei den Verhandlungen mit seinem Volk stärken. Dann sehen sie, dass es dich wirklich gibt und dass du und wir alle ihre Unterstützung brauchen."

Bei dem Wort *Gefährtin* zuckte ich zusammen und sie drückte meine Schulter leicht.

„Du weißt, was ich meine. Du bist diejenige, die er in den Lavrika-Teichen seines Volks gesehen hat. Alles bleibt, wie es ist – du wirst niemals zu einer Beziehung mit irgendwem gezwungen, egal was passiert. Niemand wird dich ohne deine ausdrückliche Zustimmung anrühren." Bei diesen letzten Worten wurde ihre Stimme eiskalt.

Ich nickte, reckte das Kinn und schob mir die Brille auf der Nase nach oben. Ich glaubte ihr. Sie und die anderen Krieger würden jede einzelne der Frauen beschützen.

Aber ich war mir ehrlich gesagt nicht sicher, ob ich ihren Schutz überhaupt brauchte.

Kor hatte bis jetzt nicht mal versucht, sich mir zu nähern. Er hatte sich inzwischen wieder zu mir umgedreht und seinen unnachgiebigen Blick auf mein Gesicht gerichtet, durchdringend und unbeirrt. Aber ansonsten tat er ... nichts. Momentan waren nur drei Männer und Chapman in der Nähe und wir hatten gesehen, dass er mit drei Männern locker fertig wurde. Doch er machte keine Anstalten, irgendetwas Dummes zu tun.

Und während Kor mich so beobachtete, traf mich die Erkenntnis schließlich mit voller Wucht. Was er opferte, um uns zu helfen. Laut seiner eigenen Aussage war es gut möglich, dass seine Leute ihn umbrachten, sobald sie ihn sahen. Er brachte sich bei dieser Mission in Lebensgefahr und hatte bisher keinerlei Anlass zu glauben, dass dabei irgendetwas für ihn herumkam. Ich hatte ihn rundheraus abgelehnt und doch war er hier und riskierte sein Leben für uns. Für mich.

Meine Gedanken rund um Kor und den intensiven Blick aus seinen dunklen Augen wurden unterbrochen, als sich Galok, Gahn Taliok und Gahn Fallo zu uns gesellten. Chapman klärte sie kurz darüber auf, dass ich mich der Gruppe anschließen würde.

„Sie kann mit mir reiten", bot Galok mit einem Lächeln in meine Richtung an.

Ich erwiderte es und nickte. Das klang doch gut. Galok kannte ich von den Männern am besten und ich mochte ihn. Er kam immer so entspannt und locker rüber, was viele der anderen Sandmeer-Krieger ... nicht waren.

„Ich hole noch rasch Kats Sattel aus dem Lager für dich", sagte Galok und machte sich direkt auf den Weg. Bei seinem Tempo dauerte es nicht lange, bis er mit dem Bündel aus Tierhäuten zurückkehrte, das den *irkdu*-Sattel für Menschen darstellte.

„Na dann ... sind wir startklar?", fragte ich und schaute in die Runde.

Chapman nickte. „Jepp. Holen wir die *irkdu* und dann los."

Auf dem Weg hinaus in die offene Wüste passierten wir die beiden Wachen, denen ich vorhin begegnet war. Fallo, Taliok und Galok schnalzten mit den Zungen, um ihre Reittiere zu sich zu rufen. Kurz darauf tauchten drei gewaltige *irkdu* aus Felsspalten ein Stück weiter auf. Auf Hunderten von Insektenfüßen jagten sie in Windeseile über den Sand.

Als sie näher kamen, warfen sie schnaubend die Köpfe in die Luft, knurrten druchdringend und schnappten mit ihren riesigen Kiefern in Kors Richtung.

Kor betrachtete sie unbeeindruckt und fast hätte ich ihm panisch zugerufen, doch aus dem Weg zu gehen. Aber die Männer aus dem Sandmeer hatten alles im Griff und redeten beschwichtigend auf ihre Reittiere ein. Die gut trainierten *irkdu* beruhigten sich und kurze Zeit später stiegen wir auf – ich zusammen mit Galok, Chapman mit Fallo und Taliok ritt allein.

Nachdem Galok mir in den Sattel geholfen hatte, drehte ich mich halb zu ihm um. „Hat dir Kat echt erlaubt, ohne sie loszuziehen? So gefährlich wie das wird, hätte ich erwartet, dass sie sich nicht davon abbringen lässt, dich zu begleiten."

Galoks typisches Grinsen breitete sich auf seinem Gesicht aus und seine kupferfarbenen Sichtsterne stoben nach außen. „Ja, es war mühsam, sie zum Bleiben zu überreden. Aber sie möchte mit ihrem eigenen Werk auf dem Schiff fortfahren. Sie arbeitet hart daran, den Geheimnissen des Bluts der Lavrika auf den Grund zu gehen."

Ich nickte. Das ergab Sinn. Wenn die Menschen wegen dieses milchigen Zeugs einen Krieg anzettelten, wäre es vielleicht ganz gut, genau zu wissen, was das eigentlich war. Und vielleicht herauszufinden, wie wir es zu unserem Vorteil nutzen konnten.

„Allerdings hat sie mich angewiesen, lebendig an ihre Seite zurückzukehren, sonst wird sie mich eigenhändig umbringen", meinte Galok unbekümmert, woraufhin ich lachend den Kopf schüttelte und mich wieder nach vorn drehte. Dabei fiel mein Blick auf Kor, der sich so fundamental vom unbeschwerten, gelassenen Galok unterschied. Er war eine massige Statue echsenhafter Gleichmütigkeit. Ich versuchte, mir vorzustellen, wie ich mit ihm scherzte, so wie Kat und Galok es immer taten. Es ging nicht.

Aber dann fiel mir plötzlich etwas auf. „Er hat gar kein *irkdu*", stellte ich fest und schaute hastig zu Chapman.

Bevor sie jedoch antworten konnte, ließ sich Kor auf alle viere sinken, wodurch er noch mehr wie ein Krokodil aussah, nur mit sehr viel längeren Armen und Beinen und einer etwas humanoideren Form an Schultern und Rücken.

„Das ist kein Grund zur Sorge. Ich werde uns nicht aufhalten."

Er nahm den langen Knochenschaft seines Speers zwischen die Fangzähne und setzte sich in Bewegung – und zwar in schockierender Geschwindigkeit.

Vollkommen perplex starrte ich ihm mit offenem Mund hinterher, was bestimmt ein überaus intelligentes Bild abgab. Aber ich konnte nicht anders. Wie er über den Sand flog, schneller als jeder Mensch, schneller als ein verdammtes Pferd ... war verrückt.

Und damit traten wir unsere Reise an. Ich stopfte meine Zöpfe unter die Kapuze meiner Jacke und setzte mir die Sonnenbrille über meiner normalen auf. Auf den *irkdu* holten wir Kor recht schnell ein, überließen ihm jedoch weiter die Führung, während wir über den schimmernden Sand preschten.

Nach einem langen Reisetag schlugen wir schließlich unser Nachtlager auf, während die Dämmerung hereinbrach. Wir nutzten eine Felsformation, die uns etwas Schutz bieten würde.

Kors grollende Stimme durchschnitt die Stille, als wir gerade abstiegen. „Ich gehe jagen. Jetzt."

Chapman landete auf den Füßen im Sand, nachdem Fallo ihr von seinem Reittier geholfen hatte. „Wir haben eine Menge Trockenfleisch dabei. Wir müssen noch nicht jagen", sagte sie.

Kors Blick wanderte in genau dem Moment von ihr zu mir, als Galok mir beim Absteigen half. Er beobachtete, wie Galok mich vom *irkdu* hob. Bildete ich mir das ein oder umfasste Kor den Schaft seines Speers ein bisschen fester?

„Ich werde mich nicht an Vorräten bedienen, die meiner Gefährtin zugedacht sind", brachte er angespannt hervor. Und einen Moment später war er auch schon weg, verschwand auf allen vieren als Schatten in der Dämmerung, die sich über die Wüste senkte.

Chapman atmete geräuschvoll aus und schaute ihm einen Moment lang hinterher, bevor sie sich zu mir umdrehte. „Na dann, bauen wir schon mal das Lager auf."

Rasch errichteten wir das Zelt, das Chapman und ich uns teilen würden. Dabei spürte ich ständig Fallos finsteren Blick auf mir.

„Ist das wirklich okay für ihn? Dass er nicht bei dir im Zelt schläfst?", fragte ich und warf dem wütenden Gahn einen unauffälligen Seitenblick zu.

Chapman zurrte lachend das letzte Seil des Zelts fest. „Der kommt schon klar. Tut ihm gut, mal nicht zu kriegen, was er will."

„Wenn du das sagst." Kor hatte in unserer Gruppe in Sachen Furcht einflößendes Aussehen defintiv die Nase ganz weit vorn. Aber in den Kategorien Temperament und psychische Instabilität? Ja. Da sahnte Fallo den Hauptpreis ab.

„Wo sind die anderen Zelte?", fragte ich, als mir aufging, dass Galok und Taliok mit Feuermachen beschäftigt waren und sich weit und breit kein weiteres Zelt in Sicht befand.

„Die Jungs schlafen im Freien und halten abwechselnd Wache."

„Wache?" Ich hatte doch irgendwo aufgeschnappt, dass die Raubtiere der Wüste – wie die *zeelk* – nachts weniger aktiv waren. Doch dann fiel der Groschen.

„Du meinst, sie behalten Kor im Auge."

Chapman presste die Lippen zu einer schmalen Linie zusammen und nickte knapp. Aus irgendeinem Grund ging mir das mehr gegen den Strich als es sollte. Natürlich war es total nachvollziehbar. Niemand von uns konnte Kor richtig einschätzen. Aber auf der anderen Seite riskierte er sein Leben, indem er uns begleitete. Hatte er dafür nicht zumindest ein bisschen Vertrauen verdient?

Fass dir mal an die eigene Nase, meldete sich eine fiese Stimme in mir. *Du redest von Vertrauen, während du selbst ständig Angst vor ihm hast.*

Das stimmte. Die hatte ich. Ich meine, der Kerl sah aus wie ein Monster, das ließ sich nicht wegdiskutieren. Und dass er mich zu seiner Gefährtin machen wollte, ließ mir keine Ruhe. Dass er auch noch ... *Dieu, non.* Ich konnte und *würde* nicht darüber nachdenken, wie Sex mit einem Echsenmann wohl aussehen würde. Ich hatte ja noch nicht mal Sex mit einem menschlichen Mann gehabt! Und jetzt sollte ich meine ersten Erfahrungen mit einem knapp drei Meter großen Alien mit Klauen und Schuppen und einer Schnauze machen? Danke, aber nein danke.

Aber abgesehen von komischem Sex-Zeug würde ich mich bemühen, mich ihm anzunähern. Nur ein bisschen. Er tat so viel für uns und es war nicht fair, ihn weiter wie einen Feind zu behandeln. Ich musste ihm ja nicht blind vertrauen oder so, und ich musste auch nicht seine beste Freundin werden. Aber ich konnte ihm etwas mehr entgegenkommen als die Gahns.

Also holte ich zittrig Luft, als Kor wenig später zurückkehrte, und schenkte ihm ein Lächeln, als er mit zwei toten *rakdo* in den Klauen in unser kleines Lager marschierte. Galok lächelte ebenfalls steif und bedachte Kor mit einem Nicken in Richtung der Beute. Die *rakdo* hatten etwa die Größe eines Luchses, aber einen lang gestreckten Körper, Schlappohren und kupferrotes Fell, das sie gut im Sand tarnte. Sie lieferten eine ordentliche Menge Fleisch. *Wie viel Protein dieser* mec *wohl braucht ...?*

„Ist das Abendessen fertig?", fragte ich Kor ein bisschen ungelenk mit einer Handbewegung in Richtung seiner Beute. Dann sog ich jedoch scharf Luft ein und erstarrte. Gerade hatte ich das erste Mal seit unserer ersten Begegnung mit diesem Kerl gesprochen. Warum klang ich dabei so ... dumm?

Kor versteifte sich und drehte den großen Kopf in meine Richtung. „Das wird es sein, sobald du mir sagst, welche Zubereitung du bevorzugst."

Äh ...

„Und wenn *rakdo* dir nicht schmeckt, kehre ich in die Wüste zurück und erlege ein *dakrival* für dich. Aber das wird etwas mehr Zeit in Anspruch nehmen."

Hitze durchflutete mich und ich schüttelte rasch den Kopf. „Oh, nein, schon in Ordnung. Iss sie ruhig selbst. Ich nehme einfach was von dem Trockenfleisch, das wir dabeihaben."

Einen Moment lang rührte Kor sich nicht, dann zuckte sein Schwanz leicht. „Wie du wünschst", erwiderte er. Dann wandte er sich an den Rest der Gruppe. „Nehmt euch die Hälfte meiner Beute. Als Geschenk."

Er ließ eins der *rakdo* in den Sand fallen und verschwand dann mit dem anderen hinter einem Felsen, wo wir ihn nicht mehr sahen. Einen Moment später schallte das Knirschen von Knochen und das Reißen von Fleisch durchs Lager.

Fallo zog Chapman fauchend an seine Brust. „Er nimmt seine Beute nicht mal aus und kocht sie. Ein wildes Tier."

Ein wildes Tier? Ja, vielleicht.

Aber das „wilde Tier" hatte mir gerade etwas zu essen gebracht und mir angeboten, es nach meinen Wünschen zuzubereiten. Jede Wette, dass ein Großteil der menschlichen Männer das nicht für andere tun würden, schon gar nicht für die Frau, die ihnen einen Korb gegeben und von der sie nichts im Gegenzug zu erwarten hatten.

Das ist so verdreht. Und nicht richtig.

Ich meine, das mit dem „Du bist meine Gefährtin" erinnerte schon an einen Höhlenmenschen, aber hatte Kor bis jetzt irgendwas Schlimmes getan? Er hatte sich doch nur auf die Suche nach seiner Gefährtin gemacht. Nach einer Frau, die seiner Überzeugung zufolge das Gleiche für ihn empfinden würde. *Autsch*. Wenn man es aus dieser Perspektive betrachtete, war es sogar noch mieser.

Darum kreisten meine Gedanken, während wir das von Kor erlegte *rakdo*brieten und aßen, und uns das geräucherte Fleisch für später aufhoben. Und mit jedem Bissen wurde mir bewusster, dass ich nicht mehr einfach hier herumsitzen konnte.

Ich wischte mir eilig mit dem Handrücken über den Mund und klopfte mir die Rückseite der Hose ab, nachdem ich aufgestanden war. „Bin gleich wieder da."

KAPITEL ZEHN
Kor

„BIN GLEICH WIEDER DA", hörte ich meine Gefährtin auf der anderen Seite des Felsens sagen und sprang sofort auf die Beine. Innerlich verfluchte ich mich dafür, dass ich mich hierher zurückgezogen hatte. Dass ich sie auch nur einen Moment lang aus den Augen gelassen hatte.

Doch ich hatte es nicht mehr ertragen, ihr so nah zu sein, ohne sie zu berühren. Ich ertrug ihre Schönheit nicht mehr. Das zerstörte mich. Als sie meine Beute abgelehnt hatte, machte sie damit klar, dass ich nichts über sie wusste, oder wie ich für sie sorgen konnte. Ich wusste nicht, was sie sich wünschte. Und meine eigenen Wünsche gingen viel zu weit. Mein Verlangen brannte lichterloh in mir. Also musste ich gehen. Hierher kommen und in erdrückender Stille essen.

Doch als ich die Worte meiner Gefährtin vernahm, bereute ich meine Schwäche. Wo wollte sie hin und war das sicher für sie? Ich schnappte mir meinen Speer vom Boden und richtete mich auf, um ihr zu folgen. Die Sandmeer-Krieger würden vermutlich versuchen, mich aufzuhalten, doch damit würden sie keinen Erfolg haben. Hier draußen in der offenen Wüste war alles gefährlich. Ich würde meine Gefährtin nirgendwo allein hingehen lassen.

Doch ich hatte kaum einen Schritt getan, als ich auch schon mitten in der Bewegung innehielt, weil ich urplötzlich von ihrem Duft eingehüllt wurde.

„Kor?"

Meinen Namen aus ihrem Mund zu hören, schickte Hitze über meinen Rücken und ließ meinen Schwanz zucken und mein Glied sich regen. Eilig biss ich die Zähne zusammen, bis meine Fänge knirschten. Seit ich ihr Gesicht erblickt hatte, fühlte ich mich so anders. Die Gefährtenbindung hatte mich unwiderruflich verändert. Wenn ich nicht genau wüsste, dass diese Liebe etwas Gutes sein sollte, würde ich sie für Gift halten. Das meinen Körper übernahm und meinen Verstand verbrannte. Mich alles infrage stellen ließ.

Langsam drehte ich mich zu meiner Gefährtin um, weil ich sie nicht erschrecken wollte. Angst hatte ich schon viel zu oft in ihren wundervollen dunklen Augen gesehen. Angst, die ich verursacht hatte. Zum Glück hatten die Krieger am vergangenen Abend einer Heilerin erlaubt, meine Wunden in Vorbereitung auf die Reise mit dem Blut der Lavrika zu behandeln. Damit wurde mein Furcht einflößendes Äußeres zumindest nicht noch von Blut und aufgerissenem Fleisch verschlimmert.

Oh nein, sie war mir näher als je zuvor. Nur ein Schritt nach vorn und sie wäre mein. Ich könnte mit den Klauen nach ihrem kleinen Körper greifen, die Schnauze an ihren Hals drücken und sie an meine Brust ziehen. Meinen Körper nutzen, um sie nie wieder gehen zu lassen. Das könnte ich. Und es wäre so einfach.

Mein Körper verlangte danach. So sehr.

Aber mein Herz nicht.

Also verharrte ich an Ort und Stelle und beobachtete das zierliche Wesen, das mich so in Aufruhr versetzte. Mich in den tiefsten Abgrund stürzte.

„Zoey", erwiderte ich. Ihren Namen auszusprechen war beinahe ebenso berauschend, wie sie meinen sagen zu hören. Ihre Brust hob sich unter ihrem merkwürdigen Umhang, als sie etwas tiefer Luft holte. Mein scharfer Blick fiel auf ihre Kehle, wo ihr Puls schneller unter der Haut pochte.

„Hast du Angst?", fragte ich, unfähig, die Worte für mich zu behalten. Sie zog die schmalen, flachen Augenbrauen nach oben.

„Soll ich ehrlich sein?", antwortete sie zögerlich und neigte den Kopf ein wenig zur Seite.

„Ja. Ich will stets die Wahrheit von dir hören." Ich sehnte mich danach. Brennend. Selbst wenn sie mich damit verletzte.

„Ehrlich gesagt, weiß ich das gerade nicht. Ich habe noch nie eine ... Person ... wie dich getroffen. Ich hatte mich eben erst halbwegs an die Sandmeer-Leute gewöhnt und dann tauchst du plötzlich auf."

Ich brummte leise. Also wusste sie nicht, ob sie mich fürchtete. Das war vielleicht besser als Gewissheit.

Ich ließ mich auf ein Knie sinken, damit ich sie nicht so einschüchternd überragte, und breitete die Arme weit aus. Stumm flehte ich sie an, mich anzusehen, richtig anzusehen, so wie ich war.

„Bei meiner Abstammung hatte ich keinerlei Mitsprache, noch bei der Gestalt, die meinem Körper gegeben wurde. Ich bin nicht wie die Männer des Sandmeers, aber auch nicht wie das Volk meines Vaters. Und ganz gewiss nicht wie deines."

„Da hast du wohl recht", stimmte sie mir mit einem unsicheren Lachen zu. Unwillkürlich fragte ich mich, wie ich mir die Männer ihres Volkes vorstellen konnte. Die waren ihrer gewiss nicht würdig. Da war ich mir absolut sicher.

Aber bist du es denn?

Den Gedanken schob ich rasch von mir. Falls Zoey mich je als ihren Gefährten annehmen sollte, würde ich dafür sorgen, mich ihrer würdig zu erweisen. Dafür sorgen, dass ich zäher und stärker wurde. Auf jedes Quäntchen Kraft aus der See und der Wüste zurückgreifen, um zu werden, was sie brauchte.

„Mir ist bewusst, dass ich dir womöglich Angst einjage." Die Worte entrangen sich heiser meiner Brust. „Aber du sollst wissen, dass mein Körper nur existiert, um dir zu Diensten zu sein. Alles, was du fürchtest, wird ausschließlich zu deinem Schutz eingesetzt. Meine Stärke, mein Körper gehören dir allein. Du brauchst mich nie zu fürchten. Niemals. Weil die Waffe, die mein Körper darstellt, immer nur dazu bestimmt war, von dir geführt zu werden. Und unter all dem, was dir an mir so fremd vorkommt, findet mein Herz zu deinem."

Sie starrte mich mit leicht geöffnetem Mund an. Das Sternlicht schimmerte auf ihren flachen Zähnen und ich stöhnte innerlich auf. Weil sie so nutzlos stumpf waren. Und sie so schutzlos. *Ich muss das Treffen mit dem Volk meines*

Vaters überleben, damit ich zu ihr zurückkehren und sie beschützen kann. Sie ist so schrecklich klein ...

„Ich ... weiß gar nicht, was ich dazu sagen soll", flüsterte sie nach einem langen Moment.

„Du musst gar nichts sagen. Ich erwarte überhaupt nichts von dir", entgegnete ich und schaffte es einfach nicht, den Blick von ihr abzuwenden. Doch offensichtlich hatte ich gerade nicht die Wahrheit gesagt, denn je weiter sich das Schweigen ausdehnte, desto mehr sehnte ich mich nach Worten von ihr. „Warum bist du zu mir gekommen?"

„Oh, na ja ... Ich habe mir Sorgen gemacht, dass ich deine Gefühle verletzt habe oder so. Als ich das Fleisch abgelehnt habe, das du mir angeboten hast. Wir haben es gebraten und es war lecker, also vielen Dank."

Ich setzte mich langsam in den Sand und mit einer ungeschickten, ungelenk wirkenden Bewegung, die Wärme in meiner Brust aufsteigen ließ, tat sie es mir gleich.

„Du hast meine Gefühle nicht verletzt", sagte ich. „Du hast nur deutlich gemacht, wie wenig ich über dich weiß. Und das hat mich beschämt. Mein Mangel an Kenntnis. Meine Mutter hat versucht, mir beizubringen, wie man für eine Gefährtin sorgt. Von ihr habe ich das Wissen über die Gefährtenbindung. Aber so viel, was sie mir erzählt hat, scheint auf dich und unsere Situation nicht zuzutreffen. Und sonst konnte es mich niemand lehren."

„Dann gab es nur deine Mom und dich, *eh*?" Ihr Satz endete mit einem merkwürdigen Laut, den ich keiner der mir bekannten Sprachen zuordnen konnte.

„Ja. Mein Vater ist gestorben, als ich noch sehr jung war. Ich erinnere nicht viel von ihm. Meine Mutter hat mich allein in der Wüste aufgezogen."

Zoey verzog das Gesicht auf eine Weise, die mich zutiefst entsetzte, was mich blitzschnell zu ihr krabbeln ließ, bis unsere Gesichter nur noch einen Hauch voneinander entfernt waren. Meine plötzliche Bewegung lenkte sie von dem Schmerz ab, den sie offenbar zuvor empfunden hatte, und sie schnappte erschrocken nach Luft.

„Was ist geschehen?", fragte ich aufgebracht, als ich Flüssigkeit aus den äußeren Winkeln ihrer Augen fließen sah. Bevor sie antworten konnte, hakte ich eine Klaue in das Gestell der merkwürdigen Scheiben, die sie vor den Augen trug, und riss es ihr vom Gesicht.

„Hey!", rief sie und griff nach meiner Hand.

„Lass mich kurz sehen. Mit deinen Augen stimmt etwas nicht. Blutest du?" Vielleicht waren diese Scheiben das Problem. Aber andererseits schien sie diese ständig zu tragen und ich hatte bisher noch kein klares Blut auf ihrem Gesicht bemerkt.

„Das ist kein Blut. Das sind *Tränen*. *Verdammt*. Ich hatte ganz vergessen, dass ihr so was noch nie gesehen habt." Sie gab ein feucht klingendes Schniefen von sich und wischte sich über die Augen. „Kann ich meine *Brille* wiederhaben?"

„Was ist eine *Brille*?"

„Das Ding, das du jeden Moment mit deinen Krallen kaputtmachst."

Ah. Die Augen-Scheiben?

Ich reichte ihr das Objekt zurück, was mir ein dankbares Lächeln einbrachte. Eins, das mir durch Mark und Bein ging.

„Warum trägst du die?", wollte ich wissen. „Verhindern sie, dass die *Tränen* aus deinen Augen kommen?"

„Nein." Sie lächelte erneut und ich lehnte mich noch ein winziges Stück weiter zu ihr. Das schien sie jedoch nicht zu bemerken, da sie zu beschäftigt damit war, sich die Brille wieder aufs Gesicht zu setzen. „Ohne sie kann ich nicht richtig sehen. Durch die Brille wird alles scharf."

„Vielleicht solltest du sie dann in meiner Gegenwart absetzen", grummelte ich. Die Brille verstimmte mich. Wenn sie mich nicht so deutlich sah, hatte sie vielleicht weniger Angst. Möglicherweise konnte ich ihr sogar irgendwann ans Herz wachsen. Ihre Liebe gewinnen.

Sie schüttelte seufzend den Kopf. „Nein, genau deswegen bin ich ja hergekommen. Ich will dir nicht dieses Gefühl geben. Die ganze Sache ist für uns beide wohl ziemlich abgedreht. Wir waren beide ... überrascht voneinander. Und von der Reaktion des anderen."

Sie hatte mich überrascht, ja. Mit der außerweltlichen Natur ihrer Schönheit. Mit ihrer bloßen Existenz.

„Hör mal, ich verstehe ja, dass dich das wohl ziemlich aus der Bahn geworfen hat. Du hast gedacht, du kommst her und ich empfinde sofort das Gleiche für dich, wie du für mich. Und als das nicht passiert ist ... Na ja, ich verstehe, dass das wehtun muss."

Also hatte sie Mitleid mit mir. Ein Teil von mir wollte das von sich weisen. Ihr Mitleid wollte ich nicht. Nur ihre tiefe Liebe. Ich wollte den Klang ihrer geheimsten Gedanken vernehmen, die sie sonst mit niemandem teilte. Ich wollte sie altern sehen, jeden Moment, jeden Tag von jetzt an mit ihr verbringen, bis der Tod uns mit seinen dunklen Klauen zu sich holte. Ich wollte die Wärme in ihr und die Feuchte zwischen ihren Schenkeln. Und darüber hinaus wollte ich vor allem, dass es ihr genauso ging.

Also ja, ein Teil von mir wollte das Mitleid abwehren. Aber der größere, der Teil, der litt und wütend war, nahm alles, was er kriegen konnte. Ich würde alles nehmen, was sie mir gab. Was auch immer sie näher an mich binden würde.

„Und warum hast du dann diese Tränen vergossen?", fragte ich schließlich und beobachtete fasziniert, wie sie hinter der Brille heftig blinzelte und ihre runden Augen immer noch nass glänzten.

„Als du den Tod deines Vaters erwähnt hast ... Ich habe meinen Vater auch verloren. Und meine Mutter."

„Dann gelten diese Tränen ihnen? Eine Opfergabe an die Verstorbenen?" Irgendwie war ich ihr noch näher gekommen. Nur eine kleine Bewegung und meine Schnauze würde ihren weichen Mund berühren. *Wie fühlt sich so ein zarter, flacher Mund wohl auf meinen Schuppen an?*

Sie schniefte erneut.

„Nein. Na ja. Schon irgendwie. Das passiert, wenn meine Spezies starke Gefühle empfindet. Wie Traurigkeit."

Also brachte Trauer die Tränen hervor. Diese Information merkte ich mir sorgfältig, weil ich alles über das winzige Wesen vor mir erfahren wollte. Ein paar weitere Tränen erschienen und malten nasse Linien auf ihre Wangen. Ich roch das Salz in ihnen, das mich an die Bittersee, die Heimat meines Vaters, erinnerte und etwas tief in mir weckte. Etwas Animalisches, das ein essenzieller Teil von mir war. Bevor ich wusste, was ich tat, schnellte meine gespaltene Zunge hervor und die beiden Enden fingen die Tränen auf ihren Wangen auf.

Aber das gefiel Zoey ganz und gar nicht.

Sie gab ein ersticktes Japsen von sich und warf sich erschrocken nach hinten. Dabei blieb sie mit der Hüfte an einem kleinen Fels hängen und wäre beinahe gestürzt. Sie würde sich jeden Moment den kleinen Schädel aufschlagen.

Instinktiv griff ich nach ihr, legte eine Hand auf ihren Rücken und schützte mit der anderen ihren Kopf.

„Lass mich sofort los", fauchte sie mich an und fletschte wütend die stumpfen Zähne.

Ich zog sie wieder in eine aufrechte Position und zog dann bedauernd die Hände zurück.

„Du hast Glück, dass ich nicht geschrien habe. Hätte ich beinahe getan, ich konnte es mir gerade noch verkneifen." Sie drückte sich die Finger hinter der Brille auf die Augen. „Dann wären die Gahns sicher *aus allen Rohren feuernd* hierhergestürmt."

Ich wusste nicht, was *aus allen Rohren feuernd* bedeutete. Aber ich konnte mir gut vorstellen, wie sie mit gezückten Klingen auf mich zurannten, bereit, mich zu töten.

In Gedanken ging ich alles durch, was meine Mutter mir über Frauen beigebracht hatte. Über die Gefährtenbindung. Ich konnte mich nicht erinnern, dass sie ein intensives Verlangen, jemanden abzulecken, erwähnt hatte. Wo dieser Impuls hergekommen war, konnte ich mir nicht erklären. Aber selbst jetzt wollte ich es direkt noch einmal tun. Mehr von ihr schmecken. Nicht nur ihre Tränen, weil ich nicht wollte, dass sie traurig war. Auch wenn mir der Geschmack durchaus gefiel. Das Salz in ihnen war der Bittersee so ähnlich. Ich war erst einmal dort gewesen, um ihr den Körper meines Vaters nach seinem Tod zu übergeben. Damals war ich so jung gewesen, dass ich mich kaum noch daran erinnerte. Aber der durchdringende Geschmack hatte sich mir eingeprägt. Und jetzt durchflutete mich die Erinnerung und schuf eine Verbindung zu dieser Hälfte meiner Abstammung. Der Hälfte, die sich zwischen die Wellen bettete.

„Du schmeckst nach meiner Heimat."

„Ich werde nicht mal so tun, als würde ich das verstehen", erwiderte Zoey. „Du kannst nicht einfach so Leute ablecken. Erst verlangst du von mir, dass ich dich mit einem Messer verletze, und jetzt das. *Mon Dieu ...*"

Ich beobachtete sie stumm. Der Graben zwischen uns schien sich noch weiter aufzutun, je länger wir einander kannten. Je mehr Zeit ich in ihrer Nähe verbrachte, desto offensichtlicher wurde es, wie sehr wir uns missverstanden.

„Wir sind sehr verschieden", sagte ich schließlich.

„Ja. Das stimmt."

Unsere Worte hingen schwer in der Luft. Mehr schien es dazu nicht zu sagen zu geben. Wir waren so unterschiedlich. Wir stammten aus völlig verschiedenen Welten. Ich hatte gedacht, dass die Gefährtenbindung es uns leichter machen, uns zueinander leiten würde, ohne Schwierigkeiten oder Hindernisse. Aber offenbar war dem nicht so.

Wie sollte man so eine Kluft überwinden? Ich wollte nicht, dass sie sich veränderte und sich mir damit anpasste. Sie war perfekt, so wie sie war. Aber ich wusste nicht, wie ich an diese Perfektion heranreichen sollte. Sie war so weich und sanft, ich dagegen bestand nur aus Klauen und Schuppen.

Zoey stand auf und ich tat es ihr gleich. Sie setzte sich in Bewegung und umrundete den Felsen, um zurück ins Lager zu gelangen. Ich begleitete sie, weil ich noch nicht bereit war, den Rest der Nacht ohne sie zu verbringen. *Vielleicht sollten wir immer so verfahren. Schweigen. Dann werde ich nie wieder das Falsche sagen.*

Wobei das Lecken ja nicht gesagt worden war. Sondern getan.

Die andere Menschenfrau konnte ich nirgendwo entdecken, vielleicht war sie bereits in ihrem Zelt. Die drei Sandmeer-Krieger erhoben sich bei unserer Ankunft und musterten uns wachsam. Sie schauten zwischen Zoey und mir hin und her und ich nahm wahr, wie sie Zoey nach Verletzungen absuchten. Ihre Respektlosigkeit ließ meinen Schwanz durch den Sand peitschen. Dass sie mir unterstellten, ich könnte meiner Gefährtin ein Leid zufügen, war unerhört. Und es machte mich wütend.

Zoey hielt direkt auf das Zelt zu und die Sandmeer-Krieger stellten sich zwischen uns, damit ich ihr nicht folgen konnte.

Ich könnte euch allen die Kehlen rausreißen, bevor auch nur einer von euch seine Klinge ziehen kann …

Doch Zoey leise Stimme lenkte mich von meinen gewalttätigen Gedanken ab. „Du hast recht. Wir sind sehr verschieden."

Ich schaute über die Köpfe der Männer hinweg, um ihr Gesicht in der Dunkelheit auszumachen.

„Aber wo ich herkomme, gibt es ein Sprichwort", fuhr sie fort. „Ich weiß aber nicht, ob sich das in eure Sprache übertragen lässt …"

„Wie lautet das Sprichwort?", hakte ich nach, weil ich alles wissen wollte, was sie mir preisgab. Alles, was sie mir zugestand.

Sie sagte ein paar Worte in ihrer eigenen Zunge, die ich nicht verstand.

„Was bedeutet es?"

Sie zögerte und klammerte sich an die Tierhaut ihres Zelts. Jeden Moment würde sie diese beiseiteziehen und hineingehen. Doch davor sagte sie noch: „Gegensätze ziehen sich an."

KAPITEL ELF
Zoey

„WARUM ZUM TEUFEL HABE ich das gemacht?"

„Was gemacht?", fragte Chapman, die im Schein einer flackernden Kerze auf einem Bett aus Tierhäuten saß. Offensichtlich hatte ich die Frage laut ausgesprochen. Ich verlor heute Abend ständig die Kontrolle über meinen verflixten Mund.

Ich ließ mich neben Chapman auf den Boden fallen. „Keine Ahnung. Ich glaube, ich habe dem Kerl gerade Hoffnungen gemacht und ... Ich weiß einfach nicht, warum."

Chapman verengte die Augen zu Schlitzen, schenkte mir dann aber ein kleines Lächeln. „Ah, verstehe. Du kommst in die ‚Wer bin ich'-Phase."

„Die *was*?" Hoffentlich erklärte sie mir das noch so, dass ich es auch verstand – und zwar schnell. Weil ich fast durchdrehte bei der Vorstellung, dass ich gerade einer verdammten *Echse* gesagt hatte, dass Gegensätze sich anzogen. *Aber mal ehrlich, wahrscheinlich habe ich schon längst den Verstand verloren.*

„Die ‚Wer bin ich?'-Phase. Ich weiß noch, dass ich mich auch gefragt habe, wer ich plötzlich bin und wo mein altes

123

Ich hin ist, als die Sache zwischen Fallo und mir das erste Mal ... persönlicher wurde. Das Ich, das sich niemals mit einem Alien eingelassen hätte."

„Hm, okay, in *dieser* Phase bin ich definitiv nicht. Eher noch in der ‚Ich würde mich nie mit einem Alien einlassen'-Phase", protestierte ich mit weit aufgerissenen Augen.

Chapman schaute mich lange an und meinte dann nur: „Sicher?"

Ich brachte nur ein sinnloses Stottern und Stammeln heraus. *Entschuldige mal, was fällt dir eigentlich ein!* Ich wollte mich schon nicht von einem Känguru-Alien flachlegen lassen und erst recht nicht von einem Kroko!

„Ja, bin ich!", antwortete ich schließlich.

„Warum hast du dann das gesagt, worüber du dir jetzt Sorgen machst? Womit du ihm offensichtlich Hoffnungen gemacht hast?"

Ich stutzte. Na ja, zum Teil hatte ich es gesagt, weil es stimmte. Es *war* ein Sprichwort auf der Erde und meine eigenen Eltern waren das genaue Gegenteil voneinander gewesen – mein Dad der stille, introvertierte Ingenieur, meine Mutter die lebhafte, überschwängliche Künstlerin. Und ich hatte es auch gesagt, weil der Kerl aussah, als könnte er ein bisschen Hoffnung in seinem Leben gebrauchen. Aber auf der anderen Seite war ich noch nie jemand gewesen, der Männern etwas vormachte. *Warum also ...?*

Ich gab Chapman keine Antwort, sondern legte mich stattdessen auf mein eigenes Bett, doch ihre Frage kreiste weiter in meinem Kopf. Einen Moment später blies Chapman die Kerze aus und ließ mich in der Dunkelheit mit meinen abgefuckten Gedanken allein.

Und abgefuckt waren sie. Eigentlich sogar mehr als abgefuckt.

Denn eigentlich hatte ich Kor gar nicht unbedingt wegschieben wollen, als er mir so nahe gewesen war und sich über mich gebeugt hatte. Und als er mir über die Wange geleckt hatte ... *putain*, das hatte mir irgendwie gefallen. Neben dem Schock, den es mir versetzt hatte, und dem Funken Angst, weil seine Fänge aus der Nähe noch gefährlicher aussahen, hatte sich auch lustvolle Hitze zwischen meinen Beinen bemerkbar gemacht. Seine Zunge war ein wenig rau und in zwei lange Teile gespalten. Sie hatte sich auf meiner Haut ... seltsam angenehm angefühlt.

Tabernac. Ich erinnerte mich daran, wie im Studentenwohnheim mal ein Dino-Porn-Roman die Runde gemacht hatte. Darüber hatte ich nur gelacht, weil schon die Vorstellung absurd war. *Bin ich das jetzt? Jemand, der auf Dino-Porn steht? Jemand, der sich eine Erwachsenenversion von ‚In einem Land vor unserer Zeit' wünscht?*

Allerdings war das Buch inhaltlich auch ziemlich dürftig und oberflächlich und ehrlich gesagt einfach nur bizarr gewesen. Der Dinosaurier konnte nicht sprechen und war kaum mehr als ein Tier. Und so war Kor kein Stück. Kor wirkte eher, als hätte jemand den durch und durch aufrichtigen Helden eines Liebesromans genommen und mit einer großen Echsen-Schleife als Geschenk verpackt. Ich meine ... seine *Worte*. Worte, die Versprechungen machten, wie sie wahrscheinlich noch keine Frau auf der Erde gehört hatte. Worte über den Geschmack seiner Heimat und wie sein Herz meins erkannte. Worte, die so übertrieben waren, dass sie bei jedem anderen aufgesetzt geklungen hätten. Oder nach Lügen. Aber bei ihm waren sie die Wahrheit.

Ich hatte keinerlei Zweifel daran, dass er das wirklich so empfand. Tatsächlich ging ich nicht einmal davon aus, dass er die soziale Kompetenz besaß, um bei so etwas zu lügen. Oder zu versuchen, mich zu manipulieren. Er hatte so etwas beinahe Unschuldiges und Naives an sich, was schon irgendwie verrückt war, wenn man sein Aussehen bedachte. Und den Fakt, dass er ein zäher Wüstenkrieger war. Aber bisher hatte er ja nur seine Mom um sich gehabt. Und ich hatte das Gefühl, dass er absolut keinen Schimmer hatte, wie er mit der Situation zwischen uns umgehen sollte.

Ich allerdings auch nicht.

Fuck. Gab es überhaupt eine Situation, mit der ich umgehen musste? Chapmans Frage ließ mich einfach nicht los. *Sicher?*

Warum musste er unbedingt rumtönen, dass sein Herz meins erkennt und sein Körper eine Waffe zu meinem Schutz ist? Das machte alles so kompliziert. Wenn Chapman mir die einfache Frage „Sicher?" gestern gestellt hätte, hätte meine Antwort auch „Ja, bin ich" gelautet, aber sie wäre mir viel leichter gefallen und hätte etwas mehr gestimmt.

Aber jetzt?

Tja, jetzt war alles ein einziges Durcheinander.

Trotz meiner Anspannung schlief ich tief und fest. Die unruhige Nacht davor und der lange Reisetag hatten mich erschöpft, also wurde ich erst wieder wach, als Chapman mich an der Schulter rüttelte.

Ich setzte mich benommen auf und tastete nach meiner Brille, die ich wie immer in ein Stück Leder eingewickelt neben mich gelegt hatte, um sie vor dem Sand zu schützen. Ich schob sie mir auf die Nase und sah Chapman blinzelnd an.

„Wir müssen los", sagte sie. Sie war bereits komplett angezogen und hatte sich die roten Haare streng zu einem Dutt am Hinterkopf zusammengebunden. Ihre Sonnenbrille steckte in ihren Haaren und der weiß-blaue Schimmer auf ihrer Haut verriet mir, dass sie die ultrastarke Sonnencreme aufgetragen hatte, die wir alle benutzen mussten.

Rasch verteilte ich ebenfalls etwas davon auf meinem Gesicht und achtete auch darauf, die Bereiche unter meiner Brille zu erwischen, bevor ich in meine Kleidung schlüpfte und die Solarschutzjacke überzog. Chapman wartete im Zelt, bis ich fertig war. Als ich Anstalten machte, es zu verlassen, hielt mich ihre Stimme jedoch auf.

„Kor war schon vor Sonnenaufgang für dich jagen. Auf dich wartet also Frühstück."

„Danke", murmelte ich und versuchte, den seltsamen Hüpfer zu ignorieren, den mein Magen gerade machte. Ich freute mich nicht darüber. Oder? Nein, definitiv nicht. Das wäre doch absurd. Nicht wahr?

Ich trat ins gleißend helle Sonnenlicht hinaus und fing praktisch sofort an zu schwitzen. Rasch kniff ich die Augen unter der Kapuze zusammen und fischte meine Sonnenbrille aus meiner Tasche, die ich über meiner normalen aufsetzte. Das war nicht sonderlich bequem und es fühlte sich ständig an, als würde sie gleich runterfallen, aber nur so konnte ich meine Augen schützen und überhaupt etwas sehen.

Nachdem Chapman und ich das Zelt verlassen hatten, bauten Galok und Fallo es in Windeseile ab und ich half

Chapman schnell, unser Bettzeug zusammenzuschnüren und auf ein *irkdu* zu verladen. Das gab mir etwas zu tun. Etwas, worauf ich mich konzentrieren konnte, damit ich mich nicht nach Kor umschaute.

Aber nachdem alles gepackt und gesichert war, blieb mir keine andere Wahl. Ich wandte mich um und wappnete mich innerlich, mich heute ernsthaft mit ihm zu beschäftigen. Mehr oder weniger. Doch ich hatte beim Umdrehen ein bisschen zu viel Schwung und prompt flog mir die überlebenswichtige Sonnenbrille von der schweißnassen Nase.

Merde.

Bevor das Ding jedoch im Sand landen konnte, tauchte eine dunkle, klauenbewehrte Hand auf und fing es aus der Luft. Ich hielt den Blick mit wild klopfendem Herzen weiterhin fest auf den Boden gerichtet. Wenn ich gedacht hatte, dass mir vorher schon heiß gewesen war, wurde es jetzt noch viel schlimmer. Meine Wangen brannten und mein Hals fühlte sich ebenfalls an, als würde er in Flammen stehen. Langsam hob ich den Blick – über seine anthrazit-blauen Beine und den muskulösen Oberkörper bis hinauf zu seinem Gesicht. Zu seinen Augen.

„Ach du Schande ...", hauchte ich verdutzt und erst einen Moment später ging mir auf, dass ich das laut gesagt hatte. Das war das erste Mal, dass ich seine Augen im Tageslicht von Nahem sah.

Und sie waren ... wunderschön.

Überraschend schön.

Sie waren groß und schwarz und hatten ähnlich wie die der Sandmeer-Krieger kaum Weiß-Anteil. Und wie die Känguru-Kerle hatte auch Kor Sichtsterne, Hunderte von schimmernden Funken, die pulsierten, herumwirbelten und sich zusammenzogen. Doch die Augen der meisten Sandmeer-Leute glichen den Farbtönen der Wüste – Kupfer oder Gold oder wie bei Fallo Rot. Kors dagegen sahen ganz anders aus. Seine Sichtsterne glänzten wie glimmende Kristallsplitter in einem leuchtenden Blau. Wie Saphire.

Plötzlich fühlte sich meine Kehle ganz eng an. Ich musste an eins der Dinge denken, die mir lieb und teuer waren und die ich auf der Erde hatte zurücklassen müssen – ein Saphiranhänger, den meine Eltern mir zum Bestehen des Grundstudiums geschenkt hatte. Mein Geburtsstein.

„Deine schwarze *Brille*", sagte Kor und riss mich damit aus meinen Gedanken. Mir ging auf, dass ich ihm wohl in die Augen gestarrt hatte ... und zwar ziemlich lange. Rasch schnappte ich mir die Sonnenbrille, die er mir auf der flachen Hand hinhielt. Dabei streiften meine Fingerspitzen aus Versehen seine Haut. Ein elektrisierendes Kribbeln breitete sich von meiner Hand über meinen Arm nach oben aus. Seine Haut war glatter als erwartet. Sie kam mir eher wie Leder vor, derb, aber auch irgendwie weich. *Wie seine Schuppen sich wohl anfühlen?*, dachte ich, bevor ich mich daran hindern konnte.

Und solche Gedanken musste ich verhindern. Weil das hier gerade immer noch verrückter wurde. Ich konnte ja durchaus nachvollziehen, dass andere Frauen sich gerne auf ihre Alien-Männer eingelassen hatten, aber Kor war ... dann doch noch mal eine andere Liga.

Aber während wir die letzten Vorbereitungen trafen (ich, indem ich hastig das Frühstück hinunterschlang, das Kor für mich gekocht hatte), konnte ich den Blick einfach nicht von ihm abwenden. Vieles an ihm strahlte Männlichkeit aus. Seine definierten Brustmuskeln und die Form seiner Schultern erinnerten an eine menschliche Gestalt – oder zumindest an einen Menschen auf Steroiden. Sein Gesicht war durch und durch alienhaft, aber so langsam gewöhnte ich mich an den Anblick. Und ich würde zwar nicht unbedingt behaupten, dass er attraktiv war, aber etwas an ihm war irgendwie anziehend. Sein enormer Körperbau und die stoischen, geschuppten Furchen seines Gesichts. In allem lag so viel Stärke, so viel Ernsthaftigkeit und etwas unverkennbar Männliches.

Ein Ungeheuer, dessen Körper zum Töten gemacht war, mit Augen wie Saphire.

Das war eine seltsame Kombination.

Bald darauf waren wir bereit zum Aufbruch und Kor sprintete wieder auf allen vieren los. Ich sah ihm von meinem erhöhten Sitz auf Galoks *irkdu* nach, unfähig, ihn aus den Augen zu lassen, während wir ihm folgten. Wenn er sich so fortbewegte, verlor er alles Menschliche. Doch selbst so strahlte er immense Kraft aus. Und vielleicht musste er auch gar nicht wie ein Mensch sein. Er war einfach ... Kor.

Der seltsame, beschuppte, absolut aufrichtige Kor.

Der Alien, der mich zu seiner Gefährtin machen wollte.

Eilig versuchte ich, das wieder zu verdrängen. Ich konnte nicht alle Probleme auf einmal lösen und vor uns lag ein langer Reisetag. Also konzentrierte ich mich darauf, aufrecht im Sattel zu sitzen, und ließ den Blick über die uns umgebende Wüste schweifen.

Und wenn ich dabei immer wieder an Kors riesiger Gestalt hängen blieb, die mit ausladenden Sätzen über den

Sand flog, merkte das niemand außer mir, weil ich meine Sonnenbrille wieder trug.

KAPITEL ZWÖLF
Kor

ALS WIR AM ABEND UNSER Lager aufschlugen, befanden wir uns bereits ein gutes Stück in Gahn Talioks Territorium. Der Sand war hier in einem dunkleren Rotton gefärbt und aus dem Boden reckten sich riesige, blutrote Felsformationen weit in den Himmel hinauf. Morgen würden wir seine Berge erreichen.

Zoey und die Gahnala errichtete ihr Zelt für die Nacht und ich beobachtete sie dabei. Nun, ich beobachtete Zoey. Doch dann wurde ich von Gahn Talioks Stimme abgelenkt.

„Welchen Weg sollen wir zur Bittersee einschlagen, wenn wir meine Berge durchquert haben? Jenseits davon erstreckt sich Gahn Baldors Territorium."

Ich brummte leise. Gahn Baldors Clan lebte zwischen den Bergen und der Bittersee. Ich war Zeuge geworden, wie seine Männer Taliok und seine Gruppe angriffen, als wir uns das letzte Mal in diesen Bergen aufgehalten hatten.

„Meine Mutter lebt bei Gahn Baldors Clan. Sie stammt von dort. Wir können mit ihr sprechen und versuchen, Baldors Absichten einzuschätzen", sagte ich.

Fallo und Galok drehten sich zu mir um.

„Und wie gedenkst du unentdeckt zu Baldors Zelten zu gelangen, um deine Mutter aufzusuchen?", wollte Fallo wissen und bleckte die Fänge.

Diese Männer halten mich für dumm.

Ich hatte nicht vor, einfach in ihr Lager zu marschieren, als würde es mir an Verstand mangeln. Das hatte ich bereits an den Klippen von Uruzai getan, und selbst da war mir die Dummheit meiner Tat bewusst gewesen. Doch es hatte meiner Gefährtin gedient. Also war ich bereit gewesen, das Risiko einzugehen.

„Als ich meine Mutter verlassen habe, um mich auf die Suche nach meiner Gefährtin zu begeben, ist sie zu ihrem Clan zurückgekehrt. Daher haben wir vorher vereinbart, wie wir genau dieses Problem umgehen. Es gibt einen Ort, weit weg von ihren Zelten, aber nicht so weit, dass es den anderen merkwürdig erscheinen würde, wenn sie sich dorthin zurückzieht. Ein Ort zwischen vielen Steinen, nahe des Ufers der Bittersee. Sollte ich sie je aufsuchen oder mit ihr sprechen wollen, kann ich dort hingehen und einen Stein auf einen ganz bestimmten anderen legen, den wir uns beide vor meiner Abreise eingeprägt haben. Sie geht jeden Morgen dorthin und sieht nach, ob ich ihr einen Stein hinterlassen habe. Ist dies der Fall, treffen wir uns an einem sicheren Ort am Rand von Gahn Baldors Territorium."

Galok schlug mit dem Schwanz, doch es war Taliok, der antwortete. „Das ist ein kluges Vorgehen."

„Durchaus. Ich bin ein kluger Krieger." In meinen Worten schwang ein scharfer Unterton mit, Stolz gemischt mit einer Warnung. Einer Warnung, dass nur die Freundlichkeit meiner Gefährtin mich zu ihrem Verbündeten machte. Dass sie mich nicht unterschätzen sollten und mich nur ihre weichen Hände und seltsamen Augen im Zaum hielten. Fallo fauchte und ging zu seiner Gefährtin, doch Galok und Taliok blieben und musterten mich für einen langen Moment, als würden sie ihre Einschätzung von mir korrigieren.

Schließlich brach Galok das Schweigen. Er grinste und klopfte mit den Fingerknöcheln gegen die flach anliegenden Stacheln auf meiner Schulter. Die Berührung war so unerwartet, dass ich mich unwillkürlich verspannte.

„Hier draußen, fort von der Clan-Politik und den Klippen und nur unter uns, ist es einfacher, dich als das zu sehen, was du bist", sagte er. „Du warst uns bislang ein guter Verbündeter, Kor. Ich habe entschieden, dass ich dich mag. Und immerhin sind wir alle aus dem gleichen Grund hier. Wir wollen die neuen Frauen beschützen."

Ich zog die Wölbungen über meinen Augen überrascht zusammen. Und mein Erstaunen nahm noch zu, als Taliok sich ebenfalls zu Wort meldete.

„Ich stimme Galok zu. Du hast dich als wertvoller Verbündeter bewiesen. Du hast unsere Männer nicht getötet, die dich auf den Klippen einzufangen versuchten, und du hast nicht versucht, deine Gefährtin zu rauben, obwohl du vermutlich stark genug bist, das jetzt zu tun." Taliok warf mir noch einen langen Blick zu. „Ich entschuldige mich für das tiefe Misstrauen, das wir dir entgegengebracht haben. Für die Waffen, die wir gegen dich gerichtet haben."

Und dann tat er etwas, das mich bis ins Mark schockierte: Er hob in einer Geste des Respekts den Schwanz vor die Augen. Galok verfolgte die Handlungen des Gahns und tat es ihm gleich. Steif und unsicher machte ich es nach. Das war das erste Mal für mich. Da ich noch nie mit jemandem außer meiner Mutter zu tun gehabt hatte, hatte sich die Notwendigkeit nie ergeben. Es fühlte sich merkwürdig an ... aber auch irgendwie gut.

Wir senkten die Schwänze wieder.

„Erwarte nicht, dass Gahn Fallo den Schwanz für dich erhebt", meinte Galok und klang nun viel entspannter als zuvor. „Das tut er nicht einmal für die anderen Gahns."

Gahn Taliok gab einen missbilligenden Laut von sich und machte sich dann auf den Weg, um ein kleines Feuer für die Nacht zu entfachen.

Mein Blick wanderte, wie so oft, zurück zu Zoey, die nun Gahn Taliok zur Hand ging. Sie war so klein ...

„Ich sollte jagen gehen. Meiner Gefährtin mehr Fleisch bringen", sagte ich. Galok lachte vollkommen unerwartet auf. Ich war nicht an so viel Freundlichkeit in meiner Gegenwart gewöhnt.

„Wir haben noch frisches Fleisch von deinem Beutezug heute Morgen. Du bist ein geschickter Jäger, so viel steht fest. Komm, setz dich heute Abend zu uns ans Feuer. Iss nicht wieder allein."

Ich folgte Galok zu dem kleinen Feuer, das nur zur Zubereitung meiner Beute diente. Auf der einen Seite saß die Gahnala mit ihrem Gefährten Fallo. Sie schenkte mir ein kleines Lächeln, als ich näherkam, doch ihr Gefährte dachte gar nicht daran, mir die gleiche Höflichkeit zu erweisen. Das spielte jedoch keine Rolle. Ich war nicht hier, um Ansehen bei irgendeinem Gahn zu gewinnen. Die Freundschaft zu Galok und Taliok schätzte ich, da sie alles deutlich einfacher machen würde. Doch eigentlich interessierte mich nur die Meinung einer einzigen Person hier, und die saß unweit von mir im Sand. Taliok ließ sich rechts neben Zoey nieder. Galok machte Anstalten, sich zu ihrer Linken fallen zu lassen, doch dann warf er mir einen Seitenblick zu und schlenderte stattdessen etwas weiter, um sich neben Taliok zu setzen. Damit blieb der Platz auf ihrer anderen Seite frei. Also nahm ich ihn ein.

Dabei streifte mein Knie ihres. Das Gefühl ihres Knochens unter der Kleidung schickte Funken über meine Haut.

„Wie geht es dir nach dem Ritt? Ich hoffe, dass die Geschwindigkeit erträglich war." Der Gedanke war mir zuvor noch nicht gekommen, aber was, wenn ich die Gruppe am Morgen zu früh verlassen hatte? Zoey sah so weich und zerbrechlich aus. Was, wenn der Ritt zu anstrengend für sie war?

„Oh, ja, es war okay. Meine Muskeln sind ein bisschen steif, aber das ist kein großes Problem. Für uns Frauen gibt es ja Sättel."

„Ich hätte darauf bestehen sollen, dass du im Lager zurückbleibst", stöhnte ich und musterte sie von der Seite. Der Feuerschein tanzte über ihre hübschen Züge und beleuchtete ihr Profil. Sie drehte mir das Gesicht zu.

„Lass das. Ich habe mich freiwillig dazu entschieden, euch zu begleiten. Die Rettung der Welt den Männern überlassen? Keine gute Idee. Gar keine gute Idee ..." Sie verstummte und lächelte dann in sich hinein. Dieser Ausdruck war pure Freunde. Am liebsten würde ich mich zu ihr lehnen. Mich an sie lehnen. Mit meinem ganzen Körper.

Aber ich wusste nicht, was sie so zum Lächeln gebracht hatte.

„Was ist mit dir?", fragte ich.

„Oh, das war nur ein Zitat aus einem Film von der Erde. Tatsächlich würdest du da erstaunlich gut reinpassen."

Ich hatte nicht den Hauch einer Ahnung, wovon sie da sprach. Aber ich hörte ihr trotzdem gerne zu. Also unternahm ich nichts, das sie davon abhalten könnte.

Allerdings verstummte sie doch, um einen Bissen von ihrem Fleisch zu nehmen. Stolz wallte bei diesem Anblick in mir auf, stark und animalisch. Sie aß das Fleisch, das ich für sie erlegt hatte. Ich hatte für ihre Nahrung gesorgt. Dadurch fühlte ich mich stark. Wie ein würdiger Mann.

Gleichwohl war ich auch ein überaus hungriger Mann. Den Großteil des Tages in hohem Tempo zu rennen, verbrauchte viel Energie. Ich beäugte das gebratene Fleisch vor uns voller Widerwillen. *Aber sollte ich mir vielleicht Mühe geben und so essen wie Zoey, damit sie nicht von mir angewidert ist?* Ich schluckte meinen Ekel hinunter und nahm mir ein Stück des gegarten Fleischs, um es angestrengt mit den Fängen zu bearbeiten.

Alle Süße war durch das Feuer herausgebrannt worden und nun war es zäh und schmeckte nach Rauch. Meine Mutter hatte schon früh in meiner Kindheit aufgegeben, mir das Essen ihres Volkes näherbringen zu wollen. Und es schien, dass ich es als Erwachsener noch als genauso ekelerregend empfand wie damals.

„Du musst das nicht so essen", ertönte auf einmal Zoeys leise Stimme neben mir.

Überrascht schaute ich auf sie hinunter. Unsere Mienen und Gesichtsausdrücke unterschieden sich so sehr voneinander – und doch hatte sie sogar von der Seite erkannt, wie es mir gerade erging?

„Wir haben noch rohes Fleisch übrig. Iss das. Ist schon okay."

Meine Gefährtin war so ein sanftes Wesen. Freundlicher, als es irgendein Mann verdiente. Womit ich mir diesen Segen errungen hatte, wusste ich nicht. Und was ich tun musste, um ihre Liebe für mich zu gewinnen, war mir auch weiterhin ein Rätsel.

Doch ich folgte ihrer Aufforderung und nahm mir, was an rohem Fleisch noch übrig war. Dabei ignorierte ich Gahn Fallos finstere Blicke und aß, wie ich es gewohnt war – indem ich Fleisch und Knochen mit den Zähnen zermalmte und meinen Durst mit dem Blut stillte. Als ich fertig war, bemerkte ich, dass Zoey mich mit offenem Mund anstarrte.

Ich bin wohl doch kein so kluger Krieger. Sie ist abgestoßen. Ich hätte abseits der anderen essen sollen, wie ich es bis jetzt immer getan habe.

„Widere ich dich an?", fragte ich. Ich spürte, wie mir ein Tropfen Blut über den Hals rann und sah, wie Zoeys Blick ihm folgte.

„Nein", erwiderte sie rasch und wandte sich ab, um ins Feuer zu schauen. Gerne würde ich meiner schönen Gefährtin glauben, dass sie stets ehrlich zu mir war. Doch ich wusste, dass ihre Verneinung eine Lüge gewesen war.

Und doch ist sie der Freundlichkeit entsprungen. Sie wollte dir nicht sagen, dass sie sich vor dir ekelt.

Diese Freundlichkeit, dieses Mitleid würden irgendwann mein Ende sein. Sie waren mein Fluch, der mich immer weiter in den Abgrund zog.

Und doch waren sie alles, was ich hatte.

Für den Moment.

Und in diesem Augenblick, als ich Zoeys zarte Gestalt, ihre schimmernden Haare, ihre Haut, ihre hübschen Augen betrachtete, wusste ich es. Ganz egal, wie verschieden wir waren, wie viel Angst sie vor mir hatte, wie sehr ich sie anwiderte, ich würde ihre Liebe gewinnen. Das Mitleid, das sie für mich empfand, würde durch Hingabe und Lust ersetzt werden, die meiner in nichts nachstand. Dafür würde ich sorgen. Ich war ein starker Krieger, stärker als die Männer des Sandmeers, und einige dieser schwächeren Männer hatten Gefährtinnen für sich gewinnen können. Ich schaute von Fallo zu Galok zu Taliok, allesamt mit Gefährtinnen gesegnet – und allesamt nicht so stark wie ich. Wenn sie das geschafft hatten, wenn sie das Rätsel der neuen Frauen hatten lösen können, würde ich das auch schaffen.

Es gab nichts, was ich mir mehr wünschte. Nichts, was ich mehr wollte, als von Zoey voller Verlangen und nicht mit dieser Mischung aus Angst, Mitleid und Ekel angesehen zu werden. Ich würde sie dazu bringen, mich zu begehren. Ich würde sie dazu bringen, dass sie ohne mich nicht mehr atmen konnte, dass sie sich ständig danach sehen würde, mich in sich zu spüren.

Wie ich das jedoch anstellen sollte, war mir schleierhaft.

Aber eins wusste ich genau: Ich würde mich nicht mehr von ihr fernhalten. Die Männer begannen, mich in ihrer Mitte zu akzeptieren, und behandelten mich nicht länger wie einen Feind. Langsam, ganz langsam erwarb ich mir ihr Vertrauen. Und dieses Vertrauen bedeutete, dass ich mehr tun, mehr *sein* konnte. Ich musste nicht länger den zurückhaltenden Gefangenen geben, der seine wahre Stärke verbarg. Ich war ein Krieger mit einer Gefährtin. Mir wurde die größte Ehre der Welt zuteil und jetzt musste ich die Hand ausstrecken und sie ergreifen, bevor sie mir entglitt. Bevor *sie* mir entglitt.

Mutig geworden rückte ich etwas näher zu Zoey. Mit einer Hand stützte ich mich hinter ihr im Sand ab. Zoey versteifte sich und all mein Mut verflog. War ich doch zu grobschlächtig und zu hässlich? Und was, wenn ich das ganz falsch anging?

Doch dann spürte ich, wie Zoey das Gewicht verlagerte. Nur ein winziges bisschen, sodass ich es nicht wahrgenommen hätte, würde ich nicht die geschärften Sinne eines Kriegers besitzen. Die Bewegung war klein. So klein. Aber sie war da. Die leichte Neigung in meine Richtung, bis ihr Rücken meinen Arm streifte. Die Berührung schickte mich ins Chaos. Entfesselte wildes Verlangen in mir. Ich wollte sie zu Boden drücken, ihr wieder und wieder meine unsterbliche Liebe schwören. Ich wollte meine Worte ihrem Mund schenken, sie direkt zwischen ihren Beinen aussprechen. Was auch immer nötig war, dass sie sie annahm.

Doch natürlich tat ich nichts dergleichen. Stattdessen handelte ich entsprechend dem heldenhaften Krieger, der ich war, und blieb wie erstarrt und vor Angst gelähmt sitzen. Ich fürchtete mich davor, was sie als Nächstes tun würde. Und was sie nicht tun würde. Fürchtete mich davor, dass ich sie vielleicht von mir wegtrieb. Dass sie mich verließ.

Wer hätte gedacht, dass so ein kleines, wunderschönes We-
sen mir solche Angst einjagen kann?

In diesem Moment ging mir auf, wie viel Macht diese
neuen Frauen besaßen.

Wie viel Macht meine Gefährtin besaß.

Und wie machtlos ich dagegen war.

KAPITEL DREIZEHN
Zoey

NACH DEM ESSEN EILTE ich mit glühend heißem Gesicht zurück ins Zelt. Was zum Teufel stimmte denn nicht mit mir? Kor beim Essen zu beobachten, war aufregend gewesen – und zwar auf eine Art, die mich einfach nur verstörte. Die Kraft seines Kiefers war faszinierend, und wie er mich danach gefragt hatte, ob er mich anwiderte, hatte mir beinahe das Herz gebrochen. Der Mann war nach menschlichen Maßstäben nicht attraktiv, aber ihm schien auch nicht bewusst zu sein, wie beeindruckend er war.

Und als er seinen riesigen Alien-Arm hinter mir aufgestützt hatte, hatte ich mich doch tatsächlich *nach hinten gelehnt*. Nicht weit genug, um damit ein klares Zeichen zu setzen. Ich verhielt mich wie ein albernes Mädchen auf einer Highschool-Party, wenn der große Footballspieler eine subtile Anmache versuchte, von der es vollkommen aus der Bahn geworfen wurde. Nur war das hier kein menschlicher Kerl, sondern ein waschechter Echsenmann.

Doch ich musste auch immer öfter zugeben, dass ich vieles an seinem Verhalten merkwürdig niedlich fand. Irgendwie. Ein bisschen.

Wie der Moment, in dem er Galoks und Talioks Geste so steif und ungelenk mit dem Schwanz erwidert hatte. Die Geste hatte er offensichtlich noch nicht oft gebraucht, aber er bemühte sich so sehr. Und er bemühte sich genauso sehr, uns zu helfen und unseren Plan in die Tat umzusetzen.

Mich zu seiner Gefährtin zu machen.

Ich war definitiv noch nicht so weit, die Gefährtin eines knapp drei Meter großen Krokodilmanns zu werden. Aber er wurde mir sympathischer. Je mehr Zeit ich mit ihm verbrachte, desto weniger nahm ich seine reptilienhafte Erscheinung wahr, und dafür umso mehr seine aufmerksamen Taten.

Chapman machte es sich zügig auf ihren Tierhäuten bequem und ich schlüpfte aus meiner Hose, wobei ich nach meinem iPod griff.

Doch der war nicht in meiner Tasche.

Merde. Ich hatte ihn draußen auf einen Stein gelegt, damit die brennende Sonne ihn durch die Solarzelle aufladen konnte, die ich gebaut hatte. Also stand ich noch einmal auf, zog meine Hose wieder an, verzichtete aber auf Socken und Schuhe, bevor ich wieder nach draußen ging.

Die drei Sandmeer-Krieger saßen noch am heruntergebrannten Feuer. Galok lächelte mir zu, als er mich aus dem Zelt kommen sah.

„Wo ist Kor?", fragte ich und schaute mich stirnrunzelnd um. Seine Abwesenheit hätte mich nicht so sehr stören sollen ... tat sie aber.

„Er ist wieder auf die Jagd gegangen", drang Galoks angenehme Stimme zu mir herüber. „Ich habe versucht, ihn davon zu überzeugen, dass das noch nicht nötig ist, aber er

bestand darauf, die Vorräte für seine Gefährtin aufzustock-
en."

Seine Gefährtin. Ich.

Nachdem er den ganzen Tag wortwörtlich durch die
Gegend gerannt war, ging der Kerl jetzt noch jagen?

„Gönnt der sich irgendwann auch mal Ruhe?",
murmelte ich mehr zu mir selbst als zu den anderen. Aber
Gahn Taliok hatte mich offenbar gehört.

„Das liegt an der Macht der Gefährtenbindung. Er wird
stets tun, was für dich getan werden muss."

Ich erstarrte und meine Kehle wurde eng. Talioks Worte
trafen mich wie ein Hammer den Gong und hallten in
meinem Kopf wider. So viel Hingabe konnte ich nur schwer
begreifen. Und ich hatte das Gefühl, dass das erst der Anfang
war.

Ich wandte mich von der Gruppe ab und ging auf die
andere Seite der großen Formation aus roten Felsen, neben
denen wir unser Lager aufgeschlagen hatten. Ein Stückchen
weiter hatte ich meinen iPod und die Solarzelle auf einem
kleinen, flachen Stein platziert. Ich schnappte mir die Geräte
und schaltete den iPod ein. *Voll aufgeladen. Perfekt.* Oft konnte ich auch ohne ihn einschlafen, aber ich hörte abends
gerne noch ein bisschen Musik. In der Einsamkeit des Schiffs
waren dieser iPod und die Musik darauf so etwas wie Freunde für mich geworden. Und es ging mir besser, wenn ich
ihn bei mir hatte.

„Was ist das?"

Die kratzig grollende Stimme hinter mir ließ mich erschrocken zusammenfahren und beinahe hätte ich den iPod
in den Sand fallen lassen. Ich fuhr herum und sah mich Kor

gegenüber, der mit einem toten *rakdo* in den Klauen dicht hinter mir stand.

„*Putain*, du hast mich erschreckt!", rief ich und drückte mir den iPod an die Brust.

Kor gab ein leises Zischen von sich. „Ich würde dich nie bewusst in Angst versetzen. Doch ich befürchte, dass sich das durch mein Äußeres nie ganz vermeiden lassen wird."

Ach, Mann. Ausnahmsweise hatte das wirklich mal nichts damit zu tun.

„Nein, nicht deswegen", erwiderte ich schnell und atmete tief durch, um mich zu beruhigen. „Ich meinte damit nur, dass du dich an mich herangeschlichen hast. Mehr nicht."

Für so einen riesigen Kerl bewegte er sich unglaublich leise auf seinen großen, krallenbewehrten Füßen. *Wahrscheinlich ist er deswegen auch so ein guter Jäger*, dachte ich, als er seine Beute im Sand ablegte. Als er sich wieder aufrichtete, schaute ich ihn an. Und zwar richtig. Nicht nur die Erhebungen und Schuppen auf seiner Haut, den Schwanz und die Klauen, sondern auch alles andere. Ich beobachtete, wie er den Kopf leicht zu mir nach unten neigte, als wollte er mir näher kommen, ohne mir zu sehr auf die Pelle zu rücken. Wie seine fast quälend schönen blauen Sichtsterne sich zusammenzogen, wenn er seine Aufmerksamkeit auf mich richtete.

„Ich habe irgendwann festgestellt, dass du eigentlich gar nicht so gruselig bist", sagte ich mit einem kleinen Lächeln. Ja, sein Körper war eine Alien-Killermaschine, aber er war immer so beherrscht und hatte etwas fast Sanftes an sich. Keine Ahnung, ob ich ihn einfach direkt aufgrund seines

Aussehens in eine bestimmte Schublade gesteckt hatte oder ob die Vorurteile der Sandmeer-Kerle auf mich abgefärbt hatten, aber ich bekam ein immer heftigeres schlechtes Gewissen wegen dem, was ich über ihn gedacht hatte. Dass er ein Monster war, das mich in seinen Klauen wegschleppte, während ich mir die Seele aus dem Leib schrie.

Kor sagte nichts dazu, auch wenn mir auffiel, dass die Muskeln an seinem Kiefer sich ein winziges bisschen anspannten. Ich räusperte mich und schaute auf meinen iPod.

„Um deine Frage zu beantworten: Das ist ein iPod. Ein Gerät der Menschen, das Musik abspielt."

„Musik?"

Ich blinzelte. Und dann ging mir auf, dass ich die Sandmeer-Leute noch nie singen gehört hatte.

„Ja, Musik. Gibt es die hier nicht? Singen?"

„Die Völker des Sandmeers und der Bittersee kennen Schlachtrufe und manchmal klingen diese recht melodisch, wenn sich viele Stimmen vereinen. Von anderer Musik habe ich noch nie gehört. Dient der iPod dafür? Zum Ausstoßen von Schlachtrufen?"

Ich trat lachend zu ihm und schüttelte den Kopf.

„Nein, nicht wirklich. Den nutzen wir ... weil es Spaß macht."

Kors Sichtsterne verblassten ein wenig vor Verwirrung. Ich machte noch einen Schritt auf ihn zu, stellte mich mit dem Rücken zu ihm und hielt den iPod hoch, damit er aufs Display sehen konnte. Eilig ließ ich die Finger darüberhuschen und lenkte mich so von der soliden Präsenz seiner breiten Brust und dem Kribbeln, das mir über den Rücken lief, ab.

„Hier. Sieh mal. Das sind alles Lieder." Ich scrollte durch die Liste und sog leise Luft ein und verspannte mich, als Kor den riesigen Kopf weiter senkte, bis er sich direkt neben meinem befand. Er war mir so nah, dass ich mit den Lippen über seine geschuppte Haut streichen könnte, wenn ich den Kopf zu ihm drehte.

Auf gar keinen Fall. Konzentrier dich, bitte.

„Lieder ...", wiederholte Kor und mein Mund wurde staubtrocken, als ich das tiefe Grollen seiner Stimme direkt an meinem Ohr vernahm.

„Ja. Da singen Leute."

„Zeig es mir. Bitte."

Ich spürte seine Worte als warmen Atemhauch auf meiner Wange. Hitze stieg mir ins Gesicht und ich biss mir mit einem angespannten Lachen auf die Unterlippe.

„Okay, auf was für Musik stehst du denn so? Oldies? Rock? Pop? Ich mag Rock ja am liebsten und ab und zu auch ein bisschen Metal. Wenn ich in der richtigen Stimmung bin, auch mal Folk." Ich plapperte Unsinn.

Kor lauschte mir geduldig, obwohl ich immer schneller redete. Und noch während ich das sagte, wurde mir bewusst, dass er keine Ahnung hatte, was diese Musikgenres zu bedeuten hatten.

„Mir ist diese Musik völlig unbekannt. Was auch immer dir gefällt, ist perfekt für mich."

Ich tippte auf einen Song, ohne genauer hinzusehen, weil ich mich unbedingt davon ablenken musste, wie sehr mein Puls plötzlich in die Höhe schnellte.

Ich spürte, wie Kor sich hinter mir anspannte und seine Brust sich unter einem tiefen Atemzug an meinem Rücken hob, als *Rime of the Ancient Mariner* von Iron Maiden aus den Ohrhörern drang.

„Kann jeder von deiner Art das?", fragte er, nachdem er der Musik einen Moment gelauscht hatte. „So ein Lied machen?"

„Mehr oder weniger. Die meisten Menschen können halbwegs gut singen. Aber dazu gehören zum Beispiel auch Musikinstrumente."

„Also kannst du singen?"

Ich erstarrte. Und stoppte dann den Song.

Ich wollte verneinen, ihm sagen, dass ich nicht singen konnte. Und es noch nie gekonnt hatte.

Doch ich konnte singen. *Wie ein Engel*, wie es mein Dad immer so schön ausgedrückt hatte. Genau wie meine Mutter. Doch seit ihrem Tod hatte ich kein einziges Wort mehr gesungen.

„Das weiß ich nicht", antwortete ich nach einem Moment des Zögerns ehrlich. Sie waren vor einem Jahr gestorben. Ein Jahr, ohne dass ich auch nur eine einzige Note gesungen hatte. Vielleicht konnte ich es tatsächlich nicht. Nicht mehr.

„Wenn du es jetzt versuchst, findest du heraus, ob du es kannst oder nicht. Dann hast du Gewissheit."

Bei ihm klang das so einfach.

Aber er hatte recht. Wie lange sollte ich noch warten, um es wieder zu versuchen? So würde ich die Trauer um meine Eltern nie vollständig verarbeiten. Und vielleicht konnte ich hier, Lichtjahre von zu Hause entfernt auf einem fremden Planeten, zumindest versuchen, wieder mit ihnen in Verbindung zu treten.

Also atmete ich noch einmal angespannt tief durch, öffnete den Mund und begann zu singen.

Leonard Cohens *Hallelujah* war der erste Song, der mir in den Sinn kam. Wobei, eigentlich kam er mir gar nicht in den Sinn. Er erblühte aus meiner Kehle und ließ sich von meinem Atem nach draußen tragen. In diesem Moment sah ich nur meine Mutter vor mir, wie sie singend neben mir stand. Und meinen Vater zu meinen Füßen, wie er uns andächtig lauschte. Und ich fühlte nur die ruhige, solide, verlässliche Stärke von Kors Brust hinter mir. Meine Stimme wurde mit jedem Moment kräftiger, wob sich um Textzeilen, die ich schon Hunderte, Tausende Male gehört und gesungen hatte.

Als ich das Lied beendete, rang ich nach Luft und Tränen schossen mir in die Augen. Kor hatte bis jetzt keinen Laut von sich gegeben, sondern stand nur wie erstarrt hinter mir. Ich war so in das Gefühl des Moments abgetaucht, in seinen Schmerz und seine Schönheit, dass ich mich selbst kaum gehört hatte. Nach all den Monaten und ohne Aufwärmen hatte meine Stimme vermutlich furchtbar geklungen.

„Das war wahrscheinlich keine Meisterleistung", sagte ich schniefend und wischte mir die Tränen unter der Brille weg. Doch plötzlich legten sich Klauen auf meine Schultern und ich wurde mit einem Ruck herumgedreht.

Erschrocken schnappte ich nach Luft und schaute Kor mit aufgerissenen Augen an. Seine Sichtsterne waren so dicht zusammengezogen, so eng konzentriert, dass sie beinahe wie eine leuchtende Iris in seinen großen dunklen Augen wirkten.

Seine Stimme klang heiser und so tief, dass ich sie als heißen Blitz in meinem Bauch spürte. „Was du da gerade getan hast ... Diese Laute ... Das ist ein Wunder. Wie der Wind, gefangen zwischen zwei Welten."

Seine Worte ließen noch mehr Tränen fließen. *Tabernac,* wie sollte man denn jemandem widerstehen, der einem so was ins Gesicht sagte? Trotz aller Alienhaftigkeit war der Moment, den wir gerade miteinander teilten, durch und durch und unbestreitbar menschlich. Oder vielleicht musste er das nicht einmal sein. Er war ... einfach da. Eine Verbindung zwischen uns. Kors Worte hallten durch meinen Kopf. *Ein Wunder.*

„Bist du traurig?", holte er mich in die Realität zurück.

Ich schniefte erneut. „Nein. Und ja. Es ist schwer zu erklären. Meine Mutter hat das Lied oft gesungen. Ich kann mich noch an das eine Mal erinnern, als es im Radio lief und meine Eltern dazu in der Küche getanzt haben."

„Was ist *Radio*? Und was bedeutet *getanzt*?"

„Das Radio ist so was Ähnliches wie der iPod. Es spielt Musik. Und Tanzen ist wie ..."

Tanzen zählte definitiv nicht zu meinen Stärken. Ich hatte eine ganz passable Stimme, aber mein Vater hatte mir leider seine zwei linken Füße vererbt. Das würde ich Kor also ganz sicher nicht vorführen.

Auf der anderen Seite ...

„Leg die Hände an meine Taille", forderte ich ihn auf, auch wenn ich kaum mehr als ein Flüstern herausbrachte. In meinem Hinterkopf schrillte ganz leise eine Alarmsirene los, die mich dazu bringen wollte, mich auf der Stelle von ihm zu entfernen. Die mir sagte, dass ich keinen Pärchentanz mit einer Alien-Echse mitten in der Wüste auf einem fremden Planeten veranstalten sollte.

Aber ich schob die Sirene weit von mir, bis ich sie nur noch als fernes Echo wahrnahm. Weil Kor gerade die Hände gehoben und mir mit einer rauen und zugleich seltsam weichen Fingerkuppe eine Träne von der Wange wischte, bevor er meiner Aufforderung nachkam. Er legte die krallenbewehrten Hände um meine Taille und seine Klauen umfingen mich komplett. Ich streckte die Arme aus, um meine Hände auf seine Schultern zu legen, doch obwohl er sich schon zu mir runterbeugte, reichte ich nicht an sie heran. Also entschied ich mich, die Handflächen flach auf seiner muskulösen Brust ruhen zu lassen.

„Okay und jetzt folge mir", sagte ich. Hitze rieselte von meinen Fingern in den Rest meines Körpers.

Und er antwortete unglaublich ehrlich und so verletzlich: „Nichts anderes werde ich je tun."

Ich biss mir auf die Unterlippe und setzte mich in Bewegung, verlagerte das Gewicht von einem Bein aufs andere. Erst stand Kor einfach nur da, während ich mich in seinem Griff wiegte. Doch dann folgte er meinem Rhythmus und passte sich mir an. Ich starrte auf meine Hände auf seiner Brust und wieder fielen mir die Unterschiede zwischen uns auf. Wie seltsam das alles war. Doch als das Licht der Asteroiden auf seinen angelegten Stacheln schimmerte und seine tiefblaue Haut silber-schwarz färbte, war er so Furcht erregend schön, dass mir der Atem stockte. Ich trat ein wenig näher zu ihm, bis ich meine Wange an seine Brust legen und ehrfürchtig der Struktur seiner Haut an meiner nachspüren konnte. Die Alarmsirene meldete sich wieder lauter, doch ich ignorierte sie. Weil ich in diesem Moment einfach nur so hierbleiben wollte. Ich fühlte mich unsicher und merkwürdig und gleichzeitig sicher und richtig. Für einen flüchtigen, klaren Moment fühlte es sich an wie ...

Zu Hause.

Es fühlte sich nach zu Hause an. Was absurd war, da ich mich gerade auf einem fremden Planeten in den Armen eines verdammten Aliens befand. Aber ich konnte das Gefühl einfach nicht abschütteln. Tatsächlich wurde es immer stärker, bis ich mich mit dem ganzen Körper an Kor schmiegte. Einen Moment später ging mir auf, dass wir uns nicht mehr bewegten. Mit einem mühsam unterdrückten Stöhnen nahm Kor die Hände von meiner Taille. Er ließ sich vor mir auf die Knie sinken, schlang die starken Arme um mich und drückte mich fester an sich.

„Ich hätte nie zu träumen gewagt, dass meinem Leben je solche Schönheit zuteilwird", grollte Kor an meinem Scheitel. „Solltest du dich entscheiden, nicht meine Gefährtin zu werden, werde ich es nie von dir verlangen. Solltest du das hier, dieses Tanzen, nur ab und an mit mir tun wollen, bin ich damit bis in alle Ewigkeit vollauf zufrieden."

Ein schmerzhaftes Ziehen durchzuckte meine Brust und beinahe hätte mich die Unverdorbenheit seiner Worte schon wieder zum Weinen gebracht. Doch als er weitersprach, waren seine nächsten Worte alles andere als das und das Ziehen in meiner Brust verlagerte sich zwischen meine Beine.

„Ich werde es nie von dir verlangen. Aber ich muss ehrlich zu dir sein. Ich wünsche mir mehr als Zufriedenheit. Ich wünsche mir mehr, als nur an deiner Seite zu sein. Meine

Männlichkeit sehnt sich nach dir. Jeder meiner Herzschläge verlangt danach. Ich werde dagegen ankämpfen. Und zwar bis in alle Ewigkeit, aber ..." Er lehnte sich ein wenig nach hinten und seine Sichtsterne fixierten mich. Zogen mich näher zu ihm. „Aber du sollst wissen, dass ich versuchen werde, dich für mich zu gewinnen. Irgendwie werde ich es schaffen, dass du mich genauso sehr begehrst, wie ich dich. In den vergangenen Tagen habe ich mich von dir ferngehalten. Ich wollte dir keine Angst machen oder die Grenzen des Pakts mit den Sandmeer-Kriegern überschreiten. Und ich befürchte, dass ich damit einen falschen Eindruck bei dir erweckt habe. Dich habe glauben lassen, dass ich schwächer bin, als es der Fall ist. Aber ich bin nicht schwach. Und meine Liebe für dich macht mich stark, stärker als je zuvor. Ich würde die Welt entzweireißen, um Platz für dein sanftes Wesen zu schaffen. Und darüber hinaus würde ich dafür sorgen, dass diese Sanftheit sich in Lust wandelt."

Ich konnte nicht denken. Nicht atmen. Kors Arme fühlten sich stahlhart an. Wie heißer Stahl. Der mich innerlich dahinschmelzen ließ.

Ich hätte bei seinen Worten sofort die Flucht ergreifen sollen. Aber ich stand wie angewurzelt da und sah nur noch sein Gesicht. Seine Augen und die Zähne, die mich im Bruchteil einer Sekunde töten könnten.

Und obwohl ich es selbst mich fassen konnte, meinte ich die Worte, die im Moment darauf meinen Mund verließen, wirklich ernst.

„Ich will dich küssen."

KAPITEL VIERZEHN
Kor

„ICH WILL DICH KÜSSEN."

Küssen? Was ist küssen? Ein wahrlich kluger Krieger bist du, Dummkopf. Erst große Reden schwingen, wie stark du bist, dass du Zoey mit deinen Fähigkeiten erobern willst, doch du kannst nicht einmal der einfachsten ihrer Bitten nachkommen, weil dir das Wissen über sie fehlt.

Zoey musste mein Zögern bemerkt haben, denn sie legte ihre kleinen, unglaublich weichen Hände mit ein wenig Druck links und rechts an meine Schnauze. Ich beugte mich nach unten. Von ihren Händen würde ich mich überallhin führen lassen, sogar in meinen eigenen Tod.

Doch es war nicht der Tod, der mich nun erwartete, sondern ihr zarter, heißer Mund. Sie drückte ihre vollen menschlichen Lippen auf meinen geschlossenen Mund. Ich versteifte mich, weil ich nicht recht wusste, was ich nun tun sollte. Ich besaß keine Lippen wie ihre. Aber das schien meine winzige Gefährtin nicht abzuschrecken.

Ihr Mund bewegte sich an meinem, was mich unwillkürlich aufstöhnen ließ. Mein Glied zuckte und schob sich durch meine Vorspalte, als ich ihre feuchte Zunge auf meiner

Haut spürte. Ich öffnete den Mund ein wenig und schob meine gespaltene Zunge nach vorn, um ihrer zu begegnen, mit den beiden Enden darüberzustreichen. Und dann konnte ich mich nicht davon abhalten, mich in ihren kleinen Mund vorzuwagen und ihn zu plündern, wie es meine Männlichkeit mit ihrer Weiblichkeit tun wollte. Mein Glied pochte hart und heiß und drängte sich gegen meinen Lendenschurz. Ich konnte nicht fassen, dass es sich bereits aus meiner Vorspalte geschoben hatte. Ich verlor die Beherrschung.

Aber ich konnte es auch nicht unterbinden. Nichts davon. Meine Klauen umfingen sie fester. Meine Zunge erforschte ihren Mund. Sie ballte die Hände an meiner Brust zu Fäusten und schlang mir dann die Arme um den Hals. Dann verlagerte sie das Gewicht ein wenig, wodurch die Innenseite ihres Oberschenkels über die Hitze meines Schafts rieb. Selbst durch die Lagen an Kleidung war die Berührung sinnliche Folter, die mich in ihren Mund stöhnen ließ.

Sie löste die Lippen von meiner Schnauze und schaute nach unten, murmelte dann ein paar Worte in ihrer Sprache, als ihr Blick auf die harte Ausbuchtung unter meinem Lendenschurz fiel.

Nun war ich sehr froh, dass meine Mutter stets darauf bestanden hatte, dass ich mich wie die Männer ihres Volkes kleidete anstatt völlig darauf zu verzichten, wie die vom Volk meines Vaters. Das Gefühl von Zoey an meiner nackten Männlichkeit wäre zu viel gewesen. Ich konnte mich so schon kaum davon abhalten, sie zu Boden zu drücken, auf den Bauch zu drehen und mich mit ihr zu paaren. Diese animalischen Triebe waren mir so fremd. Und doch wüteten sie so stark in mir. Stärker als alles, was ich je empfunden hatte.

Zoey streckte vorsichtig die Hand aus, um mit einem ihrer braunen Finger zögerlich über das Leder meines Lendenschurzes und die Spitze meines Glieds darunter zu streichen. Ich rührte keinen Muskel, aber ein leises Zischen entrang sich meiner Brust.

„Ich kann das nicht mehr lange ertragen", warnte ich sie atemlos. Natürlich würde ich sie nie zu irgendetwas zwingen – allein der Gedanke war unvorstellbar für mich. Doch ich würde mich auch nicht mehr lange so zurückhalten können.

„Es ist nur ... Ich habe so was noch nie gemacht", erwiderte Zoey und nahm den Finger von meiner Männlichkeit. Ein furchtbarer Verlust, aber auch eine kleine Erleichterung.

„Ich ebensowenig." Die einzige Frau, die mir je nahegestanden hatte, war meine Mutter. Mir hatte sich nie die Gelegenheit geboten, das Lager mit einer Frau zu teilen. Und nun, da ich Zoey so nahe war, ihren Duft roch, wurde mir klar, dass ich es ohnehin nie gewollt hätte. Nichts würde an das hier heranreichen.

„Ich ... bin noch nicht bereit für ... alles."

Meine Antwort bestand nur noch aus einem Brummen, weil ich die Fähigkeit verlor, Worte zu formulieren. Ich fühlte mich wie ein stumpfes Geschöpf der Wüste, das sich dem Wahn seiner Triebe überließ. Zoeys leise Stimme war das Einzige, was mich in der Realität hielt.

„Aber ich würde trotzdem gerne noch mehr machen ..." Sie verlagerte das Gewicht erneut, sodass ihr Geschlecht sich nun gegen die Oberseite meines Schafts drängte. Der Druck entlockte Zoey ein Keuchen und ich stöhnte leise auf, als ich ihre Hitze spürte, die durch die zwei Lagen an Kleidung zu mir drang.

Kleidung. Davon gab es viel zu viel zwischen uns. Ich griff nach unten und schob meinen Lendenschurz zur Seite, um die dunkle Länge meiner Männlichkeit zu befreien und sie zwischen Zoeys Beine zu schieben. Die Spitze ragte unterhalb ihrer Kehrseite hervor.

Sie schlang die Arme erneut um meinen Nacken und ich legte die Klauen um ihre Kehrseite, damit sie sich nicht so abmühen musste.

„Beweg dich", flüsterte sie und ich gehorchte, stieß die Hüften nach vorn und fegte damit den letzten Rest Beherrschung fort. Wieder und wieder rieb mein Glied über ihre Spalte. Sie stöhnte und der Laut schoss mir direkt zwischen die Beine. Dann stellte sie die Beine dichter zusammen, wodurch sie meinen Schaft fester umfing. Mehr Druck ausübte. Wenn es schon so viel Lust bereitete, mich nur an ihr zu reiben, wie würde es sich dann erst in ihrer engen Hitze anfühlen?

Die Vorstellung ließ mich die Hüften schneller bewegen, wieder und wieder, bis ein loderndes Feuer zwischen meinen Beinen und am Ansatz meines Schwanzes entflammte. Zoey keuchte an meiner Brust und stöhnte laut auf. Ihre Hände strichen über meine angelegten Stacheln und mir entfuhr ein Zischen, als die sanfte Berührung die Nerven entlang der Stacheln entzündete.

Empfand sie Lust auf die gleiche Weise wie ich? Ich hatte das Gefühl, als würde mein Körper sich an ihrem auflösen. Ihr Stöhnen wurde nun häufiger, lauter, als ich mich heftiger zwischen ihren Beinen bewegte und mich weiter nach vorn drängte, um ihr so nah wie möglich zu sein, ohne ihre Kleidung zu zerreißen.

Ihre Beine versagten ihr inzwischen den Dienst und ich hielt nun ihr volles Gewicht in den Händen. Sie sackte gegen mich, doch dann verspannte sie sich urplötzlich, bog den Rücken durch und krallte die Finger in meine Schultern. Und ihre heißen Atemzüge an meinem Hals, ihr lang gezogenes, lustvolles Wimmern schickten mich in den Abgrund und meine Erlösung traf in langen Schüben auf den Sand hinter ihr.

Doch damit war ich noch nicht am Ende angelangt. Ich drückte sie fester an mich und grollte ihr ins Ohr, wie einzigartig sie war, dass ich sie nie wieder gehen lassen wollte. Worte, die ich selbst nur am Rande wahrnahm. „Du bist alles für mich, mein Wunder, mein Schmerz. Alles, was ich nicht einmal zu hoffen gewagt hatte, je fühlen zu dürfen", knurrte ich, als mir noch ein Schub meines Samens entwich und ein heißes Pulsieren durch meinen Körper schickte. Mit einem letzten Beben senkte sich Befriedigung über mich und ich atmete keuchend in ihre Zöpfe.

Schließlich umfing ich sie mit einem Arm in den Kniekehlen und dem anderen hinter dem Rücken und setzte mich mit ihr in den Sand. So verharrten wir lange Zeit, ihr weicher Körper an meinen geschmiegt. In mir herrschte Frieden und zugleich lebhafte Vorfreude. Ein Ziehen machte sich in meinen Klauen bemerkbar, weil es so schön war, Zoey in ihnen zu halten. Mein Herz fühlte sich so weit an. Erst verstand ich dieses wilde Durcheinander aus Gefühlen nicht.

Die brennende Leichtigkeit. Die schwere Überschwänglichkeit.

Doch als die Melodie ihres Atems weiter über meine Haut strich, erkannte ich, was es war.

Hoffnung.

KAPITEL FÜNFZEHN
Zoey

BEINAHE WÄRE ICH IN Kors Armen einfach eingeschlafen. Ich sollte mich nicht so sicher fühlen, so entspannt. Aber das tat ich. Selbst nach allem, was ich getan, was wir getan hatten – etwas, das ich mir nie im Leben hätte vorstellen können. Ich hatte gerade mit einem Alien rumgemacht. Und nicht nur irgendeinem Alien, sondern dem am wenigsten humanoiden, dem wir bis jetzt begegnet waren. Ich sollte eine Panikattacke bekommen.

Aber ... die blieb aus.

Im Moment konnte ich nur im Nachhall meines fantastischen Orgasmus schwelgen. Den er mir verschafft hatte, indem er sich nur ein bisschen an mir rieb. Aber verdammt, das hatte so was von gereicht. Mehr als gereicht. Er hatte so viel Verlangen ausgestrahlt, dass ich es beinahe als dunkle Aura vor mir gesehen hatte, und das hatte mich so sehr erregt, wie ich es nie für möglich gehalten hätte. Dieses tiefe Begehren, die mühsam beherrschte Kraft in seinen Bewegungen weckte etwas Ursprüngliches in mir. Und obwohl mir klar war, dass ich noch nicht sehr viel weiter gehen wollte, fragte ich mich unwillkürlich, wie sich genau das wohl anfühlen würde. Wie er wohl dort unten aussah. Ich hatte ihn durch meine Klamotten gespürt, aber nicht gesehen. Und ich fragte mich, wie es sich anfühlen würde, ihn in mir zu haben.

Automatisch wollte ich vor dieser Vorstellung zurückschrecken, mir einreden, dass das abartig und falsch und unnatürlich war. Aber das deckte sich nicht mehr mit dem, was ich mir wünschte. Weil ich zunehmend Gefühle für diesen großen, ehrlichen, schweigsamen Reptilien-Krieger entwickelte. Ja, auf der Erde wäre das wohl echt verrückt. Aber wir waren nicht mehr auf der Erde.

Meine Lider wurden immer schwerer, doch ich zwang sie wieder auf.

„Ich sollte ins Zelt zurück", murmelte ich und drehte mich in Kors Armen, um ihn anzusehen. Sein Gesichtsausdruck ließ mir den Atem stocken. Ich wurde zunehmend besser darin, seine Miene zu deuten. Gerade zog er die Erhebungen über den Augen tief nach unten und seine Sichtsterne pulsierten. Er schaute mich ... durchdringend an. Als hätte er etwas unglaublich Wertvolles vor sich. Und als könnte er es für immer behalten, wenn er es nur lange genug anschaute.

Mich für immer behalten.

Er strich mir mit einer dunklen Klaue über die Stirn und bescherte mir damit eine angenehme Gänsehaut. Seine Krallen waren tödlich scharf, fühlten sich aber so sanft auf meiner Haut an, als er mir einen meiner Zöpfe nach hinten schob.

„Ja", stimmte er schließlich zu, wenn auch widerstrebend. „Im Zelt ist es wärmer und sicherer."

Ich nickte, machte aber keine Anstalten aufzustehen. Ehrlich gesagt wusste ich gerade nicht, ob meine Beine mich trugen. Mein ganzer Körper fühlte sich an, als wäre ich zu einer kleinen Pfütze zerschmolzen. Außerdem wollte ich noch nicht, dass das hier zu Ende ging.

Aber Kor traf die Entscheidung für uns beide. „Komm, meine Zarte." Er erhob sich mit einer fließenden Bewegung, hielt mich aber weiter an seine Brust gedrückt. Sein Griff war so sicher, dass ich kaum eine Erschütterung merkte. Die Eleganz, die sein riesiger Körper an den Tag legte, war atemberaubend.

Vorsichtig trug Kor mich um die Felsformation herum, bis das Lager wieder in Sicht kam. Das Feuer war inzwischen gelöscht und Fallo, Taliok und Galok hatten ihre Ruhepositionen eingenommen. Fallos Ohren zuckten, als wir näherkamen, dann sprang er plötzlich knurrend auf und zog eine Klinge aus den Riemen an seinem Rücken.

„Alles okay, alles okay!", schrie ich panisch, weil ich Angst hatte, dass er Kor angriff. *Sieht wohl auch nicht so vertrauenserweckend aus, wie er mich zurück zum Lager trägt.* „Er hat mir nichts getan!"

„Ach, Gahn Fallo. Wir haben doch beide gute Ohren. Du weißt ebenso gut wie ich, dass wir vorhin Laute der Lust und nicht des Schmerzes vernommen haben." Bei Galoks Worten wurde mir so heiß, dass es mich nicht gewundert hätte, wenn Dampf aus meinen Ohren geschossen wäre.

„Das gefällt mir trotzdem nicht", murmelte Fallo und steckte seine Waffe noch nicht weg. Gahn Taliok erhob sich und stellte sich zwischen Fallo und uns.

„Senk deine Klinge, Gahn Fallo. Kor steht unter meinem Schutz und wir befinden uns jetzt auf meinem Territorium."

Selbst von hier konnte ich sehen, wie Fallos Sichtsterne nach außen stoben. „Du würdest dich eher auf die Seite dieser Kreatur schlagen als auf meine, der ich deinem eigenen Volk angehöre?"

Kein Muskel regte sich in Talioks Körper. „Ich schlage mich auf die Seite jedes Mannes, der sich als mein Verbündeter bewiesen hat. Und Kor hat dies nun mehrfach getan, häufiger als du es jemals hast."

Zwischen Taliok und Fallo gab es schon länger böses Blut. Das hatte ich mitbekommen, als mir die anderen nach meiner Zeit auf dem Schiff erzählt hatten, was in meiner Abwesenheit passiert war. Es ging wohl darum, dass Fallo den alten Gahn dieser Berge getötet hatte, der eine Vaterfigur für Taliok gewesen war.

Aber ich wollte nicht, dass das böse Blut wieder an die Oberfläche drang und zu vergossenem Blut führte. Der Abend war seltsam und unerwartet schön für mich gewesen. Das Tanzen, die Küsse und ... der Rest. Ich wollte keine Gewalt in unserer Gruppe, weder jetzt noch später.

„Es ist alles in Ordnung. Geht einfach wieder schlafen", flehte ich.

„Die neuen Frauen sind allesamt klug. Hör auf sie", sagte Galok, dessen Gesichtsausdruck trotz der angespannten Stimmung unbekümmert blieb. „Wir haben noch einen langen Weg vor uns."

Fallo schnappte in Kors Richtung, setzte sich dann aber wieder und steckte endlich das riesige Messer weg. Taliok blieb noch einen Moment stehen, tat es ihm dann aber gleich. Galok lächelte nur und schloss die Augen, nachdem er es sich bequem gemacht hatte.

Kor rührte sich eine ganze Weile nicht, als würde er dem Frieden noch nicht trauen. Als hätte er Angst, mich abzusetzen. Und das ließ mir unglaublich warm ums Herz werden.

„Schon okay. Zeit, uns ein bisschen auszuruhen", raunte ich ihm zu und tätschelte ihm die Schnauze, um seine Aufmerksamkeit auf mich zu lenken. Er brummte nur, marschierte dann rüber zum Zelt und stellte mich dort auf meine wackeligen Beine.

„Ich möchte die Nacht nicht ohne dich verbringen", murmelte er bedrückt. „Jeder Moment, den ich nicht bei dir sein kann ... schmerzt."

„Ich bin ganz in der Nähe", sagte ich. Allerdings hatte ich es auch nicht besonders eilig, ins Zelt zu kommen. Ich wusste, dass ich es dort neben Chapman recht gemütlich haben würde, aber die kleine Konstruktion aus Tierhäuten wirkte auf einmal wenig einladend und kalt verglichen mit der Sicherheit in Kors geschuppten Armen.

Oh Gott. Dieu, aides-moi. *Was passiert hier? Ich ... Verliebe ich mich etwa in ihn?*

Shit. Ich verliebte mich tatsächlich. Das könnte ich natürlich leugnen, aber hier draußen in der Dunkelheit, wo Kors großer Körper wie ein Leuchtturm aus Wärme vor mir stand, hallten seine Worte in meinem Kopf wider und es war einfach zu offensichtlich, dass ich etwas Ähnliches für ihn empfand. *Alles okay. Keine Panik. Damit wirst du ja nicht automatisch seine menschliche Ehefrau und setzt kleine Reptilien-Babys mit ihm in die Welt ...*

„Ich werde direkt hier schlafen, damit mich deine Atemzüge während der Nacht begleiten." Kor senkte den großen Kopf und stupste mit der Schnauze gegen meine Wange.

„Ich bin mir nicht sicher, ob Gahn Fallo das gefallen wird, nachdem Chapman auch im Zelt schläft", meinte ich mit einem zittrigen Lachen. Er drückte die Schnauze etwas fester an mich und ich neigte automatisch den Kopf zur Seite, um ihm Zugang zu meinem Hals zu gewähren. Wohlige Schauer rannen mir über den Rücken.

„Es ist mir gleich, was dem übellaunigen Gahn gefällt oder nicht. Nur du bist für mich wichtig." Sein Worte strichen als heiße, feuchte Luft über meine Haut und entlockten mir ein Keuchen. *Wenn ich nicht sofort gehe, vögel ich ihn am Ende noch direkt vor allen anderen.*

„Gut zu wissen", brachte ich mühsam hervor, weil ich kaum einen klaren Gedanken fassen konnte. Doch irgendwie schaffte ich es, mich von ihm zu lösen und einen unsicheren Schritt nach hinten zu machen.

„Oh, verflixt." Jetzt, wo ich ein bisschen auf Abstand gegangen war, nahm mein verflüssigtes Hirn seinen Dienst endlich wieder auf. „Ich hab ganz vergessen, den ..."

Ich verstummte, als Kor eine seiner großen Fäuste hob und mir seine Handfläche präsentierte. Darauf lag mein iPod, der zwischen seinen Klauen beinahe lächerlich klein wirkte.

Und der Anblick ließ mich beinahe in Tränen ausbrechen. Weil es zeigte, wie zuvorkommend Kor war. Dass er sich an etwas erinnert hatte, das mir wichtig war, obwohl ich es selbst vergessen hatte. *Er muss ihn beim Aufstehen aufge-sammelt haben ...*

„Vielen Dank", brachte ich erstickt hervor und griff nach dem kleinen Gerät. Bevor ich jedoch meine Hand zurückziehen konnte, schloss er die Klauen um mein Handgelenk und hielt mich so fest. Er strich mit seinem langen Daumen über die Innenseite meines Handgelenks, was einen sinnlichen Schauer nach dem anderen durch meinen Körper jagte.

„Ich hoffe, dass alle Melodien, die der iPod heute Nacht für dich singt, wunderschön sind, Zoey", sagte Kor heiser. Damit ließ er mich los und richtete sich auf. „Ich weiß jedoch, dass keines dieser Lieder an dich heranreicht. Während du dem iPod lauschst, lausche ich der Erinnerung an deine Stimme."

Er ließ sich vor dem Zelt nieder und richtete sich dort offenbar häuslich ein. Selbst im Sitzen war er noch enorm groß und gerade sah er beinahe erhaben aus. Dass er bereit war, die Nacht über an meiner Seite zu wachen, während ich schlief, war überwältigend. Dieser Kerl war so verdammt überwältigend.

Kopfschüttelnd lehnte ich mich nach vorn und gab ihm einen sanften Kuss auf die Schnauze. Dabei war es mir vollkommen egal, dass die Sandmeer-Kerle praktisch neben uns saßen und uns vielleicht beobachteten. Ich spürte, wie ihn bei der Berührung ein Beben durchlief, bevor er ein wenig zurückwich und die Nasenflügel blähte.

„Meine Beherrschung wird auf eine harte Probe gestellt, dich jetzt gehen und im Zelt schlafen zu lassen, Zoey. Ich bin ein starker Krieger, aber wenn du so weitermachst, mit diesem *Küssen*, wird nicht einmal die Kraft meines Körpers reichen, um dich gehen zu lassen."

„Tut mir leid", hauchte ich.

Er gab ein raues Schnaufen von sich. „Warum entschuldigst du dich dafür, dass du mir mehr Ehre zuteilwerden lässt, als ich je zu hoffen gewagt hätte?"

Verdammt. Er betrachtete meine Küsse als Ehre.

„Liegt wohl daran, dass ich Kanadierin bin. Vergiss es einfach." Langsam holte mich die Erschöpfung ein. Und in einem Punkt ging es mir ganz ähnlich wie Kor: Wenn ich jetzt nicht ging, würde ich gar nicht mehr gehen.

„Gute Nacht", sagte ich in der Sprache, in der wir uns verstanden. Dann fügte ich noch ein leises *„Bonne nuit"* hinzu. Warum, wusste ich gar nicht so recht. Aber ich wollte ihm etwas Persönliches schenken. Etwas aus meinem alten Leben.

„Gute Nacht", erwiderte Kor. „Ich würde ja versuchen, deine anderen Worte zu wiederholen, aber so sanfte Laute vermag ich nicht hervorzubringen. Dafür wurde mein Mund nicht geschaffen."

„Dein Mund ist perfekt", rutschte es mir raus, bevor ich es verhindern konnte. Sein Mund war merkwürdig und Furcht einflößend und reptilienhaft und er gehörte zu *ihm*. Er formte Worte, die ein sehnsüchtiges Ziehen in meiner Brust auslösten. Er öffnete sich mir beim Küssen. Er war perfekt.

Und in diesem Moment wurde mir klar, dass ich bereits verloren war. Rasch ging ich ins Zelt und fiel dort in einen tiefen Schlaf.

KAPITEL SECHZEHN
Kor

ICH ERWACHTE, ALS DIE aufgehende Sonne gerade ihre heiße Schönheit über die Welt entsandte. Alles war heller, schärfer umrissen und wundervoller als noch am Tag zuvor. Ich erhob mich und atmete tief durch, um Zoeys Duft zu erhaschen. Den Klang ihres Atems im Zelt. Fallo hatte sich auf der anderen Seite des Zelts in der Nähe seiner eigenen Gefährtin zur Ruhe begeben und regte sich nun, doch ich ignorierte ihn. Der überllaunige Gahn würde mir heute Morgen nicht die gute Stimmung verderben.

Was am Vorabend geschehen war, war ... perfekt gewesen. Nun, fast perfekt. Noch besser wäre nur gewesen, wenn Zoey die Beine für meinen Schaft gespreizt, ihn in ihre süße Hitze aufgenommen und mir ihre unsterbliche Liebe gestanden hätte. Unglücklicherweise war das nicht geschehen. Doch das würde das Glück, das mich gerade erfüllte, nicht trüben.

Ich reckte die Schnauze in die Luft und genoss das Gefühl der zunehmenden Hitze auf meinen dunklen Schuppen. Schließlich richtete ich sorgsam meinen Lendenschurz. Mein Glied fühlte sich größer und schwerer als zuvor in meiner Vorspalte an. Als hätte ich es irgendwie erweckt, indem ich meinen Samen in Anwesenheit meiner Gefährtin vergoss. Meine Männlichkeit war mir bewusster als gewöhnlich, und ich spürte den Schaft deutlicher unter meiner Haut. Hoffentlich bald würde ich ihn in Zoeys Körper spüren. Aber nur, wenn sie darum bat.

Die Vorstellung, wie sie mich darum bat, sorgte dafür, dass sich meine Vorspalte ein Stück öffnete und mein Schaft noch härter wurde. Die Vorstellung, wie sie bettelte ...

Sei nicht so vorschnell, Kor. Eher wirst du es sein, der bettelt. Sie ist diejenige, die alle Macht in den Händen hält.

Das war mir vollkommen klar. Zoey würde mich nie um irgendetwas anbetteln müssen. Denn jede Faser meines Seins sehnte sich danach, ihr jeden Wunsch, jedes Bedürfnis zu erfüllen, bevor sie es überhaupt äußern konnte.

Apropos Bedürfnis ...

Sie würde hungrig sein, wenn sie erwachte. Ich verließ meinen Platz vor dem Zelt, um die gestern Abend erlegte Beute zu holen und das Fleisch vorzubereiten, damit es für die anderen gegart werden konnte. Die Männer erwachten ebenfalls gerade und reckten sich ausgiebig beim Aufstehen.

„Du beschämst mich schon fast, Kor! Ich musste bislang noch nicht ein einziges Mal auf die Jagd gehen", sagte Galok, der lächelnd neben mir in die Hocke ging. Sein Lächeln gefiel mir und wenn mein Gesicht zu solch einem Ausdruck fähig wäre, hätte ich es erwidert.

„Ich beabsichtige nur, den Bedürfnissen meiner Gefährtin nachzukommen, nicht, deine Pflichten zu übernehmen", sagte ich und führte meine Klinge durch einen besonders zähen Knorpel im Bein des *rakdo*. „Geh gerne jagen, wenn dir danach ist."

Galoks Lächeln wandelte sich zu einem schiefen Grinsen. „Ach, da du es nun schon einmal erledigt hast, sehe ich dazu keine Notwendigkeit." Er machte es sich im Sand bequem, die Beine lang vor sich ausgestreckt. Seine Worte entlockten mir ein amüsiertes Schnauben.

„Bedien dich gerne an dem, was meine Gefährtin nicht will." Mit ein paar letzten Schnitten war meine Beute fertig zerlegt.

Galoks Schwanz zuckte neben ihm im Sand, dann seufzte er. „Ich frage mich, was meine hübsche Gefährtin wohl gerade ohne mich tut. Vermutlich setzt sie jemandem mit ihren scharfen Worten zu. Ich muss zugeben, dass es mir nicht gefällt, wenn sie ihren Zorn auf jemanden außer mir richtet."

Ich wandte mich ihm zu, weil ich neugierig auf seine kleine, haarlose Gefährtin war. Bislang hatte ich nur einen sehr kurzen Austausch mit Talioks Gefährtin in den Bergen geführt. Und inzwischen hatte ich etwas Zeit in der Gegenwart der Gahnala verbracht. Doch Zoey war die einzige, die ich langsam besser kennenlernte. Sie hatte mich schon ihren Zorn spüren lassen. Beispielsweise als ich ihr über die Wange geleckt hatte. Doch dieser Zorn behagte mir ganz und gar nicht. Ja, es war ihr Zorn und alles an ihr war wundervoll. Aber ich wollte doch lieber ihr Glück, ihre Liebe, wenn ich die Wahl hatte.

„Dir gefällt der Zorn deiner Gefährtin?", fragte ich ungläubig nach.

Galok neigte den Kopf zur Seite und ließ die Zähne in der frischen Morgenluft aufblitzen. „Ich bekomme gar nicht genug davon. Er schmerzt auf die beste Art und Weise."

„Und du findest mich seltsam", brummte ich. Das brachte Galok zum Lachen und merkwürdigerweise gefiel mir auch das. Ebenso wie die entspannte Stimmung zwischen uns. *Fühlt es sich so an, wenn man in einem Clan aufwächst?*

Ich bereute nichts aus meinem bisherigen Leben. Meine Mutter respektierte ich zutiefst und liebte sie von Herzen. Sie hatte ihr eigenes Leben unter ihresgleichen geopfert, diese Freundschaft und Kameradschaft aufgegeben, um mich zu schützen. Mich im Verborgenen aufzuziehen. Doch manchmal fragte ich mich schon, wie es anders hätte sein können ...

Aber nichts davon spielte jetzt noch eine Rolle. Weil jeder Moment meines Lebens, jeder Schritt, den ich gemacht, jetzt Entscheidung, die ich getroffen hatte, mich hierher geführt hatte. Zu ihr.

Zu Zoey.

Zoey, das bezaubernde Wesen, das gerade gähnend aus dem Zelt trat und sich die Augen unter ihrer Brille rieb. Nie gekannte Vorfreude ließ mir die Brust eng werden und ich stand auf, um zu ihr zu gehen. Sie schaute mich aus dem Schutz ihrer Kapuze hervor an und ich erkannte einen blassblauen Schimmer auf ihrer braunen Haut, der dem Schutzmittel gegen die Sonne geschuldet war, den diese Frauen immer auftrugen.

„Geht es dir gut, meine Zarte?", fragte ich. Ich sehnte mich danach, eine Klaue unter die Kapuze schlüpfen zu lassen und einen ihrer Zöpfe herauszuangeln, um ihn mir gegen die Schnauze zu drücken und daran zu schnüffeln. Doch auch wenn wir am Vorabend herrliche Nähe miteinander geteilt hatten, wollte ich ihr jetzt nicht unangenehm werden.

„Mir geht's super", antwortete sie, schaute mir aber nicht in die Augen.

Du bist zu groß, elender Trottel. Ich kauerte mich ein wenig zusammen und senkte den Kopf, bis wir auf Augenhöhe miteinander waren. So sollte es ihr leichter fallen, meinem Blick zu begegnen.

„Wo kommst du denn auf einmal her?", fragte sie perplex. „Gerade eben habe ich noch auf deine Brust geschaut."

„Ja. Und genau das war das Problem. Ich wollte es dir leichter machen, mein Gesicht zu sehen."

Sie lachte und endlich richteten sich ihre runden Augen richtig auf mich. „Du bist schon ein bisschen anders als die meisten, oder?"

Anders? Ich wusste, dass ich mich von den Männern des Sandmeers unterschied, und auch von ihr. *Anders …*

„Anders abgesehen davon, dass ich dein Gefährte bin?" Die Frage konnte ich mir nicht verkneifen. Ich wollte sie nicht drängen. Das hatte ich ihr versprochen. Aber der Vorabend hatte eine Hoffnung in mir gepflanzt, wie ich sie mir zuvor nicht erlaubt hatte.

Sie riss die Augen auf und ihr kleiner Mund öffnete sich, jedoch wurde sie von der Gahnala unterbrochen, die alle zur Eile antrieb, damit wir zeitnah aufbrechen konnten.

„Ich habe die Beute für dich zerlegt. Du musst für den Rest der Reise bei Kräften bleiben", sagte ich. Zoey lächelte sanft, was in mir jedoch alles andere als sanft widerhallte. Es war unbarmherzig wie die brennende Sonne. Und dann tätschelte sie meine Schnauze zärtlich.

„Vielen Dank, Kor."

Sie lief rasch zur Gahnala hinüber. Um mich nützlich zu machen, während sie aß, begann ich mit dem Abbau des Zelts. Kurz darauf war alles vorbereitet, um heute Talioks Territorium und damit die Berge vollständig zu durch-queren.

Und dann würde der tückische Teil unserer Reise begin-nen. Denn jenseits der Berge erstreckte sich Gahn Baldors Herrschaftsgebiet. Und danach? Die Bittersee des Volkes meines Vaters. Jeder Schritt, den ich nun machte, könnte mich meinem Tod näher bringen.

Doch als ich zu meiner kleinen Zoey schaute, die so zer-brechlich und vollkommen war, wusste ich genau, dass ich je-den Schritt tun würde, der notwendig war. Für sie würde ich mich auf direktem Weg in die Fänge des Todes begeben. Ob sie nun meine Gefährtin wurde oder nicht.

Weil ich sie über die Grenzen dieser Welt hinaus liebte.

Und mir deswegen gar keine andere Wahl blieb.

KAPITEL SIEBZEHN
Zoey

GAHN TALIOKS BERGE waren der Wahnsinn. In Québec hatte ich viel Zeit auf Campingtrips mit meinen Eltern in der freien Natur verbracht, aber so etwas hatte ich noch nie zuvor gesehen. Riesige rote Felsen reckten sich dem klaren Wüstenhimmel entgegen wie blutüberströmte Pyramiden. Diese Formationen waren höher als die Klippen von Uruzai und ihre Spitzen liefen steiler zu. Die ganze Landschaft bestand nur aus Gipfeln, Tälern, Spalten und Schatten.

Kurz bevor wir in die Berge einritten, rief Taliok Kor zu sich.

„Bleib bei uns, Kor. Ich will nicht, dass meine Männer dich allein sehen und für einen Feind halten."

Ich konnte den Blick nicht von Kor abwenden, als er langsamer wurde und sich zwischen uns positionierte, anstatt die Gruppe wie bisher anzuführen. Das übernahm jetzt Taliok. Das Timing war gut, denn wenig später kamen uns drei Krieger mit gezogenen Waffen entgegen. Wir blieben stehen und Taliok erklärte ihnen kurz, warum wir hier waren.

Kor schaute die ganze Zeit über stur geradeaus, doch seine Sichtsterne huschten permanent durch seine Augen, damit ihm auch nichts entging. Und ich schaute ihn an. Seinen breiten, muskulösen Rücken. Die Knochenkämme an seinem großen Kopf. Der Schwanz, der mit einem einzigen Schlag Knochen zermalmen konnte.

Ich hatte diese verdammte Alien-Echse gestern Abend geküsst. Nicht nur das. Ich hatte mich an seiner Alien-Erektion gerieben, bis ich einen Orgasmus davon bekam. Heute Morgen konnte ich ihm kaum in die Augen sehen, während er sich von meiner Verlegenheit kein bisschen aus dem Konzept bringen ließ. Mir ging durch den Kopf, wie er sich zu mir runtergebeugt und gedacht hatte, dass ich ihn nicht anschaute, weil er zu groß war. Die Erinnerung entlockte mir ein Schnauben, woraufhin Galok hinter mir einen *Wie bitte?*-Laut von sich gab. Ich räusperte mich und schüttelte den Kopf über mich selbst. Ich sollte dringend damit aufhören, jedes Mal Herzchenaugen zu bekommen, wenn Kor irgendwas absurd Niedliches machte.

Doch da schien ich auf verlorenem Posten zu stehen.

Ich mochte diesen Alien-Godzilla. Wirklich. Das konnte ich nicht mehr leugnen. Er hatte bereits gezeigt, wie witzig und seltsam und mitfühlend und stark er war. Ich mochte ihn wirklich, wirklich gern. Aber was genau bedeutete das jetzt für mich?

Bin ich damit jetzt seine Gefährtin? Der Gedanke ließ mich erneut den Kopf schütteln. Das war zu viel zu schnell. Wir hatten uns doch gerade erst kennengelernt! Auf der anderen Seite lief mit ihm so einges wesentlich schneller als mit den menschlichen Männern, die ich in der Vergangenheit gedatet hatte. *Vielleicht ist das auf diesem Planeten einfach so. Man kann jeden Moment sterben, also fällt es einem leichter, seinem Partner die unsterbliche Liebe zu gestehen und mit ihm zu vögeln.* Aber unabhängig davon, ob es nun am Planeten lag oder an mir oder an etwas, das Kor getan hatte, ich ... empfand definitiv etwas für ihn.

Talioks Krieger ritten wieder los, um ihren wie auch immer gearteten Pflichten nachzugehen, und wir arbeiteten uns tiefer in die Berge vor. Kor bewegte sich nun langsamer und auf zwei Beinen vorwärts und blieb dabei neben Galoks *irkdu* und damit neben mir.

„Als ich das letzte Mal in diesen Bergen war, habe ich das erste Mal eine von deiner Art gesehen. Mein erster Hinweis, dass ich mich auf dem richtigen Weg zu dir befinde“, sagte er leise, ohne mich anzusehen.

„Muss komisch gewesen sein, einer ganz neuen Spezies zu begegnen“, erwiderte ich und ließ den Blick über die Felsen schweifen, die um uns herum schier unendlich hochin die Höhe ragten.

Jetzt wandte Kor sich doch zu mir. Obwohl ich auf dem großen *irdu* saß, waren wir nun etwa auf Augenhöhe miteinander.

„Komisch ist nicht das richtige Wort. Eher wundersam. Weil ich wusste, dass ich dir näher komme.“

Jedes Wort aus seinem Mund hörte sich an, als wäre es dafür gemacht, jemanden zu umwerben. Und es klang immer so verdammt ehrlich. Und dabei stellte sich mir die Frage ...

„Wie lange hast du gesucht?“

Wir erreichten eine kreisrunde Ebene, umgeben von hohen Gipfeln, und hielten dort an. Bevor Galok von seinem

Reittier springen und mir beim Absteigen helfen konnte, kam Kor zu mir und legte mir die Klauen um die Hüften. Sein großer Körper glich einer massiven Wand. Hitze flutete meinen Körper und ich ertappte mich dabei, wie ich den Kopf zur Seite neigte und mit den Lippen seinen Mund suchte ...

Mühelos hob er mich vom *irkdu* und setzte mich auf dem Boden ab. Perplex blinzelte ich ein paarmal und schaute mich um.

Oh. Er hat dir nur beim Absteigen geholfen, Dummerchen.

Aber als Kor meinen Blick mit seinen durcheinanderwirbelnden saphirblauen Sichtsternen erwiderte, wurde mir wieder ganz warm.

„Ich bin unzählige Tage gewandert. Dutzende reihten sich an weitere. Sicherlich einhundert Tage, wenn nicht gar mehr."

Hundert Tage, das war verrückt. Er hatte hundert Tage lang die Wüste durchkämmt, um mich zu finden. Vor nicht allzu langer Zeit hätte diese Vorstellung mir Angst eingejagt. Aber jetzt? Jetzt fühlte sie sich ...

Sie fühlte sich unendlich kostbar an. Hingabe und Kummer und Hoffnung und Entschlossenheit, alles vereinte sich darin. Und sie weckte mittlerweile viele dieser Gefühle unbegreiflicherweise auch in mir.

„Warum hast du so lange gebraucht?" Wir hatten Talioks Berge innerhalb weniger Tage erreicht und wenn ich das richtig verstanden hatte, war es auch nicht mehr weit bis zum Ufer der Bittersee.

„Weil ich die Richtung nicht kannte. Es gab keinen klaren Weg, den ich einschlagen konnte, wie wir es jetzt tun. Ich konnte nicht riskieren, auch nur ein Fleckchen Sand zu übersehen. Und wenn ich dich nicht an den Klippen von Uruzai gefunden hätte, wäre ich noch immer auf der Suche."

„Oh", stieß ich hervor. Die Schlichtheit dieser ruhigen Stärke war verflucht beeindruckend. *Wenn ich dich nicht an den Klippen von Uruzai gefunden hätte, wäre ich noch immer auf der Suche.*

Der Gedanke, er könnte noch ganz allein dort draußen sein und vergeblich Ausschau halten, trieb mir Tränen in die Augen. Ich legte eine Hand auf seinen großen, stachligen Unterarm. „Dann ist es ja gut, dass du mich gefunden hast."

„Nicht nur gut. Es ist das Beste, was mir je widerfahren ist", erwiderte er.

Bevor ich von der Antwort Herzchenaugen bekam und mich am Ende noch blamierte, zog Talioks ernste Stimme meine Aufmerksamkeit auf sich.

„Wir werden die *irkdu* bei meinen Männern hier in den Bergen lassen. Den Rest unserer Reise legen wir zu Fuß zurück. Das macht es etwas sicherer, Gahn Baldors Territorium zu durchqueren, weil wir dann weniger auffallen."

„Das ist eine weise Entscheidung", sagte Kor knurrend.

Trotz der Sonne, die unablässig auf meine Jacke herabbrannte, bekam ich eine Gänsehaut. Allmählich wurde mir bewusst, in was für einer Situation wir uns hier befanden. Dass es wirklich gefährlich werden könnte. Dass wir unser Leben aufs Spiel setzten. Dass Kor seins vielleicht verlor. *Nein. Es wird schon alles gut gehen. Das muss es einfach.*

Was soll ich tun, wenn ihm etwas zustößt?

Bei dem Gedanken stieg Panik wie bittere Galle in mir auf. Nein. Nein, nein, nein. Das kann nicht passieren. Das wird nicht passieren.

Und die Heftigkeit dieser Reaktion jagte mir eine Heidenangst ein. Was sagte sie wohl darüber aus, wie weit ich mich schon auf diese ganze verfluchte Sache eingelassen hatte?

Diesmal schlugen wir kein Lager auf, legten aber eine Rast in der Sicherheit von Gahn Talioks Bergen ein, um uns auszuruhen und vor der letzten Teilstrecke unserer Reise noch etwas zu essen. Wobei Sicherheit natürlich relativ war. Bei dem letzten Trip hierher hatte es schließlich auch einen Angriff gegeben. Doch Gahn Taliok hatte seine Späher hier offenbar verstärkt. Krieger patrouillierten in den Bergen und noch viele mehr in der Wüste davor.

Nachdem wir uns etwas zu essen und *valok*-Gel gegönnt hatten, stand Chapman auf und zog ein paar *talka*-Stängel aus ihrer Tasche. *Kluge Frau.* Die *talka*-Pflanzen enthielten eine Art Alien-Kräuterseife in ihren länglichen, dünnen Kaktusstängeln. Chapman schnappte sich ihre Wechselkleidung und warf mir einen auffordernden Blick zu.

„Kommst du mit?"

Um mich mal wieder zu waschen? Auf jeden Fall. Mein letztes *talka*-Peeling war schon Tage her und ich trug immer noch die gleiche Kleidung wie bei unserem Aufbruch. Dass Kor sich mir auch nur auf drei Meter nähern wollte, war vollkommen verrückt. *Der Mann lässt sich einfach durch nichts vertreiben.*

Fallo grummelte protestierend, doch Chapman machte nur eine wegwerfende Handbewegung. Und ich spürte eher, als dass ich es sah, wie Kor hinter mich trat, als ich mich gerade bückte, um meine eigenen Klamotten mitzunehmen.

„Ich sollte euch begleiten", meinte er besorgt. „Es ist vielleicht nicht sicher."

Okay, vielleicht hatte ich mich gestern Nacht an den Schuppen dieses Kerls zum Orgasmus gebracht, aber ich würde mich sicher nicht am hellichten Tag splitterfasernackt vor ihm auszuziehen.

„Chapman ist ja bei mir, das geht schon in Ordnung. Sie ist Soldatin, eine Kriegerin in unserer Heimat."

„Genau das", stimmte Chapman mir zu, schnappte sich eine der Klingen von Fallos Rücken und ließ sie im Sonnenlicht aufblitzen. „Ihr wird niemand zu nahe kommen."

Kor stieß ein tiefes, unzufriedenes Brummen aus.

„Wir gehen nicht weit weg", versprach ich. Alles andere wäre auch dumm, ob nun eine Soldatin dabei war oder nicht. Ich hatte gehört, dass Theresa ziemlich schnell nach unserem Absturz auf diesem Planeten herausgefunden hatte. Sie war von einer *krixel* in die Enge getrieben worden, sodass Chapman und ihr Gefährte ihr zur Rettung hatten eilen müssen. Ja, auf so was konnte ich gut und gerne verzichten. Diese Mission war auch so schon abenteuerlich genug.

Chapman und ich umrundeten eine kleine Felsformation, bis wir ein schattiges Plätzchen außerhalb der Sichtweite der anderen erreichten. Rasch zogen wir uns aus, schrubbten uns mit dem *talka*-Schaum ab und wischten ihn mit Lappen aus Tierhäuten von unserer Haut. Danach in frische Klamotten zu schlüpfen, fühlte sich himmlisch an. Wir nahmen uns die Zeit, um unsere dreckige Kleidung mit dem letzten Rest *talka*-Gel einzureiben, und legten sie dann zum Trocknen auf einen Felsen in der Nähe. Bei dieser Hitze würde das nicht lange dauern.

Während wir warteten, ließ ich den Blick über die Umgebung schweifen. Es gab hier viel zu sehen – große *babkit*-Bäume mit flachen, kahlen Ästen, die an Paddel erinnerten, und dunkle Ranken, die sich über den roten Stein wanden. Blumen, die Lilien ähnelten, blühten in den atemberaubendsten Farben: kräftige Orange- und helle Pinktöne. Unter dem Staub schimmerten die unterschiedlichsten Gesteinsarten und Edelsteine.

„Melanie fand es hier doch bestimmt toll", sagte ich und betrachtete all die glänzenden Steine – in durchsichtigen Rosaschattierungen, tiefdunklem Rot und sogar Rauchgrau.

„Sie hatte sicher Spaß, bis einer von Baldors Männern sie erwischt hat. Zum Glück war dein Kerl zur Stelle, um ihn auszuschalten."

Ich wollte gerade gegen diese Bezeichnung für Kor protestieren, aber … ich konnte es nicht. Wenn ich daran dachte, dass er eine der anderen Frauen gerettet und beschützt hatte, flammte ein Funken Stolz in mir auf und es kam mir vor, als würde Kor zu mir gehören. Statt also zu widersprechen und es abzustreiten, sagte ich bloß: „Ja. Das stimmt."

Wir sammelten unsere nun trockene Kleidung wieder ein und gingen den Weg zurück, den wir gekommen waren. Doch plötzlich entfuhr mir ein erschrockenes Quietschen, als ich gegen eine Felswand stieß, die ich irgendwie übersehen hatte. Die vorher auch noch nicht da gewesen war.

Denn es war gar keine Felswand. Es war Kor.

„Was zum Henker treibst du da?", wollte ich wissen und bückte mich, um die Klamotten wieder aufzuheben, die ich vor Schreck fallen gelassen hatte. Doch offenbar war ich meinem Alien-Krieger zu langsam damit. Ganz vorsichtig sammelte er sie mit seinen tödlich scharfen Klauen ein.

„Ich wollte deinen Wunsch respektieren. Aber ich musste in der Nähe bleiben, falls du meine Hilfe benötigst."

„Es ist nichts passiert", beruhigte ich ihn und nahm ihm die Kleidung aus den Händen. „Und wobei hätte ich dich denn brauchen sollen? Um mir den Rücken zu waschen?"

Ups. Das hätte ich wahrscheinlich nicht sagen sollen. Kors Sichtsterne pulsierten und seine Nasenflügel blähten sich. Na klasse. Jetzt hatte er dank mir dieses Bild im Kopf. Und um ehrlich zu sein – ich auch. Das Bild von Kor, der hinter mir stand und mit seinen riesigen Klauen über meine Haut strich. Über meinen Rücken. Und tiefer nach unten ...

„Kommt schon, ihr zwei. Wir werden wohl bald aufbrechen!", rief Chapman.

Ich zuckte zusammen und spähte an Kor vorbei zu ihr. Sie hatte sich bereits wieder zu den anderen gesellt.

„Gehen wir", murmelte ich. „Die warten schon auf uns."

Wie Taliok es angeordnet hatte, setzten wir unseren Weg zu Fuß fort. Den Rest des Tages wanderten wir durch felsige Täler. Den Aliens, sowohl Kor als auch den anderen, fiel das nicht schwer. Sie schienen einfach dafür gemacht zu sein. Ihre langen Beine trugen sie sicher von einem Felsblock zum nächsten und dank ihrer Klauen rutschten sie nicht ein Mal auf dem Stein weg. Kor schien am wenigsten Probleme zu haben, er wirkte sogar noch müheloser als Taliok, der in diesen Bergen aufgewachsen war. Er erkletterte Felswände, als wäre es ein Kinderspiel, als würde die Schwerkraft für ihn nicht gelten. Und er verlor nie das Gleichgewicht, musste nie anhalten oder Pause machen. Ich hingegen schwitzte und fluchte unter meiner Kapuze vor mich hin, rutschte in meinen Stiefeln immer wieder aus oder stolperte und kam wir wie ein Trottel vor. Selbst Chapman kam halbwegs zurecht, aber sie hatte ja auch militärisches Training hinter sich.

„Ich bin eine verdammte Akademikerin", murmelte ich keuchend in mich hinein. Kor, der nie von meiner Seite wich, obwohl er uns dank seines natürlichen Geschicks und seiner Kraft weit voraus sein könnte, warf mir einen fragenden Blick zu.

„Guck mich nicht so an", fauchte ich und kam prompt auf einigen besonders lockeren Steinen ins Taumeln. Sofort waren Kors Hände da und packten mich. Aber anstatt mich wieder aufzurichten, hob er mich an seine Brust und setzte seinen Weg weiter mit Leichtigkeit über die Felsen fort.

„Was ist eine *Akademikerin*?"

„Das ist … jemand, der seine Zeit damit verbringt, zu forschen. Dinge herauszufinden. Seinen Verstand zu schärfen. Ein bisschen wie die Heilerinnen des Clans, aber statt sich mit Heilung und Anatomie und Kräutern zu beschäftigen, habe ich Maschinenbau studiert. Ich habe Dinge gebaut. Dinge entwickelt."

„Das scheint mir eine ganz eigene Art von Stärke zu sein", stellte er fest und ich fühlte mich gleich ein kleines bisschen besser.

„Du kannst mich jetzt wieder runterlassen", sagte ich.

„Könnte ich", stimmte er gedehnt zu. „Aber das erstrebe ich gerade nicht."

Meine Wangen wurden warm.

„Wünschst du, wieder abgesetzt zu werden?"

Überhaupt nicht. Mir taten die Füße und der Rücken weh und ich war nicht gerade scharf darauf, weiter in meinen verschwitzten Stiefeln herumzustapfen. Aber das war nicht der einzige Grund. Kor so nahe zu sein, von ihm so fest und doch so zärtlich in den Armen gehalten zu werden, während wir praktisch durch die irrsinnig felsige Landschaft rannten, war irgendwie ... schön.

Aber es war auch ein bisschen peinlich, wie ein hilfloses Baby rumgeschleppt zu werden, während alle anderen – auch Chapman – laufen mussten.

„Nein, ich will nicht runtergelassen werden. Aber können wir das irgendwie anders machen?"

Kor blieb stehen. „Sag mir nur, was ich tun soll."

„Okay, lass mich mal kurz runter. Und knie dich hin."

Er setzte mich behutsam ab und sank dann direkt vor mir auf die Knie. Die geschmeidige Bewegung, in der nicht mal der Hauch eines Zögerns lag, ohne zu fragen oder zu diskutieren, hatte durchaus ihren Reiz. *Jetzt ist nicht der richtige Zeitpunkt für komische Gedanken.* Ich stellte mich hinter ihn. Aufrecht auf seinem Rücken zu sitzen, war ein bisschen würdevoller, als wie ein Kind auf den Armen getragen zu werden. Doch als ich auf seinen Rücken stieg, dabei meine Beine weit spreizen musste und sich unwillkürlich Hitze zwischen ihnen sammelte, war ich mich nicht mehr sicher, ob das noch irgendetwas mit Würde zu tun hatte.

Ich legte ihm die Arme um den kräftigen Hals und ver-schränkte die Hände unter seiner Schnauze. „Hak die Arme unter meine Beine und steh auf", sagte ich, ruckelte mich et-was zurecht, sog dann jedoch scharf Luft ein, als einer seiner eng anliegenden Stacheln über meine Klit rieb.

Kor gehorchte und erhob sich. Ich rutschte ein Stückchen nach oben, sodass ich über seine Schulter nach vorn schauen konnte. Als er sich wieder in Bewegung setzte, war er viel schneller als zuvor, weil er sich nicht mehr meinem Tempo anpassen musste. Ich stieß einen lang gezo-genen Pfiff aus, weil es cool war, plötzlich so weit oben zu sein. Kor zuckte zusammen und geriet zum ersten Mal fast ins Stolpern. Das entlockte mir ein Lachen, während er sein Gleichgewicht wiederfand und sich ächzend aufrichtete.

„Wenn ich dir zu schwer bin, kannst du mich auch gerne wieder runterlassen", scherzte ich und stupste mit dem Dau-men die Unterseite seiner Schnauze an.

„Du bist mir nicht zu schwer", knurrte er. „Ich hatte bloß kein so ... durchdringendes Geräusch in der Nähe meines Ohres erwartet."

Ich betrachtete die Seite seines Kopfes und bemerkte eine kleine Öffnung unter den Furchen. „Entschuldige", sagte ich und schmunzelte noch immer darüber, dass ein Pfeifen den mächtigen Echsen-Krieger so aus aus dem Konzept gebracht hatte. „Das ist wohl nicht so schön wie mein Gesang, hm?"

„Alles, was du tust, hallt wie eine süße Melodie durch meinen Körper", erwiderte er. „Selbst dieser gellende Laut, was auch immer das war. Er kam lediglich unerwartet."

Es war quasi unmöglich, diesen Kerl aufzuziehen. Jeder Witz traf bei ihm auf eine fast schon sture Ehrlichkeit, die mir den Atem raubte. *Ich bin wie eine süße Melodie in seinem Körper ...*

Während seine Worte in mir nachhallten, ertappte ich mich dabei, nur an einen Teil seines Körpers zu denken. Ich bekam ihn einfach nicht aus dem Kopf. Und es war ein ganz bestimmter Teil ... Okay, ich dachte an seinen Penis. Ich konnte einfach nicht anders. So mit gespreizten Beinen auf seinem Rücken zu sitzen und seine Muskeln unter den empfindlichsten Stellen meines Körpers arbeiten zu spüren, wurde zu einer echt schrägen Folter. Offen gesagt: Es machte mich heiß.

Er trägt dich bloß huckepack herum. Entspann dich mal, du führst dich auf als wärst du sexsüchtig.

War ich das? Ich hatte noch nie mit einem Mann geschlafen. Ich war mit einigen ausgegangen und hatte mal ein bisschen rumgemacht. Aber zu Sex war es einfach nie gekommen. Bis jetzt hatte ich auch nie das Gefühl gehabt, dass mir dadurch etwas fehlte. Ehrlich gesagt hatte es mich nie besonders gereizt. Aber jetzt gerade, an Kors starkem Rücken, konnte ich an nichts anderes denken als an seinen Penis. Und wie er sich wohl in mir anfühlen würde.

Ich wusste noch gar nicht genau, wie sein Schaft überhaupt aussah. Nur wie er sich anfühlte, wenn er sich an meiner Pussy und meinem Hintern rieb, hart, unnachgiebig und riesig wie der Rest von ihm.

Dieu. *Das ist nicht hilfreich. Du solltest jetzt wirklich nicht an seinen Penis denken.* Ich sollte lieber die immer heftiger werdende Hitze zwischen meinen Beinen in den

Griff bekommen, während Kors Schuppen und angelegten Stacheln meine armen Nervenenden quälten.

Zum Glück – oder leider? – beendeten wir unsere Wanderung nicht lange, nachdem Kor mich auf den Rücken gehoben hatte, denn die Sonne ging allmählich unter.

„Lasst uns hier rasten, solange wir noch im Schutz der Berge verweilen", sagte Taliok.

„Gute Idee", stimmte Chapman zu und ich nickte an Kors Schulter.

Wir schienen den Rand von Talioks Gebirgskette erreicht zu haben und befanden uns nun in einem Tal. Zu beiden Seiten ragten steile Gipfel neben uns auf und vor uns führte ein steiniger Hang hinunter zu einer flachen roten Ebene, die vereinzelt von dunklen Felsen übersät war und sich bis zum Horizont erstreckte.

Kor lockerte seinen Griff, sodass ich an ihm runterrutschen konnte, und ich biss mir auf die Lippe, als seine Furchen und Knochenkämme über meine empfindlichsten Stellen rieben. Auf dem Boden angekommen verlor ich prompt das Gleichgewicht, doch Kor war natürlich mal wieder da und stützte mich.

„Diese Ebene ist Baldors Territorium. Und jenseits davon liegt die Bittersee", erklärte Kor. Ohne es richtig zu merken, lehnte ich mich näher zu ihm, weil ich das Grollen seiner Worte spüren wollte. „Heute Nacht, wenn ihr euch zur Ruhe gebettet habt, werde ich zu der Stelle mit den Steinen gehen, um eine Nachricht für meine Mutter zu hinterlassen. Am morgigen Tag werden wir dann am vereinbarten Ort auf sie warten."

Chapman nickte und die Männer schlugen zustimmend mit den Schwänzen.

Ich sah zu Kor auf. „Ist das denn sicher für dich? Dich allein in sein Territorium zu begeben?"

Die Vorstellung, dass Kor sich nachts allein in feindliches Gebiet vorwagte, war beängstigend. Natürlich wusste ich, dass er auf sich aufpassen konnte, aber ... ich wusste nichts über diesen Baldor und seinen Clan. Und Kor war nur ein Mann. Eine irrsinnig starke Echsen-Killermaschine, aber trotzdem immer noch nur ein Mann.

Er schob mir die Kapuze vom Kopf, nahm mir vorsichtig die Sonnenbrille ab und schaute mir tief in die Augen. „Sorge dich nicht um mich, meine Zarte. Ich tue das für dich. Und jede Tat in deinem Namen wird gelingen. Ich kann gar nicht scheitern."

„Das ist nicht gerade beruhigend." Ich wollte nicht, dass er auf Glück oder irgendeinen Aberglauben vertraute, um eine gefährliche Aufgabe zu bewältigen. Die Haut über Kors Schnauze spannte sich und die Wölbungen über seinen Augen zogen sich etwas zusammen. Ich stutzte, als mir aufging, dass das bei ihm wohl ein Lächeln war. Wie hatte mir das bisher entgehen können? Staunend ließ ich die Fingerspitzen über die Erhebungen fahren. Kor lehnte sich mit einem unterdrückten Stöhnen in meine Berührung.

„Du musst keine Angst um mich haben, Zoey. Nichts könnte mich je davon abhalten, zu dir zurückzukehren, nachdem ich dich nun gefunden habe. Als ich die Welt auf der Suche nach dir durchstreifte, hielt ich mich schon für entschlossen. Aber es ist nichts im Vergleich zu dem Gefühl, das ich jetzt empfinde. Nichts, noch nicht einmal der Tod selbst, könnte mich nunmehr noch von dir fernhalten."

„Red nicht vom Tod", flüsterte ich. Die Vorstellung, dass er tatsächlich sterben könnte, machte mich komplett fertig. Er war so stark, so verlässlich und so selbstsicher. Ich wünschte, so sicher könnte ich mir auch sein.

Wir begnügten uns beim Essen auf geräuchertes Fleisch und *valok*, um kein Feuer machen zu müssen. Obwohl wir uns noch in Talioks Territorium aufhielten und theoretisch sicher sein sollten, hielt der vernarbte Gahn es für eine schlechte Idee, mit einem Feuer so nahe an Baldors Ebene womöglich jemanden auf uns aufmerksam zu machen.

Die Nacht brach herein und verwandelte die ausgetrocknete Ebene in eine düstere, von tiefen Rissen durchzogene Landschaft, aus der schattenhaft Felsbrocken ragten. Unwillkürlich fragte ich mich, wer sich dort draußen vielleicht herumtrieb. Wer womöglich auf einen Angriff lauerte. Auf uns. Oder auf Kor.

Nach dem Essen zogen wir uns in den Schutz eines Felsvorsprungs zurück. Er war so groß, dass er das Licht der Asteroiden und Sterne über uns abschirmte. Weil wir die *irk-du* hatten zurücklassen müssen, waren wir nur mit leichtem Gepäck unterwegs – und ohne Zelt.

Chapman und Fallo saßen an einen Felsen gelehnt auf sem Boden und sie kuschelte sich an seine Seite. Ich kauerte mich in meiner Jacke zusammen und ignorierte den Impuls, mich auch dringend an jemanden kuscheln zu müssen. Und zwar nicht nur an irgendwen, sondern an einen drei Meter großen Echsen-Alien.

Doch dieser Alien machte sich gerade zum Aufbruch bereit. Er schob sein Messer in den Knoten seines Lendenschurzes und griff nach seinem riesigen Speer mit der Schuppenspitze. Ich beobachtete ihn schweigend aus den Schatten heraus und bewunderte seine stille Anmut. Die beständige Entschlossenheit. Während wir uns alle nach einem langen Reisetag ausruhten, bereitete er sich darauf vor, sich noch mehr in Gefahr zu begeben. Für mich.

Kor warf mir einen langen Blick über die Schulter hinweg zu, neigte dann den großen Kopf und wandte sich der endlos scheinenden Finsternis der Ebene zu.

Nein. Ich konnte ihn nicht gehen lassen. Nicht so. Nicht ohne wenigstens irgendwas zu sagen.

Hastig kam ich auf die Füße und folgte Kor in die Dunkelheit.

Er hatte den Abstieg den steinigen Hang hinunter noch nicht angetreten. Als er mich hörte oder roch oder wie auch immer wahrnahm, blieb er wie angewurzelt stehen und drehte sich zu mir um.

„Warte!", keuchte ich und stolperte über die losen Steine zu ihm. „Warte kurz."

„Was ist, meine Zarte? Du solltest dich ausruhen", murmelte Kor.

Ich blieb vor ihm stehen, wusste plötzlich aber nicht mehr, was ich sagen oder tun sollte. Ich hatte mir keinen Plan zurechtgelegt, bevor ich ihm hinterhergerannt war. Ich war einfach nur noch nicht bereit gewesen, ihn gehen zu lassen.

„Bist du sicher, dass du da draußen allein klarkommst?", fragte ich nach einem langen Moment des Schweigens.

„Ich bin mir sicher. Wie ich bereits gesagt habe, werde ich jede Herausforderung bewältigen, die ich für dich bestreite. Dessen bin ich mir gewiss."

Ich nickte schluckend und meine Kehle fühlte sich auf einmal wie zugeschnürt an. Ich schaute an seiner gewaltigen Gestalt vorbei hinaus auf die Ebene. Sie sah so bedrohlich und lebensfeindlich und endlos aus. Ich konnte kaum glauben, dass wir bald das Ufer der Bittersee erreichen sollten.

„Ich ... versprich mir, dass du auf dich aufpasst. Versprich mir, dass du zurückkommst." Verzweiflung ließ mir die Stimme versagen und das erwischte mich eiskalt. *Er muss zurückkommen.*

Die Wölbungen über Kors Augen zogen sich zusammen und seine Sichtsterne wirbelte durcheinander, als er mich musterte. Dann legte er seinen Speer auf dem felsigen Boden ab und umfasste mein Gesicht mit seinen großen Händen. Ich sog scharf Luft ein, denn wenn er wollte, könnte er meinen Kopf mühelos zerquetschen. Doch er hielt ihn nur sanft umfangen und betrachtete mein Gesicht, als wäre es das Schönste, was er je gesehen hatte.

„Ich verspreche es dir, meine Zarte. Ich verspreche dir, dass ich zu dir zurückkehren werde. Immer. Egal, wohin ich gehe, du wirst die Eine sein, die mich immer wieder zurückführt. Du bist für mich Ziel und Heimat zugleich."

Das gab mir den Rest. Da kamen die Tränen. Kor fing die salzigen Tropfen, die meine Wangen hinunterrannen, mit den Daumen weg.

„Du vergießt Tränen. Warum bist du voll Kummer, Zoey?"

„Ich habe Angst", erwiderte ich zittrig. Angst, dass er nicht zurückkam. Und davor, wie sehr ich mich fürchtete. Vor den Gefühlen für ihn, die in so kurzer Zeit so stark geworden waren.

„Ich bin ratlos, wie ich dir diese Angst nehmen kann, abgesehen davon, so schnell wie möglich an seine Seite zurückzukehren", raunte er leise. „Und doch fällt es mir schwer, mich jetzt von dir zu trennen."

Ich drängte mich an seine Brust, wollte seine unnachgiebige Stärke spüren. Er grollte leise, als ich mich an ihn schmiegte. Doch ich wollte ihn noch näher bei mir haben. So nah wie noch nie zuvor.

„Komm zu mir runter", murmelte ich und er gehorchte, wodurch ich meine Arme um seinen muskulösen Hals legen konnte. Seine Hände glitten zu meiner Taille und als er sich wieder aufrichtete, hob er mich einfach mit hoch. Keuchend schlang ich die Beine um ihn. Hitze flammte zwischen meinen Beinen auf. Die Erregung, die ich vorhin auf seinem Rücken verspürt hatte, kehrte jetzt mit aller Macht zurück.

Und da war ich nicht die Einzige. Kors Sichtsterne flackerten auf, bevor sie sich zu winzig kleinen Punkten zusammenzogen, und die Wölbungen über seinen Augen senkten sich tief.

Er ging ein paar Schritte, bis er mich mit dem Rücken gegen eine Felswand drücken konnte, sodass sein Körper mich von allen Seiten umgab. Er raubte mir den Atem – seine Größe, seine Kraft, die tiefe Sehnsucht auf seinem Gesicht. Ein Gesicht, das ich nicht länger als fremdartig empfand. Ein Gesicht, das ich mittlerweile wirklich liebgewonnen hatte.

„Zoey", brachte er angestrengt hervor und sein Griff wurde fester.

Mein Herz hämmerte gegen meine Rippen und meine Haut fühlte sich trotz der kühlen Nachtluft heiß unter meiner Kleidung an. „Schon okay", flüsterte ich. Allerdings war ich mir selbst nicht ganz sicher, worauf sich dieses *okay* bezog. Auf ihn, auf mich, auf uns. Auf diesen Moment. Auf unser Verlangen.

Ich löste die Arme von seinem Hals und zog den Reißverschluss meiner Solarschutzjacke nach unten. Ich hatte keinen blassen Schimmer, was ich hier tat. Ich wusste nur, dass er mehr von mir sehen sollte. Bevor er ging und vielleicht nie wieder zurückkam.

Denk so was nicht.

Ich schlüpfte aus den Ärmeln, doch die Jacke blieb zwischen meinem Rücken und dem Fels eingeklemmt. Dann griff ich mit zitternden Fingern nach dem Saum meines Tanktops und zog es mir über den Kopf, sodass ich von der Taille aufwärts nackt war. Mein Atem ging schwer. Mein Mund war staubtrocken.

Kor blieb eine ganze Weile reglos stehen. Nur seine Sichtsterne bewegten sich, sein Blick wanderte von meinem Gesicht an meinem Oberkörper runter und blieb an meinen Brüsten hängen. Dann schob er die Hände von meinen Hüften hinauf zu meiner Taille. Er gab einen erstickten Laut von sich, als er meine nackte Haut berührte. Diese großen, rauen und doch so sanften Hände auf meiner Haut zu spüren, schickte einen heißen Blitz durch meinen Körper. Ich drängte mich ihm entgegen, sodass meine Nippel über seine Brust rieben, und unterdrückte ein Stöhnen bei den

Empfindungen, die das hervorrief. Seine Schuppen an meinen Brustwarzen zu spüren, war viel zu erregend. Ich merkte, wie feucht ich wurde, sogar unter meiner Kleidung.

Kleidung. Davon hatte ich noch viel zu viel an.

„Lass mich runter", hauchte ich an Kors Schnauze. Er stieß einen erstickten Protestlaut aus, gehorchte aber. Keine Sekunde lang wandte er den Blick ab, während ich mir Hose und Slip runterzog. Ich trat mir Stiefel und Socken von den Füßen, befreite mich von dem Rest meiner Klamotten und stand schließlich vollkommen nackt vor ihm.

Und wieder sank Kor vor mir auf die Knie. Als wäre ich eine Göttin und sein einziger Lebenszweck, mich anzubeten. Seine Hände strichen an der Rückseite meiner Beine hinauf und er presste die Schnauze an meinen Kiefer. Ich zuckte zusammen, als seine schwere gespaltene Zunge hervorglitt und meinen Hals streifte. Eins der Enden stahl sich hinter mein Ohr und ich stöhnte, woraufhin Kors Klauen zuckten.

Und dann zog sich die Zunge von meiner Haut zurück und hinterließ kalte Leere.

Ich wollte mich schon beschweren, ihn wieder an mich ziehen, als ein heißer Lustblitz durch meinen Körper jagte. Seine Zunge war schon wieder zurück. Und hatte den Weg zwischen meine Beine gefunden.

Mir blieb die Luft weg, meine Knie wurden weich und gaben unter mir nach, sodass ich an Kors Hinterkopf nach Halt suchen musste. Er gab ein leises Brummen von sich und hob mich dann geschickt auf einen schmalen Felsvorsprung hinter mir.

Der Stein fühlte sich rau unter meinen Beinen an und bildete einen harschen Kontrast zu Kors Fingern, die zärtlich über die Innenseite meiner Oberschenkel strichen und meine Beine auseinanderschoben. Ein Alien mit einem unfassbar feinen Geruchssinn atmete dicht vor meinem Schoß tief ein, als wäre ich für ihn die Luft zum Überleben, doch ich hatte gar keine Zeit, mir groß Gedanken über meine Position zu machen. Denn bevor es mir peinlich werden oder ich auf die Idee kommen konnte, meine Beine zusammenzupressen und mich ihm zu entziehen, spürte ich seine lange Zunge – oder besser gesagt: seine Zungen – auf meiner Haut.

Ich erzitterte, wölbte mich ihm entgegen und hob eine Hand, um mich am Fels hinter mir festzuhalten. Die andere fand unwillkürlich wieder zu Kors Hinterkopf. Ich spürte sein grollendes Stöhnen unter meinen Fingern, an meinen Oberschenkeln, bis tief in mein Innerstes hinein, als er durch meine Feuchtigkeit leckte. Seine Schnauze drängte sich gegen mein Schambein und übte Druck aus, den ich bis in meine Klitoris spürte, was mir ein Stöhnen entlockte.

Die beiden Spitzen seiner Zunge tasteten sich vor und zurück, kosteten von meiner Feuchtigkeit. Kor knurrte, drängte sich noch näher an mich und schob meine Knie über seine kräftigen Schultern, sodass meine Haut über seine Knochenkämme und angelegten Stacheln rieb. Mir wurde schwindelig unter dem Ansturm der vielen Empfindungen – der raue Fels an meinem Rücken und Hintern, meine Oberschenkel an Kors Schultern. Seine Hände wanderten von meinen Knien zu meinen Hüften und packten fest zu, während er mich leckte. Da lag etwas geradezu Animalisches in der Art, wie er wild seinen Mund an mich drängte. Er war so verdammt vorsichtig, dass seine Zähne meine Haut nicht verletzten. Doch die Bewegungen seiner Zunge waren leidenschaftlich und wild. Ich war schon so nah dran ...

Und dann, als beide Spitzen seiner Zunge in mich eindrangen, tief in mein Innerstes vorstießen, sich unabhängig voneinander bewegten und in mir wanden, kam ich. Und zwar heftig. Ich verkrampfte mich um seine Zungen und spürte, wie er sich zwischen meinen Beinen versteifte und sein Griff fester wurde.

Doch er hörte nicht auf. Es war, als würde er seinen unbändigen Durst an mir stillen, als würde er gierig alles in sich aufnehmen, was ich zu geben hatte. Doch dann legte ich irgendwann eine Hand auf seine gefurchte Stirn und schob ihn sanft weg, weil ich gerade überempfindlich war. Er wich nicht weit zurück. Seine Schnauze blieb zwischen meinen Beinen und seine zusammengezogenen Sichtsternen richtete sich weiterhin auf die Stelle, wo seine Zungen gerade gewesen waren. Keuchend beobachtete ich, wie er mich betrachtete, und dass seine Schnauze und die Schuppen hier und da feucht glänzten, erregte mich aufs Neue. Doch er regte sich nicht, löste seinen Blick nicht von mir.

Allmählich wurde es mir doch peinlich. Ich wollte die Beine schließen, doch sein unnachgiebiger Griff machte das unmöglich.

„Nur noch einen Moment", bat er. „Erlaube mir, dich noch einen Moment zu betrachten."

Es war Bitte und Befehl zugleich. Die tiefe Sehnsucht und heiße Lust, die in seinem Tonfall mitschwangen, schickten einen kleinen Stich durch meine Brust. Mit angehaltenem Atem spreizte ich die Beine etwas weiter.

„So feucht ... und so, so weich", stöhnte Kor ehrfürchtig. Mit einer Fingerkuppe strich er über meine sensiblen Schamlippen, was mich zusammenzucken ließ. „Ich wusste nicht, dass Haut so weich sein kann."

Ich hörte das Verlangen in seiner Stimme, aber auch Zweifel. Ob seine verdammt große Ausstattung in mich hineinpassen würde. Die Sorge teilte ich durchaus. Ich war zwar sowieso noch nicht bereit für mehr, aber vielleicht wäre es ganz gut, mich schon mal mit diesem Teil seiner Anatomie vertraut zu machen.

„Ich will dich sehen", sagte ich und richtete mich etwas auf.

Kors Sichtsterne konzentrierten sich erst auf meine Augen, dann wanderte ihr Fokus wieder nach unten und verweilte bei meinen Brüsten. Er richtete sich auf und seine riesige Gestalt ragte wie eine Statue aus dunklem Gestein vor mir im Dämmerlicht auf. Dann löste er den Lendenschurz und befreite seine Erektion vom Leder.

„Komm her", flüsterte ich.

Er kam ein paar Schritte näher, bis er zwischen meinen gespreizten Beinen stand und seine Hüften sich für mich beinahe auf Augenhöhe befanden. Ich presste die Lippen aufeinander und beugte mich neugierig vor, um das Ganze genauer unter die Lupe zu nehmen.

Aus einer schmalen Spalte in seiner Haut schob sich ein langer, dicker, dunkel gefärbter Schaft. Mir fielen fast die Augen aus dem Kopf, als ich mir seine Größe so richtig bewusst wurde. Seine Andersartigkeit. Geformt war er ähnlich wie ein Speer, wurde nach oben hin schmaler, und ich sah keine Vorhaut. Die dunkelgraue Haut wirkte durch die schummrigen Lichtverhältnisse fast schwarz, und er war so dick, dass ich meine Hand sicher nicht darum schließen konnte. Hoden entdeckte ich keine, dafür aber ... etwas anderes.

Die Basis von Kors großem Penis war von Stacheln umringt, die denen an seinem Nacken, seiner Wirbelsäule, seinen Armen und seinem Schwanz ähnelten. Genau wie Kors harter Schaft zeigten sie nach oben. In meinem Kopf drehte sich alles und ich fragte mich, was für eine verkorkste Evolution so etwas hervorgebracht hatte – dass man fiese Stacheln rund um seinen Schwanz hatte. Verletzte man damit seine Partnerin nicht?

Als hätte er meine Gedanken gelesen, sagte Kor angespannt: „Sie sind nicht spitz."

Ich schluckte. Die sahen definitiv spitz aus. Schwarz und gefährlich und wie eine dieser Bärenfallen, die zuschnappten, wenn ein Tier hineintrat. Doch dann sah ich ihm in die Augen, bemerkte seinen schweren Atem – und ich glaubte ihm. Ich vertraute diesem riesigen Alien-Krieger. Und deshalb streckte ich eine Hand aus, die tatsächlich auch nur leicht zitterte, um zu sehen, ob er die Wahrheit sagte.

Kor stöhnte tief und lang gezogen auf und sein Becken stieß leicht nach vorn, als meine Finger die glatte Spitze seiner Länge berührten. Ich leckte mir die Lippen, fasziniert davon, wie sich seine Haut dort anfühlte. Während der Rest seines Körper an manchen Stellen mit Schuppen und an anderen mit fester, rauer Haut bedeckt war, fühlte er sich hier seidig an. So weich. Meine Wangen wurden heiß, das ich entdeckte, dass seine Spitze feucht war. So feucht wie ich.

Ich ließ meine Finger zart darüberstreichen und ertastete eine kleine Öffnung, einen Schlitz an der Spitze, der Kors Hüften zucken ließ, als ich ihn wie gebannt behutsam erkundete. Meine Erregung schoss in die Höhe, als auf meinen sanften Druck gegen die Öffnung noch mehr Feuchtigkeit hervorquoll. Ich ließ die Hand dort liegen und widmete mich mit der anderen den seltsamen Stacheln rund um den Ansatz seines Schafts. Kor hatte nicht gelogen – sie waren nicht spitz. Tatsächlich waren sie nicht mal so hart wie seine Erektion. Es waren eher so was wie Fortsätze, fest aber nachgiebig. Ich ließ die Fingerspitzen einmal rundherum über die Stacheln gleiten.

Kor keuchte, rückte näher an mich heran und stützte die Arme hinter mir an der Felswand ab, bis sein Körper mich vollkommen umgab. Im ersten Moment wusste ich nicht, warum mir diese Haltung komisch vorkam, aber dann ging mir auf, dass er mich nicht anfasste. Mich nicht in die Arme nahm. Als ich jedoch merkte, wie seine Arme bebten, wie sein lang gezogener Kiefer sich anspannte, wie er die Fänge zusammenbiss, wurde mir klar, dass er sich nur mit großer Mühe unter Kontrolle hielt. Wenn er mich jetzt berührte, würde er sie verlieren.

Der Gedanke schickte eine Hitzewelle durch meinen Körper. Das war eine furchtbar sinnliche Erkenntnis, die mich dazu brachte, meine Hände schneller und fester an ihm zu bewegen. Eine Hand strich an seinem großen Schaft auf und ab, die andere spielte mit den biegsamen Stacheln an der Wurzel und beide fanden einen gemeinsamen Rhythmus. Kors kurze, harsche Atemzüge geisterten über meinen Kopf hinweg. Sein Schwanz peitschte hinter ihm über den

Boden. Langsam kam sein Becken meinen Bewegungen entgegen. Dann wurden die Stöße schneller, härter, intensiver, bis er mich schließlich gegen den Fels presste und ich nichts weiter tun konnte, als seinen Schwanz festzuhalten, während er fieberhaft in meine Hand stieß. Irgendwann zog ich eine Hand weg, um mich selbst zu streicheln. Ich konnte nicht anders, konnte mich nicht davon abhalten. Kor so erregt zu sehen, sein tiefes Stöhnen zu hören, die festen Stöße seiner Hüften zu spüren, entzündete die Lust wieder in mir. Ich fuhr über meine feuchten Schamlippen, erhöhte das Tempo, umkreiste meine Klit, bevor ich zwei Finger tief in mich gleiten ließ und mir dabei vorstellte, er wäre in mir. Nicht, dass dieses Gefühl irgendetwas mit der Realität zu tun hätte. Meine beiden Finger machten nicht mal einen Bruchteil des Umfangs seines Penis aus. Und brachte mich das zum Höhepunkt und ich bäumte mich stöhnen auf.

Kor erzitterte über mir, riss sich dann von mir los und wandte sich gerade noch rechtzeitig zur Seite, bevor sich dunkle Flüssigkeit, schwarz wie Oktopustinte, aus seinem Penis auf den Stein neben mir ergoss. Ich beobachtete in fassungslosem Staunen, wie viel von dem dunklen Sperma sich Schub um Schub auf der Felswand verteilte. Knurrend sackte Kor auf alle viere, während sein Becken immer noch in die Luft stieß und er seinen Höhepunkt auskostete. Als ich mir vorstellte, unter seiner vom Orgasmus geschüttelten Gestalt zu liegen, wurde mir schwindelig. Wie würde sich das anfühlen? Ihm komplett ausgeliefert zu sein und zu spüren, wie er sich so gegen mich drängte?

Nach einer ganzen Weile erhob sich Kor schließlich wieder. Fasziniert sah ich zu, wie er seinen erschlafften Penis

– der immer noch verdammt groß war – in seinen Körper schob. Ich rutschte von dem Felsvorsprung und strich mit den Fingern über die Hautspalte, hinter der sein Schaft verschwunden war. Kor warf den Kopf in den Nacken und die Sehnen an seinem Hals traten hervor, während ich diese Spalte erkundete. Ich konnte spüren, wie sein Penis hinter der Haut als Reaktion auf meine Berührung pulsierte. Der Spalt öffnete sich leicht, als sich die dunkle Spitze seiner Länge wieder hervorschob.

„Mein Herz, wenn ich dich jetzt nicht verlasse, werde ich es nie über mich bringen, mich von dir zu trennen."

Bedauernd zog ich die Hand zurück und nickte. Er hatte recht. Wir hatten hier draußen eine Aufgabe zu erfüllen. Eine Mission, die das Schicksal aller Bewohner dieses Planeten beeinflussen könnte.

Er fing meine Hand ein, hob sie an seine Schnauze und stöhnte an meinen Fingern. „Noch feucht", raunte er dunkel und seine Zunge glitt hervor, um von meinen Fingern zu kosten.

Meine Wangen wurden schlagartig sengend heiß, als mir aufging, dass er da gerade meine Erregung schmeckte. Und zum ersten Mal sah ich seine Zunge nun aus der Nähe. Sie war dunkelgrau gefärbt wie sein Schaft und gespalten wie bei einer Schlange auf der Erde. Aber natürlich war sie sehr viel länger. Und sie fühlte sich so verdammt gut auf meiner Haut an.

„Dieser Geschmack, dieser Duft allein würde mich von den Toten auferstehen lassen", seufzte er und ließ meine Hand schließlich los. Die Haut blieb noch einen Moment heiß, fühlte sich dann jedoch ohne seine Berührung kalt an. „Ich muss jetzt aufbrechen, meine Zarte. Aber ich bin zurück, bevor du am Morgen die Augen aufschlägst."

„Versprochen?", fragte ich erneut, obwohl er das schon getan hatte. Doch er tat mir den Gefallen auch ein zweites Mal.

„Versprochen."

Er lehnte die Schnauze an meine Stirn und strich mit den Klauen über meine Zöpfe, meine Schultern und hinunter zu meiner Taille. Und dann zog er sich zurück – mit einem Laut, als würde er etwas unfassbar Schmerzhaftes tun. Er sammelte seine Waffen und den Lendenschurz ein und zog sich rasch an. Ich folgte seinem Beispiel.

„Geh zu den anderen zurück. Sobald du bei ihnen in Sicherheit bist, mache ich mich auf den Weg."

„Okay ..." Ich zögerte. Letztendlich musste ich mich zwingen, mich von ihm abzuwenden und in unser Nachtlager zurückzukehren.

Das Letzte, was ich sah, würde sich auf ewig in mein Gedächtnis einprägen: Kor, eingehüllt von Dunkelheit wie eine Echsen-Gottheit, der mir hinterherschaute.

KAPITEL ACHTZEHN
Kor

ZOEY ZU VERLASSEN, war die vielleicht größte Herausforderung, die ich je hatte bewältigen müssen. Ihre Hitze pulsierte noch durch meine Adern, ihr Geschmack und ihre Feuchtigkeit hafteten noch an meiner Schnauze und meinen Zungen. Ihr Schoß war so weich und feucht und süß jenseits jeder Vorstellungskraft gewesen. Wenn ich sie darum gebeten hätte, hätte sie sich vielleicht sogar für mich geöffnet. Für mein hungriges Glied. Selbst jetzt noch zuckte es hinter meiner Vorspalte und wollte sich beim Gedanken an sie herausschieben. Bei der Erinnerung an unsere gemeinsamen Momente. Ich war vollkommen von Sinnen nach ihr, mir schwindelte vor Lust und eine Liebe, die ich nicht für möglich gehalten hätte, erfüllte jeden Winkel meines Körpers. Deshalb fiel es mir schwer, unendlich schwer, sie zurückzulassen. Zu wissen, dass sie ohne meinen Schutz und von anderen Männern umgeben war, ließ Wut in mir hochkochen. Doch ich tat das für sie und die Sicherheit ihres Volkes. Es musste getan werden. Und ich war der Einzige, dem es gelingen konnte.

Ich klemmte mir den Griff meines Speers zwischen die Fänge und sank auf alle viere, um schneller voranzukommen. Nicht nur war ich so am gewandtesten, ich war auf den offenen Flächen der Ebene auch schwieriger auszumachen, falls ich einer von Gahn Baldors Patrouillen über den Weg laufen sollte.

Mit fliegenden Klauen und peitschendem Schwanz jagte ich dahin, während die Landschaft als verschwommene Streifen aus nächtlich gefärbten Schattierungen aus Rot und Schwarz an mir vorüberzog. Je weiter ich mich von den Bergen entfernte, desto mehr veränderte sich die Luft. Der Boden wurde härter und flacher, der Sand verschwand. Und mir stieg ein bitterer, salziger Geruch in die Nase, der tief verborgene Erinnerungen weckte. Ich erhöhte meine Geschwindigkeit und jagte eine kleine Ewigkeit über das Land dahin.

Die Umgebung änderte sich erneut. Ich näherte mich den ersten Ausläufern der Bittersee. Näherte mich dem Ufer und der Stelle, die meine Mutter und ich ausgesucht hatten, bevor ich sie verließ. Zu meiner Linken entdeckte ich die Zelte von Gahn Baldors Clan als kleine Punkte in der Ferne. Meine Mutter war jetzt dort und schlief vermutlich. Ich ließ mich jedoch nicht von meinem Weg abbringen.

Kurze Zeit später erreichte ich die vereinbarte Stelle. Hier war der Boden von Steinen unterschiedlicher Größe übersät. Manche waren kleiner als meine Augäpfel, andere wiederum so groß wie ich. Eine Ansammlung aus Felsblöcken und Kieseln, die sich bis zum Ufer erstreckte. Der Boden fiel hier stetig ab. Vor mir sah ich das glitzernde Wasser.

Felsen ragten aus der dunklen Oberfläche wie Hände, die sich aus der Tiefe emporreckten.

Das Wasser rief nach mir. Das Erbe meines Vaters, der Drang, mich in die Fluten zu stürzen, erfüllte mich. Doch ich ignorierte ihn. Ich hatte eine Aufgabe zu erfüllen und musste schleunigst zu meiner Gefährtin zurückkehren. Aufmerksam suchte ich das Ufer ab, bis ich ihn schließlich fand: den Stein, auf den meine Mutter und ich uns geeinigt hatten.

Es war ein sehr seltsam geformter Felsblock. Während die anderen größtenteils rund oder flach waren, hatte dieser eine große Kuhle in der dunklen Oberfläche, beinahe wie eine Schale. Nachdenklich betrachtete ich Vertiefung in der Mitte. Dann bückte ich mich und griff nach einem Stein, der zu groß war, um zufällig auf diesem Felsen gelandet zu sein. Ich platzierte ihn in der Kuhle und trat dann zurück, um mein Werk zu betrachten. Mein Schwanz zuckte zufrieden. Ja, meine Mutter würde die Nachricht zweifellos verstehen. Der Stein auf dem Felsen wirkte fehl am Platz. Sie würde die Veränderung sofort bemerken und sich an unserem Treffpunkt einfinden.

Vorfreude ergriff mich, als mir bewusst wurde, dass meine Mutter die Gelegenheit bekommen würde, meine wunderschöne Gefährtin kennenzulernen. Ich hätte nie gedacht, dass mir dieses Glück zuteilwerden könnte. Genausowenig wie sie. Wir waren immer davon ausgegangen, dass wir getrennt voneinander leben mussten, nachdem ich meine Gefährtin gefunden hatte, um das Geheimnis meiner Existenz vor den beiden Völkern weiterhin geheim zu halten. Doch die Zeit für Geheimnisse war vorüber.

Ich vergewisserte mich kurz, dass sich keine Krieger in Sichtweite aufhielten. Dann ging ich wieder auf alle viere und ließ die salzige Luft der Küste rasch hinter mir zurück, als ich die Ebene erneut überquerte.

Als ich Talioks Berge erreichte und ins Lager zurückkehrte, zeigte sich der erste Hauch der Morgendämmerung am Horizont. Aber wie versprochen war ich wieder hier, bevor Zoey erwachte.

Die Sandmeer-Krieger wurden von meinem Auftauchen geweckt und beoachteten mich angespannt, als ich näher kam. Doch Zoey blieb reglos zusammengerollt unter ihrem Umhang liegen. Ich ließ mich neben sie auf den Boden sinken und beobachtete das sanfte Heben und Senken ihrer Brust. Zum ersten Mal sah ich sie ohne ihre Augenscheiben, ihre *Brille*, aus der Nähe. Offenbar brauchte sie sie beim Schlafen nicht, was durchaus einer gewissen Logik folgte. Ihre Träume mussten wohl auch ohne dieses Hilfsmittel klar genug sein.

Ich senkte den Kopf, sodass mein Gesicht direkt vor ihrem war, und betrachtete ihre zarten Züge. Die sanfte Wölbung ihrer geschlossenen Augenlider und die dunklen Härchen, die deren Rand säumten. Der schmale Rücken ihrer kleinen Nase, die vollen Lippen, der Schwung ihrer Wangenknochen. Sie bewegte sich im Schlaf, die flachen Brauen zuckten, ihr Mund verzog sich missmutig, und ich unterdrückte ein Knurren. Wer wagte es, meiner wunderschönen Gefährtin diese finstere Miene zu verursachen, und sei es auch nur in ihren Träumen? Obwohl ich sie nicht wecken wollte, streckte ich doch unwillkürlich eine Hand aus und legte eine Fingerkuppe auf die Falte zwischen ihren Augenbrauen, um die weiche Haut dort glatt zu streichen.

Ihre Lider hoben sich flatternd, dann riss sie die Augen ganz auf und sog scharf Luft durch die Nase ein. Ich zog hastig die Hand zurück und wollte mich gerade dafür entschuldigen, sie erschreckt zu haben, doch sie lächelte breit, schlang die Arme um meinen Hals und drückte meinen Kopf fest an sich. Ich rollte mich auf die Seite, zog sie an meine Brust und legte beschützend den Schwanz um ihre Hüfte.

„Du bist zurück", hauchte sie an meiner Brust.

„Ja. Wie ich es versprochen habe."

„Wie schön, dass du ein Mann bist, der zu seinem Wort steht", seufzte sie und schmiegte sich an mich. Ich wollte schon empört schnauben und ihr versichern, dass ich selbstverständlich meine Versprechen hielt. Ich war ein ehrenvoller Krieger, ungeachtet dessen, was andere von meiner ungewöhnlichen Herkunft halten mochten.

Doch dann spürte ich, wie sie die Lippen an meiner Haut zu einem Lächeln verzog, und erkannte, dass sie mich aufzog. Daran war ich nicht gewöhnt, aber es machte mich glücklich.

Gern wäre ich auf ewig so liegen geblieben und hätte meine Gefährtin sicher in den Armen gehalten, doch die Sonne stieg nun rasch am Himmel höher. Es würde nicht mehr lange dauern, bis meine Mutter meine Nachricht entdeckte und sich zum Treffpunkt aufmachte.

„Komm", sagte ich, wobei ich mich in eine sitzende Position aufrichtete und sie mit mir zog.

„Ich weiß, wir müssen los, aber das war echt gemütlich."

Mein Schwanz zuckte vor Stolz, ich hob die Schnauze an und meine Haut spannte sich zu einem Lächeln. Mein gestählter Körper, der sich so von ihrem unterschied, hatte meiner Gefährtin Behaglichkeit beschert. Meine Umarmung war ihr ein Kokon gewesen, den sie nicht verlassen wollte. Langsam, ganz langsam verdiente ich mir ihre Zuneigung. Ich bewies, ihrer würdig zu sein.

Ich erhob mich und zog Zoey behutsam auf die Füße. Um uns herum machten sich die anderen ebenfalls für den Aufbruch bereit. Hastig nahmen wir die erste Mahlzeit des Tages zu uns.

„Ich werde vorangehen. Ohne die *irkdu* sind wir sehr viel langsamer, aber der Treffpunkt ist nicht weit von hier entfernt." Er befand sich am Rand von Gahn Baldors Territorium. „Kommt. Ich führe euch."

Wir setzten uns in Bewegung. Ich behielt Zoey nah bei mir und hielt meinen Speer kampfbereit in den Klauen. Wir blieben in den Schatten von Talioks Bergen, bis wir sie schließlich hinter uns zurücklassen mussten. Dann wanderten wir im hellen Tageslicht über die Ebene.

So langsam voranzukommen, machte mich nervös. „Zoey, steig wieder auf meinen Rücken."

Zoey schaute mich an und ihre Augen waren hinter der dunkel gefärbten *Brille*, die sie tagsüber trug, nicht zu erkennen. „Warum? Mir geht's gut, ich bin noch nicht müde."

„Das mag stimmen, aber wir sind zu langsam."

„Das sehe ich auch so", brummte Gahn Taliok.

Gahn Fallo wandte sich seiner Gefährtin zu, die zwar leicht verärgert die Stirn runzelte, aber auf seinen Rücken kletterte. Er legte die Hände um ihre Beine, um ihr zusätzlichen Halt zu geben.

Ich ging in die Hocke und Zoey tat es ihr gleich. Ihr Gewicht fühlte sich so gut auf meinem Rücken an. Galok und Taliok machten sich für ein schnelleres Tempo bereit und ich ging auf alle viere.

„Folgt mir!", rief ich, bevor ich mir den Schaft meines Speers zwischen die Zähne schob und losjagte. Ich spürte Zoeys Keuchen eher, als dass ich es hörte, als wir rasch an Geschwindigkeit gewannen. Ihre harschen Atemzüge wurden vom peitschenden Wind davongetragen.

Wir hetzten über die Ebene, auch wenn ich nicht meine Höchstgeschwindigkeit erreichte. Ich bezweifelte, dass es Zoey guttun würde, und außerdem hängte ich die anderen Männer damit sicherlich ab. Nach einer ganzen Weile wurde die Landschaft schließlich wieder felsiger. Diesmal jedoch steuerte ich nicht den Küstenabschnitt von letzter Nacht an, sondern einen Ort etwas weiter landeinwärts, näher an Talioks Bergen, doch weiter von Gahn Baldors Lager entfernt. Als die Sonne den höchsten Punkt ihrer Bahn über den Himmel erreichte, kam der vereinbarte Treffpunkt in Sicht. Ich erkannte ihn sofort wieder – ein kleiner Hain aus *babkit*-Bäumen zwischen den Felsen der Küste.

„Zu den Bäumen", rief ich und die Sandmeer-Krieger riefen mir ihre Bestätigung zu. Wir preschten über die Felsen, während das Rauschen der Wellen immer lauter wurde und die Luft salziger. Die *babkit*-Bäume wurden immer größer, je näher wir kamen, bis wir sie beinahe erreicht hatten. Und jenseits dieses kleinen Wäldchens erstreckte sich die See.

Wir traten in den Schatten der Bäume. Sie waren hoch, höher als viele von denen, die man in der Wüste fand, größer als ein Mann und mit dickeren Stämmen. Der Hain bot etwas Deckung vor der Ebene auf der einen Seite und dem steinigen Ufer auf der anderen. Zwischen den Bäumen blieben wir schließlich stehen und ich ließ Zoey zu Boden gleiten. Sofort ging sie, gefolgt von den anderen, an den Rand des Wäldchens und blickte über die Felsen hinaus.

„Ist das die Bittersee?", fragte sie staunend.

„Ja", antwortete ich und trat hinter sie. Aus den Schatten der Bäume konnte man gerade so das Ufer erkennen. Die Sonne brannte heiß auf die Felsen hinab und glitzerte auf den Wellen, die an die Küste brandeten.

„Was jetzt?", wollte Gahn Fallo wissen und schlug ungeduldig mit dem Schwanz. Alle drehten sich erwartungsvoll zu mir um.

„Jetzt warten wir."

Wir mussten nicht lange warten. Bald nach unserer Ankunft tauchte die Gestalt meiner Mutter in der Ferne auf. Wie gern wäre ich zu ihr gegangen, um sie sicher zum Wäldchen zu geleiten, aber das hätte sie nur in noch größere Gefahr gebracht. In diesem Moment wirkte sie auf jeden von Gahn Baldors Männern wie eine Frau des Sandmeers, die ihr Tagwerk verrichtete, womöglich *babkit*-Äste für das abendliche Feuer sammeln ging. Doch wenn ich mit ihr zusammen gesehen wurde, würde sie das in Schwierigkeiten bringen. Bisher hatte ich zum Glück keine Patrouillen in dieser Gegend entdeckt, doch dieses Risiko bestand weiterhin.

Ich trat an den Rand des Hains, sodass ich der Erste sein würde, den sie sah. Wenn ihr Blick als Erstes auf Krieger und gar Gahns von feindlichen Clans fiel, ergriff sie vielleicht die Flucht. Als sie nah genug herangekommen war, um mich auszumachen, rannte sie los und ihre Sandmeer-Beine trugen sie geschwind über das Land. Nach nur wenigen atemlosen Momenten stand sie mit umherwirbelnden Sichtsternen vor mir. Ihr langes, offenes Haar war zerzaust und von grauen Strähnen durchwoben. Doch ihre Sichtsterne, die in warmem Kupfergold schimmerten, strahlten so hell wie eh und je.

„Mein Sohn", flüsterte sie lächelnd, warf sich an meine Brust und schlang die Arme um mich, auch wenn sie meinen breiten Körper nicht gänzlich umfassen konnte.

Ich merkte sofort, wann sie die anderen bemerkte, denn obwohl sie nichts sagte, spannte sich jeder Muskel in ihrem kräftigen Körper an.

Ich legte ihr die Klauen auf die Schultern und löste mich von ihr. Eine Hand ließ ich beruhigend auf ihrer Schulter liegen, während ich mich mit ihr den anderen zuwandte.

„Mutter, diese Männer sind meine Freunde und Verbündeten. Ich möchte dir Gahn Fallo von den Klippen von Zadazar und Gahn Taliok aus den Bergen vorstellen. Dieser Mann ist Galok aus Gahn Buroudeis Clan. Diese Frau ist Gahnala Chapman. Und diese Frau ..." Mir versagte die Stimme, als mein Blick auf Zoey fiel. Ich spürte, wie meine Mutter mich fragend anschaute, und als ich die nächsten Worte aussprach, schnappte sie überrascht nach Luft. „Diese Frau ist Zoey. Mutter, sie ist meine Gefährtin."

KAPITEL NEUNZEHN
Zoey

ICH WAR NOCH NIE DER Mutter eines Dates vorgestellt worden, deshalb gab es für mich keine Erfahrungswerte, auf die ich zurückgreifen konnte. Und selbst wenn, würde mir das hier was bringen? Ich war mir ziemlich sicher, dass das Kennenlernen der Eltern auf der Erde anders lief, die Mutter eines Alien-Manns zusammen mit einigen der verhasstesten Feinde ihres Clans zu überraschen.

Zögerlich lächelte ich sie an und musterte sie genauso neugierig wie sie mich. Keine Ahnung, was ich erwartet hatte, aber ganz sicher nicht ... sie. Verglichen mit Kor wirkte sie winzig. Sie gehörte definitiv zu den kleineren Frauen des Sandmeers. Und während Kor nur aus Schnauze, Knochenkämmen und Schuppen zu bestehen schien, hatte sie bronzefarbene, glatte Haut, weiche Körperformen und langes gewelltes Haar. Allerdings hatten sie eine Sache gemeinsam: die Sichtsterne. Auch wenn Kor nicht die warme Farbe von ihr geerbt hatte, kreisten und pulsierten sie ähnlich wie bei ihm. Das gab mir das Gefühl, sie schon ein bisschen zu kennen. Und das wiederum beruhigte mich ein wenig.

„Hallo", sagte ich und neigte ungelenk den Kopf. Ich wusste, dass ich in dieser Situation eigentlich den Schwanz vor die Augen heben sollte, aber ich besaß nun mal keinen. Also blieb es bei einem steifen Nicken.

„Hallo, Zoey", erwiderte die Frau und löste sich von Kors Seite. Sie behielt die anderen misstrauisch im Auge und zog mich ein Stück von der Gruppe weg zu ihr und Kor. „Mein Name ist Jara. Ich bin Kors Mutter. Es ist mir eine große Freude, dich kennenzulernen. Allerdings ..." Ihr Blick wanderte über meine Schulter zu den anderen und dann schaute sie mit besorgter Miene zu Kor. „Allerdings verstehe ich nicht ganz, warum diese anderen anwesend sind. Warum hast du dich ihnen gezeigt, Kor? Warum seid ihr alle gemeinsam hier?"

„Es gibt vieles zu berichten, Mutter. Und wir haben viele Fragen an dich."

Taliok und Galok hoben die Schwänze vor Jara. Gahn Fallo fauchte, aber nachdem Chapman ihm einen kräftigen Stoß zwischen die Rippen verpasste und ihm einen warnenden Blick zuwarf, hob auch er kurz den Schwanz vor die Augen.

„Wie Kor bereits sagte, sind wir als Verbündete hier. Wir wollen weder ihm noch dir etwas Böses", sagte Taliok und ließ den Schwanz wieder sinken.

„Vermutlich bleibt mir keine andere Wahl, als das zu glauben. Ihr wisst bereits von Kors Existenz. Und nun seid ihr alle hier. Warum?", wollte Jara wissen.

„Komm, setzen wir uns", schlug Kor vor. Wir machten es uns in einem lockeren Kreis unter den *babkit*-Bäumen bequem. Taliok deutete mit einer Schwanzbewegung auf Galok, der sofort wieder aufsprang, um die Ebene jenseits der Bäume im Blick zu behalten. Ich setzte mich neben Kor, seine Mutter nahm auf seiner anderen Seite Platz und Chapman, Fallo und Taliok ließen sich uns gegenüber nieder.

„Ich hatte keine andere Wahl, als mich den Männern des Sandmeers zu offenbaren", begann Kor. Seine tiefe, kraftvolle Stimme zog mich wie magisch an und ich lehnte mich unwillkürlich etwas nach vorn. „Meine Gefährtin Zoey, die Schönheit, nach der ich die Wüste durchstreift habe, lebt inmitten der drei Clans, die sich zusammengeschlossen haben und nun am Fuß der Klippen von Uruzai lagern. Es gab keine Möglichkeit, zu ihr zu gelangen, ohne mich zu zeigen. Es sei denn, ich hätte mich des nachts ins Lager geschlichen und sie geraubt."

Seine Mutter verzog das Gesicht. „Das wäre nicht die richtige Entscheidung gewesen", kommentierte sie steif.

Ganz sicher nicht. Wenn er mich entführt, mich von den einzigen Leuten, die ich auf diesem Planeten kannte, weggerissen hätte, hätte ich ihm das wohl nie verziehen. Wir wären uns nie so nahegekommen wie jetzt. Ich hätte ihm nie wieder vertrauen können.

Stumm bedankte ich mich bei Kor, indem ich mich an seine Seite schmiegte. *Danke, dass du dir mein Vertrauen verdient hast.*

Ich dachte zurück an diese seltsame Nacht. An den Aufruhr im Lager. Daran, wie ein Monster mit drei Männern auf dem Rücken aus dem Schatten der Klippen getreten war. *Wenn ich da nur schon gewusst hätte, wer er wirklich ist, wie er wirklich ist ...*

Jara lehnte sich an Kors massiger Gestalt vorbei, um mich anzusehen. „Erzähl mir von deinem Volk, Zoey. Und woher du und die Gahnala gekommen seid."

„Das ist schwierig zu erklären", sagte ich und warf Chapman einen Blick zu, die jedoch nur mit den Schultern zuckte. „Wir kommen von einer anderen Welt. Wir stammen nicht von Zaphrinax. Wir sind in etwas, das aussieht wie ein riesiger Vogel hierher gekommen ... geflogen."

„Drei der Clans des Sandmeers sind ein Bündnis eingegangen, um die Frauen zu beschützen, weil Männer aus jedem dieser Clans Gefährtinnen unter ihnen gefunden haben", fügte Kor hinzu und ich nickte.

„Das ist merkwürdige Kunde. Frauen von einer anderen Welt. Es ist ein Segen für die Clans, so viel steht fest. Aber das erklärt noch nicht, warum ihr alle euch nun in Feindesgebiet begeben habt. Gahn Baldors Männer sind seit einiger Zeit höchst wachsam. Sie scheinen sich auf irgendetwas vorzubereiten", erzählte Jara beunruhigt.

„Und auf was?", hakte Taliok nach und Fallo lehnte sich knurrend vor. Sogar Galok versteifte sich und drehte die Ohren nach hinten, um besser zuhören zu können. *Stimmt – es war einer von Gahn Baldors Männern, der Galok auf dem Schiff fast umgebracht hätte.*

„Das weiß ich nicht", erwiderte Jara. „Seit ich zum Clan zurückgekehrt bin, werde ich gemieden. Ich war so lange fort und konnte meine Abwesenheit nicht zu ihrer Zufriedenheit erklären. Hätte ich ihnen von meiner Verbindung zu Kors Vater und meinem Kind erzählt, hätte ich Kor damit in Gefahr gebracht. Und das konnte ich nicht zulassen. Da ich ihnen nicht sagen konnte, warum ich all die Jahre in der

Wüste verschollen war, drehen sich Unterhaltungen meist nur noch darum, wo das *dakrival*-Fleisch heute besonders gut schmeckt."

„Das tut mir so leid, Mutter", sagte Kor unglaublich niedergeschlagen. Und obwohl ich sie gerade erst kennengelernt hatte, tat Jara mir unendlich leid. Seinen Erzählungen zufolge hatte sie alles getan, um ihr Kind zu beschützen. Sie hatte als Einsiedlerin in der Wüste gelebt, an einem unfassbar gefährlichen Ort, und Kor allein dort aufgezogen. Und jetzt, da sie endlich die Möglichkeit hatte, zu ihrem Clan zurückzugehen, vertraute ihre Familie ihr nicht mehr genug, um sie wirklich wieder bei sich aufzunehmen. Das musste schrecklich wehtun.

Doch Jara runzelte die Stirn und wischte Kors Bemerkung mit einem beläufigen Schwanzschlag beiseite. „Das ist nicht von Bedeutung. Mir blieb keine andere Wahl. Ich habe alles in meiner Macht Stehende getan, um dich zu schützen. Nichts, was geschehen ist, würde ich ändern. Außerdem ..." Ihr Blick fiel wieder auf mich und sie lächelte. „... hast du jetzt eine Gefährtin. Und das macht mich so glücklich, wie du es dir gar nicht vorstellen kannst, Kor. Eine wunderschöne Gefährtin, obwohl sie so anders ist als wir."

„Danke", sagte ich mit warmen Wangen. Ich konnte nicht leugnen, dass mir die Anerkennung dieser starken, unabhängigen Frau echt viel bedeutete. Und deswegen brachte ich es auch nicht übers Herz, ihr zu beichten, dass ich Kor eigentlich noch gar nicht offiziell als Gefährten akzeptiert hatte. Sie sah so überglücklich aus.

Die anderen schienen sich für das emotionale Gefährtenthema nicht so sehr zu interessieren wie Jara.

„Also müssen wir uns zusätzlich zur Rückkehr der Menschen noch darum sorgen, dass Gahn Baldor aus irgendeinem Grund, den wir nicht kennen, seine Truppen zusammenzieht", knurrte Fallo.

„Den Grund kennen wir sehr wohl", gab Taliok scharf zurück. „Es ist doch offenkundig, dass er oder einer seiner Männer eine Gefährtin unter den neuen Frauen hat. Kein anderer Grund würde ihn dazu verleiten, drei miteinander verbündete Clans anzugreifen."

„Was auch immer seine Beweggründe sind, es macht die Sache auf jeden Fall noch komplizierter", meinte Chapman und rieb sich übers Kinn. Dann wandte sie sich an Fallo. „Du musst was tun, das dir nicht gefallen wird."

Fallo starrte sie mit unbewegter Miene an. „Was denn?"

Seufzend schüttelte sie den Kopf. „Du musst zurückgehen und Gahn Buroudei und die anderen warnen. Gahn Baldor könnte vor unserer Rückkehr losziehen und sie angreifen. Damit wären sie vollkommen unvorbereitet."

Fallo sprang auf und gab ein Furcht erregendes Geräusch von sich. „Hältst du mich für einen schwachen Gahn? Glaubst du, ich lasse dich hier bei diesen Männern und kehre ohne dich ins Lager zurück?"

Ach du Scheiße. Unwillkürlich klammerte ich mich an Kors Arm und spürte, wie sich sein Schwanz um meine Hüften schlang. Doch wundersamerweise behielt Chapman einen kühlen Kopf. *Wie sie es tagtäglich mit diesem Spinner aushält, werde ich nie verstehen.*

„Fallo. Wenn du mich liebst und mir vertraust, tust du das für mich. Wenn das Lagen angegriffen wird, dürfen nicht zwei von drei Gahns fehlen."

„Dann schick doch Taliok", schlug er abfällig vor und der Blick aus seinen roten Augen wanderte zu dem vernarbten, schweigsamen Gahn hinüber. Taliok stand langsam auf, was Fallo die Zähne fletschen ließ.

Chapman legte ihrem aggressiven Gefährten beruhigend eine Hand auf die Brust. „Nein, wir sollten bei dieser Mission einen Repräsentanten für jeden der drei Clans dabeihaben, falls die Bewohner der Bittersee sich tatsächlich bereiterklären, mit uns zu verhandeln. Ich werde für deinen Clan sprechen, Galok für Gahn Buroudeis und Gahn Taliok für seinen eigenen."

Fallos Schwanz peitschte wild umher, doch ich sah, wir *alle* sahen, dass ihm die Argumente ausgingen. Chapmans Vorschlag war vernünftig. Er wollte es nur nicht wahrhaben. Obwohl ich ihn für vollkommen durchgeknallt hielt, hatte ich ein kleines bisschen Mitleid mit ihm. Genau die gleiche Verzweiflung hatte mich gepackt, als sich Kor letzte Nacht allein in feindliches Gebiet gewagt hatte. Und die gleiche Panik stieg auch jetzt wieder in mir auf bei Vorstellung, dass Kor sich zu den Männern der Bittersee begeben würde.

Fallo strich Chapman eine verirrte Strähne ihres feuerroten Haars aus dem Gesicht. „Du weißt, dass ich jeden dieser Männer hier töte, wenn dir irgendetwas zustößt – und mit Taliok fange ich an."

Taliok versteifte sich und fletschte die Zähne. „Als würde ich dich nah genug herankommen lassen."

Bevor die beiden Gahns sich an die Gurgel gehen konnten, sprang Jara auf. Ihre Stimme hallte laut durch den kleinen Hain. Sie war die Kleinste unter den anwesenden Aliens, doch sie sprach mit einer Autorität, die ihr sogar die volle Aufmerksamkeit der Gahns einbrachte. „Das ist doch lächerlich. Ihr verschwendet wertvolle Zeit. Gahn Fallo, wenn du zu den Klippen zurückkehren musst, dann tu es jetzt. Die Schlussfolgerungen deiner Gefährtin haben Hand und Fuß. Warn deine Leute, wenn du kannst. Ich stamme zwar aus Baldors Clan, doch ich möchte weiteres Blutvergießen vermeiden und ich werde euch nicht verraten. Doch ihr müsst wissen, dass Gahn Baldor sich auf etwas vorbereitet, etwas Großes. Und nun glaube ich wirklich, dass es ein Kampf sein könnte, vermutlich um die neuen Frauen in seinen Besitz zu bringen.“

Fallo starrte sie eine Weile mit offenem Mund an, bevor er ihn wieder zuklappte. „Ich dachte, nur die neuen Frauen würden es wagen, sich einem Gahn gegenüber so anmaßend zu äußern, doch offenbar ist dem nicht so“, sagte er langsam.

Jara lachte bitter auf. „Ich bin so lange nicht Teil des Clan-Lebens gewesen, dass ich viele der Höflichkeiten abgelegt habe. Und ich habe gesagt, was gesagt werden musste. Außerdem möchte ich eigentlich über etwas anderes reden. Das Problem mit Gahn Baldor ist zweitrangig. Viel drängender ist, was ich vorhin aus eurem Gespräch herausgehört habe. Habe ich richtig vernommen, dass ihr mit den Bewohnern der Bittersee verhandeln möchtet?“

Die letzten Worte richtete Jara eher an Kor als an irgendjemanden sonst. Ich drückte seinen Arm und wir standen beide auf.

„Ja. Ich kehre in die Höhlen des Volks meines Vaters zurück. Wir brauchen weitere Verbündete.“

Jaras Sichtsterne explodierten förmlich und sie öffnete und schloss den Mund ein paarmal. „Warum? Sicherlich braucht ihr sie nicht im Kampf gegen Baldor. Ihr könnt seinem Clan bereits die vereinte Stärke von dreien entgegensetzen!"

„Das ist nicht der Grund", erwiderte Kor seufzend.

Ich drückte noch einmal seinen Arm. Mir war klar, dass das alles nicht einfach für ihn war. Ich versuchte, ihm einen Teil der Last abzunehmen, indem ich die Erklärung übernahm. „Unser Volk ... die Menschen ... sie haben uns hier ausgesetzt, als wären wir eine Art Opfergabe. Sie wollen etwas von diesem Planeten. Wir vermuten, dass es sich dabei um das Blut der Lavrika handelt. Und wir haben Grund zu der Annahme, dass sie hierher zurückkehren werden. Dann sind wir alle in großer Gefahr – das Volk des Sandmeers, das Volk der Bittersee, wir Menschenfrauen. Selbst die Lavrika selbst."

„Kein einzelner Clan kann all diesen Kriegern gefährlich werden und ganz gewiss nicht den geheiligten Lavrika der Wüste oder der See", protestierte Jara empört.

Ich lächelte traurig und schüttelte den Kopf. „Leider besitzt unser Volk Waffen, die ihr euch nicht einmal vorstellen könnt. Waffen, die ganze Welten zerstören können. Wir wissen nicht, was sie bei ihrer Rückkehr auf uns loslassen werden. Aber wir müssen vorbereitet sein." Meine Stimme wurde mit jedem Wort fester. Ich glaubte von ganzem Herzen an diese Mission. Was immer dazu nötig war, wir würden diesen Planeten beschützen. Das Zuhause, das wir hier gefunden hatten. Diesen Ort, den wir zu unserem Zuhause gemacht hatten.

„Also wird Kor das Meer durchschwimmen, um das Volk seines Vaters aufzusuchen und sie dazu zu bringen, sich euch im Kampf anzuschließen", fasste Jara bedächtig zusammen. Dann wandte sie sich mit gequälter Miene an Kor. „Aber sie könnten dich töten, noch bevor du ein Wort sagen hervorbringst, Kor. Und selbst wenn sie dir zuhören, werden sie sich vermutlich eher für den Feind interessieren, der ihnen gegenübersteht, als für einen unsichtbaren Feind aus einer anderen Welt, der noch nicht angegriffen hat. Das könnte der Beginn der größten Blutfehde sein, die diese Welt je gesehen hat! Das Volk der Bittersee ist dem des Sandmeers zahlenmäßig unterlegen, aber du weißt, dass sie viel größer und stärker als die Wüstenbewohner sind."

Daraufhin schnaubte Fallo spöttisch, doch Jara warf ihm einen verärgerten Blick zu. „Du bist ein Narr, wenn du dich gegen diese Wahrheit sperrst, Fallo. Schau dir meinen Sohn an, sieh, wie er uns alle überragt, und er trägt nur zur Hälfte das Erbe der Bittersee in sich. Kors Vater war größer als er und auf den Rest von ihnen trifft das ebenfalls zu."

Fallo schwieg, doch dafür meldete sich Galok von seinem Wachposten aus zu Wort. „Ich glaube dir, Jara. In unseren Klippen hat Kor ganz allein zwei *krixel* zur Strecke gebracht und dann drei unserer Krieger ohne große Mühe niedergerungen. Allerdings hatte er den Anstand, sie nicht zu töten", fügte er mit einem kleinen Lächeln hinzu.

„Er ist ein starker und fähiger Krieger", stimmte Jara ihm zu und ein Hauch von Stolz schlich sich in ihre Stimme. Der gleiche Stolz, der in mir aufgeflammt war, als ich an Kors Stärke und Gnade gedacht hatte. Ich schmiegte mich enger an seinen muskulösen Arm. Dass er zwei *krixel* hatte töten müssen, bevor er von den Kriegern angegangen worden war, hatte ich gar nicht gewusst. *Er hat wirklich eine*

Menge durchgemacht, so viel steht fest. Und all das, nur um mich zu finden ...

Als Nächstes ergriff Kor mit fester Stimme ernst das Wort: „Mir sind die Risiken bewusst, die damit einhergehen. Mir ist bewusst, dass das Volk meines Vaters mich töten könnte. Und mir ist bewusst, dass sie einen Krieg gegen die Bewohner der Wüste anstreben könnten, sobald sie von ihrer Existenz erfahren. Aber es gibt keinen anderen Weg. Es muss getan werden. Es dient dem Schutz meiner Gefährtin und dafür würde ich alles aufs Spiel setzen."

Meine Kehle war plötzlich wie zugeschnürt und meine Augen brannten. Ich wünschte, er wäre nicht derjenige, der dieses Risiko eingehen musste. Ich wünschte, es gäbe eine andere Möglichkeit. Dass die Regierungen der Menschen uns einfach vergaßen und nie wieder zurückkehrten.

Doch so sah die Lage nun mal aus. Wir mussten uns damit abfinden, ob wir wollten oder nicht. Wir steckten in einer Sackgasse, aus der es allein kein Entkommen gab. Und ganz egal, wie schwer es sein würde, wir mussten etwas unternehmen. Um uns daraus zu befreien.

Wir konnten nicht einfach rumsitzen und abwarten.

Wir mussten unserem Schicksal ins Auge sehen.

KAPITEL ZWANZIG
Kor

NICHT LANGE NACH UNSEREM Wiedersehen wanderte der Blick meiner Mutter auch schon wieder hinaus auf die Ebene.

„Ich kann nicht mehr lange bleiben", sagte sie. „Die anderen denken bereits, dass ich den Verstand verloren habe, aber ich will ihr Misstrauen nicht mehr als nötig wecken. Kor, geh mir einige Äste holen, damit ich nicht mehr leeren Händen ins Lager zurückkehre."

Ich löste mich aus dem weichen Griff meiner Gefährtin und machte mich daran, einige der flachen, breiten *babkit*-Äste zu fällen, die ich meiner Mutter brachte. Sie schenkte mir ein dankbares Lächeln und klemmte sie sich unter den Arm.

„Wann wirst du in Richtung der See aufbrechen?", fragte sie und ließ den Blick zwischen mir und Zoey hin und her wandern.

„Heute Abend", antwortete ich. Ein Aufschub war sinnlos. Ich würde mich heute Nachmittag ausruhen und dann in der Abenddämmerung losziehen. Zoey gab einen leisen Laut von sich, doch ich zwang mich, weiter meine Mutter anzusehen. Wenn ich mich jetzt Zoey zuwandte, würde es mir schwerfallen, den Blick wieder von ihr zu lösen.

„Schon so bald." Meine Mutter presste die Lippen aufeinander. Sie ließ die *babkit*-Äste fallen und zog mich in eine feste Umarmung. Ich umfing sie ebenfalls und senkte den Kopf, um meine Schnauze auf ihren warmen Haaren ruhen zu lassen.

„Besinn dich auf deine Stärke und deinen Verstand, mein Sohn. So, wie du es auf der Suche nach deiner Gefährtin getan hast. Schon da wusste ich, dass wir uns wiedersehen werden. Und das tue ich jetzt wieder, trotz allem."

Meine Brust zog sich schmerzhaft zusammen. Dass sie so positiv in die Zukunft blickte, war schön. Doch niemand konnte wirklich wissen, ob ich dieses Unterfangen tatsächlich überleben würde.

Schließlich gab sie mich nach einem langen Moment wieder frei. Bevor sie jedoch ihre Äste wieder einsammelte, umarmte sie auch Zoey. Meiner Gefährtin entkam ein überraschter Laut, aber dann wurde ich von warmer Freude durchflutet, als sie ihre schlanken Arme um meine Mutter legte und sie drückte. Die beiden, meine Familie, so zu sehen, erfüllte mich mit einem Glück, das zu empfinden ich nie zu träumen gewagt hätte. Meine Mutter strahlte eine Mischung aus Freude und Schmerz aus, als sie ihre neue Tochter umarmte und gleichzeitig damit rang, ihren Sohn zu verlieren. Mir ging es ähnlich. Auch ich empfand Liebe und Trauer.

Als meine Mutter Zoey wieder freigab, entdeckte ich zu meinem Entsetzen ein paar glänzende Tränen, die Spuren auf den blau schimmernden Wangen meiner Gefährtin hinterließen. Die Sichtsterne meiner Mutter zogen sich zusammen und sie lehnte sich etwas dichter zu Zoey, um sie genauer zu mustern.

„Was geschieht hier?", fragte sie.

Zoey schniefte und ich trat wieder an ihre Seite, um einen Arm um sie zu legen. „Das ist den neuen Frauen zu eigen. Wenn sie starke Gefühle verspüren, rinnt Flüssigkeit aus ihren Augen."

„Dein Volk ist sehr merkwürdig", murmelte meine Mutter und neigte den Kopf zur Seite. „Aber das spielt keine Rolle. Ich bin so froh, dich getroffen zu haben, Zoey."

„Ich auch", erwiderte meine Zarte und rieb sich über die Augen. „Sorry wegen der Tränen. Ich habe meine Eltern vor einiger Zeit verloren und die Umarmungen meiner Mutter sehr vermisst."

Der Gesichtsausdruck meiner Mutter wurde weicher und ich drückte Zoey ein wenig fester an mich.

„Was du verloren hast, hast du hier wiedergewonnen", sagte meine Mutter und griff nach Zoeys kleiner Hand. „In mir wirst du für immer eine Mutter haben, solange ich in diesem Sand stehe und mein Atem mich erfüllt."

Dieses Mal war es Zoey, die sich praktisch auf meine Mutter stürzte und ihr die Arme um die Taille schlang. An den überraschten Gesichtsausdruck meiner Mutter würde ich mich bis an mein Lebensende erinnern. Auch wenn das vielleicht näher war, als ich erwartet hätte.

Schließlich lösten die beiden Frauen sich endgültig voneinander.

„Wird eure Gruppe hier im Hain lagern?", fragte meine Mutter und wandte sich damit an die anderen.

Gahnala Chapman nickte und drückte damit ihre Zustimmung auf Menschenart aus.

„Ja. Fallo kehrt zu den Klippen von Uruzai zurück. Wir beziehen hier Stellung, während wir auf Kors Rückkehr warten."

Es war ein guter Ort, von dem niemand wusste, weit genug von Gahn Baldors Zelten entfernt, dass kaum einer Grund haben sollte, hierher zu kommen. *Babkit* konnte man woanders leichter sammeln und abgesehen von dem Feuerholz gab es hier nichts zu holen, das Leute aus diesem Clan anziehen würde.

„Gut", sagte meine Mutter. „Ich werde morgen zurückkehren und auch jeden darauffolgenden Tag." Sie richtete den Blick wieder auf mich. „Ich erwarte, dich in unweiter Zukunft wieder hier anzutreffen, mein Sohn."

Damit hob sie die *babkit*-Äste auf und ging nach einem letzten Blick zu Zoey und mir hinaus auf die Ebene, zurück zu den Zelten ihres Clans.

Zoey schaute ihr ebenfalls hinterher und nachdem meine Mutter außer Sicht war, bezog meine kleine Gefährtin vor mir Stellung.

„Du willst heute Abend los?", fragte sie.

Mein Schwanz zuckte bestätigend. „Ja. Unser Anliegen drängt und wir können nicht warten."

Zoey legte die Stirn in Falten und schien etwas sagen zu wollen, doch die Gahnala unterbrach sie.

„Er hat recht. Und das bedeutet, dass du auch losmusst", sagte sie an Gahn Fallo gewandt. Sie und Fallo begaben sich an den Rand der Baumgruppe, um voneinander Abschied zu nehmen. Ich wandte meine Aufmerksamkeit wieder Zoey zu, die auf ihrer Unterlippe kaute. Ihre Augen glänzten feucht.

„Ich habe nicht erwartet, dass du schon so bald gehst", sagte sie gedämpft. Ich ertrug nicht, wie leise sie geworden war. Stöhnend zog ich sie in meine Arme und genoss dabei das Gefühl, wie sie das Gesicht an meine Haut schmiegte.

„Du weißt, dass ich alles in meiner Macht Stehende tun werde, um zu dir zurückzukehren, nicht wahr? Und meine Macht ist sehr groß, vielfach gestärkt durch meine Liebe für dich."

Ich spürte, wie sie an meiner Brust nickte. Langsam ergriff Erschöpfung nach dem langen Reisetag und der schlaflosen Nacht von mir Besitz. Schon bald würde ich mich niederlegen und rasten müssen. Aber noch nicht jetzt. Ich war noch nicht bereit, meine Gefährtin loszulassen.

Doch meine Zarte war so viel stärker als ich. Sie löste sich als Erstes von mir. „Du solltest dich ausruhen, bevor du aufbrichst", wies sie mich an. „Du bist seit gestern Morgen ununterbrochen auf den Beinen. Warte kurz."

Sie holte etwas von dem Fleisch aus unserem Vorrat und versuchte, es mir zu reichen.

„Iss du zuerst, meine Zarte. Bevor ich rasten kann, muss ich wissen, dass du satt und in Sicherheit bist."

„Schon okay, nimm ruhig." Zoey wedelte mit dem Fleisch in meine Richtung. Doch ich schwenkte den Kopf von einer Seite zur anderen und versuchte damit, die menschliche Geste für „Nein" nachzuahmen.

Sie seufzte.

„Na schön, solange du dann auch was isst." Sie grub die kleinen Zähne in ein Stück Fleisch und kaute kräftig darauf herum. Während sie aß, machte ich mich nützlich und riss mit den Klauen noch einige *babkit*-Äste ab. Ich hatte gerade damit begonnen, eine recht große Feuerstelle aus den flachen, breiten Holzstücken aufzuschichten, als Gahn Taliok mich aufhielt.

„Ich weiß deine Bemühungen zu schätzen, Kor. Aber es wird uns wohl nicht möglich sein, hier abends ein Feuer zu entzünden. Das könnte ungewollte Aufmerksamkeit auf uns ziehen."

Ich brummte und zuckte bestätigend mit dem Schwanz, während ich von der Feuerstelle abließ. Natürlich hatte er recht. *Nun ja, vielleicht kann meine Mutter sich an dem Holzvorrat bedienen, wenn sie zurückkehrt.*

Ich ging wieder zu meiner Gefährtin. Etwas von dem Fleisch in ihren Händen war nun verschwunden. Zufrieden damit, dass sie gegessen hatte, setzte ich mich schließlich und nahm die verbleibende Nahrung von ihr entgegen.

„Danke", sagte ich, während sie eine sitzende Position mir gegenüber einnahm.

„Gern. Und jetzt beeil dich und iss, damit du ein bisschen schlafen kannst."

Wer war ich, dass ich mich den Anweisungen dieser Göttin widersetzte?

Ich aß alles auf, was sie mir gab, holte mir dann noch mehr und spürte, wie die Kraft in meine Glieder zurückkehrte.

„Jetzt leg dich hin und mach's dir bequem", drängte Zoey mich. Im Schatten eines *babkit*-Baums legte sie ihren

Umhang ab und knüllte ihn zu einer kleinen Kugel zusammen, die sie auf den Boden legte.

„Was machst du da?", fragte ich und beäugte den Umhang skeptisch. Dann wanderte mein Blick zu ihren nackten Armen, der weichen, wundervollen Haut und vielleicht brauchte ich ja doch keinen Schlaf. Vielleicht könnte ich ...

Zoey versetzte mir einen Klaps auf die Hand, als ich sie nach ihr ausstreckte. „Das ist ein Kissen. Für deinen Kopf. Und jetzt leg dich hin!"

Ich spürte, wie meine Haut sich unter meinem Lächeln spannte, und tat, wie mir geheißen. Vorsichtig legte ich den Kopf auf ihre kleine Umhangkugel. Das Gefühl war sehr seltsam, aber nachdem ich mich mit der Schnauze darauf zurechtgeruckelt, mich zusammengerollt und meinen Schwanz um den Körper gelegt hatte, war es doch wirklich recht bequem. *Die Freuden und Annehmlichkeiten, die diese unglaubliche Frau in mein Leben gebracht hat, nehmen einfach kein Ende*, dachte ich glücklich. Und mein Glück nahm noch zu, als ich merkte, dass Zoey zu mir kam und mir eine Hand auf den Kopf legte. Sie strich über meine Knochenkämme und die flach anliegenden Stacheln an meinem Hals und entlang der Wirbelsäule. Ihre sanften Berührungen auf meinem harten Körper entlockten mir ein lang gezogenes, tiefes wohliges Knurren.

Sie neigte den Kopf tiefer zu meinem und begann, leise zu singen. Die Worte waren in ihrer Sprache, also verstand ich ihre Bedeutung nicht, aber die pure Schönheit ihrer Stimme, das träge Auf und Ab der Melodie bedurfte keiner

Übersetzung. Ich schwelgte in ihrem liebreizenden Klang, der mich durchdrang und mich einhüllte.

Und so schlief ich ein, gebettet auf Zoeys Umhang, umfangen vom Wunder ihrer Stimme.

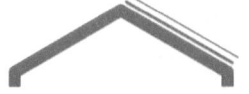

KAPITEL EINUNDZWANZIG
Zoey

ICH SANG NOCH EINE Weile weiter, auch nachdem Kor eingeschlafen war. Das gleiche Lied, immer wieder. Es war das Erste, das mir in den Sinn gekommen war. Ein Lied, das mir meine Mutter immer vorgesungen hatte, wenn ich als Kind nicht schlafen konnte: *À la claire fontaine.*

Mir war immer klar gewesen, dass es eigentlich ein trauriges Lied war. Doch der Text rührte nun etwas tief in mir an. Fühlte sich so viel bedeutsamer an, als er mir nun über die Lippen kam.

„Il y longtemps que je t'aime. Jamais je ne t'oublierai."
Ich habe dich so lange geliebt.
Ich werde dich nie vergessen.

Während ich die Zeilen des Refrains immer wieder wiederholte und dabei über Kors raue, harte Haut fuhr, wurde mir bewusst, dass das die reine Wahrheit war. Jemanden wie ihn könnte ich nie vergessen. Weil ich ihn liebte. *Dieu.*

Das tat ich wirklich. Aus Angst war zurückhaltende Zuneigung und dann Liebe geworden. Ich spürte sie in jedem Streicheln über seinen schlafenden Körper. Ich spürte sie in meinem Wunsch, ihn schlafen zu sehen, und in dem Bedürfnis, ihn zu beschützen, während er sich ausruhte. Ich spürte sie in der Angst, die ich hatte, weil er mich heute Abend verließ. Und ich spürte sie in der Sehnsucht nach seiner Rückkehr und darin, dass ich ihn schon vermisste, bevor er überhaupt aufgebrochen war.

Plötzlich konnte ich nicht mehr singen, weil meine Kehle wie zugeschnürt war. Vorsichtig legte ich mich neben Kor und schmiegte mich an ihn. Er schlang im Schlaf den kräftigen Schwanz hinter meinen Körper und zog mich noch näher zu sich. Selbst jetzt passte er auf mich auf, hielt mich fest und wollte mich bei sich haben. Und ich liebte das wirklich sehr. Liebte ihn. Alles an ihm. Selbst die Tatsache, dass er ein Alien war.

So lagen wir lange zusammen da. Und doch kam es mir vor, als hätten wir uns gerade erst hingelegt. Als die Sonne langsam hinter den Bäumen verschwand, regte er sich wieder, doch ich war noch nicht bereit dafür.

Die sinkende Sonne schickte lange Schatten zwischen den Bäumen hindurch, was alles in eine düstere, irgendwie unheilvolle Atmosphäre tauchte. Doch als Kor sich schließlich aufsetzte, verlieh die Abendsonne seinen Schuppen einen bronzenen Schimmer und mit einem Mal fühlte sich alles wieder wärmer und heller an.

„Wie hast du geschlafen?", fragte ich und richtete mich ebenfalls auf.

„Noch nie habe ich so gut geschlafen, wie mit dir an meiner Seite", sagte er und die Haut seines Gesichts spannte sich etwas an, was bedeutete, dass er lächelte. Ich erwiderte es und kam mir ein bisschen albern vor, nachdem mir klar geworden war, dass ich diesen Echsen-Trottel liebte.

„Ich bin froh, dass ich solch warmen Schlaf mit dir zusammen erleben durfte, bevor ich aufbreche."

Mir stockte der Atem. Und der Magen sackte mir in die Kniekehlen.

Bevor ich aufbreche.

Er würde bald nicht mehr hier sein. Nachher.

Eilig stand ich auf und suchte fieberhaft nach etwas, mit dem ich ihn noch länger hierbehalten konnte.

„Du solltest noch was essen, damit du auch genug Kraft hast", sagte ich mit zittriger Stimme. Ich klang verzweifelt. Vielleicht sogar ein bisschen, als würde ich gleich durchdrehen.

Kor erhob sich ebenfalls und legte mir die Hände schwer auf die Schultern. „Ich habe vorhin genug gegessen. Ich werde nicht einmal eine ganze Nacht lang schwimmen müssen. Sollte ich währenddessen Nahrung benötigen, steht mir in der Tiefe viel Beute zur Verfügung, die ich erlegen kann."

Ich spürte, wie mir zum unzähligsten Mal Tränen in die Augen stiegen, und blinzelte sie wütend weg. Er war so unglaublich stark. Das musste ich auch sein.

Kor legte mir die Klauen unters Kinn und hob mein Gesicht an, damit ich ihn anschaute. Noch vor ein paar Tagen wäre mir seine Miene zu fremd gewesen und ich hätte sie nicht deuten können. Doch nun, wo ich ihn besser kannte, sah ich seine Freundlichkeit und die tiefe, sehnsuchtsvolle Zuneigung.

„Weißt du noch, was ich zu dir gesagt habe, meine Zarte? Dein Schmerz ist jetzt auch mein Schmerz. Es quält mich, dich so traurig zu sehen."

Ich wollte ihm nicht wehtun. Und ich wollte ihn auch nicht mit meinem Gefühlschaos ablenken. Also kniff ich die Arschbacken zusammen, zog die Nase hoch und reckte das Kinn nach vorn.

„Mir geht's gut."

Kor neigte den Kopf zur Seite und seine blauen Sichtsterne wirkten im Dämmerlicht dunkler und tiefer. „Komm mit, meine Zarte. Ich werde dir den Weg zeigen. Wohin ich gehen werde. Vielleicht wird dir dann etwas leichter ums Herz."

Das würde nicht passieren, bis er wieder bei mir war. Aber ich nickte, weil ich seinen Aufbruch so lange wie möglich hinauszögern wollte.

Gahn Taliok, Galok und Chapman hatten bis eben ein ganzes Stück entfernt unter den Bäumen gesessen und standen nun auf, um sich zu verabschieden. Die Krieger hoben die Schwänze erneut vor die Augen und Chapman salutierte vor Kor. Ich spürte einen kleinen Stich in der Brust angesichts dieser Gesten des Respekts und der Bewunderung für ihn, und griff nach seiner Hand, um sie sanft zu drücken. Kor hob ebenfalls den Schwanz vor die Augen.

„Ich breche nun auf. Ich erwarte, dass ihr in meiner Abwesenheit für Zoeys Sicherheit sorgt." In seiner Stimme schwang ein dunkler Unterton mit.

„Sei versichert, dass wir sie beschützen werden. Wir ehren dich als Verbündeten und für dein Opfer, Kor. Wir erwarten deine Rückkehr", sagte Gahn Taliok. Chapman und Galok lächelten.

„Viel Glück", wünschte Chapman und nickte Kor zu.

Galok legte ihm eine Hand auf die Schulter. „Ich hoffe, dass wir uns bald wiedersehen", sagte er und sein Gesicht nahm einen ungewohnt ernsten Ausdruck an.

„Ich werde alles daransetzen, zu euch zurückzukehren. Für meine Gefährtin und für uns alle. Wie lange werdet ihr hier auf mich warten?"

Chapman und Gahn Taliok tauschten einen Blick miteinander.

„Was meinst du?", fragte Chapman.

„Drei Tage", sagte Gahn Taliok zu Kor.

Ich fuhr zusammen und mir blieb der Mund offen stehen. „Nur drei Tage?! Was, wenn es länger dauert?"

Niemand antwortete mir. Und dann ging mir auch auf, warum. Panik ballte sich wie eine große Faust in meiner Brust zusammen.

Weil er wahrscheinlich tot ist, wenn er länger als drei Tage braucht, um wieder herzukommen.

Tja, die anderen können ja gern abhauen, wenn sie wollen, aber ich werde nirgendwohin gehen. Das schwor ich mir im Stillen, weil mir klar war, dass niemand, nicht einmal Kor, davon begeistert sein würde. Doch ich konnte mir nicht mehr vorstellen, ohne ihn hier wegzugehen. Das war unmöglich. Undenkbar.

„Komm", sagte Kor und zog leicht an meiner Hand.

Wir ließen die anderen bei den *babkit*-Bäumen zurück, folgten aber nicht dem Weg, den Kors Mutter über die Ebene zurück zu den Zelten genommen hatte. Stattdessen gingen wir zum Wasser, wo der Untergrund mit jedem unserer Schritte felsiger und unebener wurde. Der Hain befand sich nicht direkt am Meeresufer, also mussten wir eine Weile laufen, um dorthin zu gelangen.

Kor hielt meine Hand weiter fest, während wir uns einen Weg über Felsen in unterschiedlichen Größen und Schattierungen von tiefem Rostrot, Dunkelgrau und sogar schimmerndem Schwarz suchten. Er drehte den Kopf aufmerksam von einer Richtung zur anderen und hielt nach Gahn Baldors Männern oder anderen Raubtieren Ausschau, die sich in der Nähe aufhalten könnten. In der anderen Hand hielt er seinen Speer.

Auf der Suche nach etwas, womit ich mich ablenken konnte, fragte ich ihn genau danach. „Der sieht anders aus als die Speere der Sandmeer-Krieger. Hast du ihn selbst gebaut?"

Kor hob ihn ein wenig höher und fing mit der großen Schuppenspitze die letzten Sonnenstrahlen ein. „Es war der Speer meines Vaters. Die Spitze besteht aus der Schuppe eines *hok*."

Mir lief ein Schauer über den Rücken und Kor zog mich ein wenig dichter zu sich.

„Was ist das?"

„Der *hok* ist eines der schlimmsten Ungeheuer der See. Ich selbst habe noch nie einen gesehen. Bislang war ich nur zweimal in meinem Leben hier. Zum ersten Mal als Kind, als wir meinen Vater nach seinem Tod dem Wasser übergaben. Doch laut meiner Mutter, die es aus Erzählungen meines Vaters weiß, ist der *hok* ein riesiges Tier unter den Wellen. Immer hungrig und sehr schwer zu töten."

„Dann warst du noch nie längere Zeit am Stück im Wasser unterwegs? Weißt du überhaupt, wo du hinmusst?", fragte ich. Die Felsen unter unseren Füßen wurden immer glitschiger und schließlich blieben wir stehen. Gischt wurde durch die dunklen Wellen aufgewirbelt, die ans Ufer schlugen, und legte sich als salzige Wassertröpfchen auf meine Brille. Ich fluchte leise und nahm sie ab, um sie in meine Hosentasche zu stopfen. Zum Glück brauchte ich sie nur, um in der Ferne etwas zu erkennen. Und gerade wollte ich sowieso nur sehen, was direkt vor mir war. Seine große Gestalt konnte ich problemlos ausmachen.

„Das stimmt. Abgesehen von diesem einen Mal als Kind war ich noch nie im Wasser, außer an dem Tag, als die Kell mich in ihre Höhlen gerufen haben. Und doch ..."

Er drehte die Schnauze in Richtung Meer.

„Und doch spüre ich, wie sich das Erbe meines Vaters in mir danach sehnt. Das Wasser ruft mich und ich weiß, dass ich mich dort zurechtfinden werden, ganz gleich, welches Raubtier meinen Weg kreuzt. Und abgesehen davon hat meine Mutter mir auch erklärt, wohin meine Reise gehen wird. Sie hat mir beschrieben, wo das Volk meines Vaters lebt."

Kor zog meine Hand nach oben, als er aufs offene Meer deutete. Dann stellte er sich hinter mich, ohne meine Finger loszulassen, und ließ seine Schnauze auf meiner Schulter ruhen.

„Siehst du das? Dieses Land in der Ferne?"

Ich zog meine Brille aus der Tasche, putzte sie kurz und setzte sie mir rasch auf die Nase. Mit verengten Augen suchte ich den Horizont dort ab, wohin Kor mit meiner

Hand wies. In der Dämmerung war es schwer, etwas auszumachen. Doch dann sah ich ihn. Einen kleinen Hügel in der
Ferne, der mehr wie ein Schatten als eine Landmasse aussah.

„Das ist die Heimat meines Vaters. Sein Volk lebt dort in
Höhlen in diesem Berg der Bittersee."

„Wir nennen so was eine Insel", sagte ich. „Aber Moment mal, dann warst du doch schon mal da? Als die Kell
dich in die Höhlen gerufen haben?"

„Nein", antwortete er. „Die Grotten der Kell sind nicht
dort. Sie befinden sich auf dieser Seite der Küste, an einem
anderen Teil der See."

Dann wusste er wirklich nicht, was ihn erwartete. In mir
stieg der absurde Impuls auf, meine Brille abzunehmen und
sie ihm auf die Schnauze zu setzen, als würde das irgendwas
helfen. Als wäre er damit sicherer unterwegs.

Aber ich konnte nicht für seine Sicherheit sorgen. Ich
fühlte mich so hilflos und konnte absolut nichts für ihn tun.
Ihn nicht unterstützen.

Doch da gab es etwas, das ich ihm mit auf den Weg
geben konnte. Etwas, das ich ihm jetzt und hier sagen konnte.

„Du musst zu mir zurückkommen." Ich legte die Hände
an seinen Hals, um ihn zu mir runterzuziehen. Er kam meiner Aufforderung nach und schaute mir tief in die Augen.

„Das werde ich. Meine Liebe wird ..."

„Nein", unterbrach ich ihn hastig. „Nein, hör mir zu.
Du musst zurückkommen, und zwar nicht nur wegen deiner
Liebe. Sondern auch wegen meiner. Okay? Ich liebe dich.
Und ich will dich nicht verlieren."

Jeder Muskel in Kors Körper spannte sich an und er fühlte sich auf einmal noch härter unter meinen Fingern an. Seine Stimme glich eher einem angestrengten Zischen.

„Du weißt nicht, wie lange ich auf diese Worte gewartet habe. Wie sehr ich mich nach ihnen gesehnt habe. Aber ..." Seine Brust hob und senkte sich schwer und er drückte die Schnauze an meinen Hals. Seine nächsten Worte spürte ich als heißen Luftzug auf meiner Haut, der mir eine wohlige Gänsehaut bescherte.

„Aber ich will deine Worte nicht, wenn nur mein drohender Tod sie heraufbeschworen hat. Wenn sie nur eine Geste der Freundlichkeit sind oder aus Mitleid gesprochen. Falsches Glück, das mich in den Wellen wärmen soll."

Doch noch während er sprach, verriet ihn sein Körper. Seine schweren Hände fuhren über meinen Rücken nach oben und er schmiegte die Schnauze fester an meinen Hals.

„Sind sie nicht", erwiderte ich nachdrücklich und schob seinen Kopf ein Stück zurück, damit er mich ansah. Dann nahm ich die Brille wieder ab und lehnte die Stirn gegen die Spitze seiner Schnauze.

„Ich liebe dich auch, Kor. Das sage ich nicht aus Mitleid. Kein bisschen. Ich wollte nur, dass du das weißt. Wenn ich es nicht gemacht hätte und dir passiert wirklich was ..." Den Rest der Worte brachte ich gar nicht mehr heraus.

„Ich verstehe", raunte Kor an meiner Haut. Dann strich er mit der Schnauze nach unten, bis sein Mund meinen traf. Mir entkam ein heißes Keuchen und ich öffnete die Lippen für seine gespaltene Zunge. Verlangen schoss so plötzlich durch meinen Körper, dass mir die Luft wegblieb. Tosender als die Wellen, die sich zu unseren Füßen gegen die Felsen warfen. Ich öffnete den Mund, so weit ich konnte, weil ich Kors Zungen so tief wie möglich in mir spüren wollte. Ich wollte, dass sie mich eroberten, überwältigte. Ich wollte so sehr von ihm erfüllt sein, dass er sich so sehr in mein Gedächtnis einbrannte, dass keine Distanz zwischen uns etwas daran ändern konnte.

Ich ließ die Hände zu Kors Lendenschurz wandern. Während meine Zunge weiter mit Kors spielte, zerrte ich blind so lange an dem Stück Leder, bis ich es zusammen mit seinem Messer zu Boden fallen lassen konnte. Als ich mich dann wieder zur Mitte tastete, schnappte ich überrascht nach Luft und stöhnte leise auf, als ich merkte, dass sein Schaft sich bereits hart aufgerichtet hatte.

Kor löste sich mit einem wilden Knurren aus unserem Kuss und ein Beben ließ seinen großen Körper erzittern, als ich meine Hand an seiner Länge auf und ab gleiten ließ. Aber ich wollte mehr.

„Setz dich", forderte ich ihn atemlos auf und presste die Oberschenkel leicht zusammen. Seine Sichtsterne blieben fest auf mein Gesicht gerichtet, aber er gehorchte. Ich kniete mich zwischen seine Beine und ignorierte dabei den harten Fels und die spitzen Steinchen. Mit einer Hand strich ich weiter über deinen dunklen Schaft, mit der anderen fuhr ich über den merkwürdigen Ring aus nachgiebigen schwarzen Fortsätzen an der Basis. Kor reagierte, indem er mir das Becken entgegendrängte, und seine Erektion zuckte in meinem Griff.

Aber dieses Mal würde mehr als nur meine Hände zum Einsatz kommen. Ich hatte noch nie jemandem einen geblasen, aber sicher konnte ich mich dabei auf meinen Instinkt verlassen oder? Das hier war ja noch nicht mal ein menschlicher Penis, also würden mir Erfahrungen, die ich auf der Erde gesammelt hatte, möglicherweise sowieso nicht viel weiterhelfen. Ich wusste nur, dass ich ihn schmecken, mit der Zunge seine Länge erforschen, an den Stacheln knabbern und die Reaktionen seines Körpers darauf fühlen wollte.

Ich senkte den Kopf und leckte vorsichtig über seine Spitze. Kor gab einen erstickten Laut von sich und grub die Krallen in die Steine neben seinen Hüften. *So weit, so gut ...*

Einen Moment lang zog ich mich zurück und betrachtete ihn genauer. Als sich ein Tropfen Flüssigkeit an dem kleinen Schlitz in der Spitze bildete, schickte das beinahe animalische Lust durch meinen Körper. Endlich verstand ich, warum alle immer so einen Aufriss darum machten, wenn man so sehr auf jemanden stand. Die beinahe schon primitiven Triebe, die an die Oberfläche drängten. Denn die machten sich gerade definitiv in mir bemerkbar. Ich wollte ihm nicht nur einen blasen. Meine Pussy sehnte sich danach, ihn in mir zu spüren.

Aber erst mal blieb ich, wo ich war. Ich ließ die Zunge über die Länge seiner Härte nach oben gleiten und kostete die Feuchtigkeit an der Spitze. Das schmeckte alles andere als schlecht. Überhaupt nicht. Ein wenig salzig und wie die Gischt, die sich auf meiner Haut und in meinen Wimpern sammelte. Als ich mit der Zunge gegen den kleinen Schlitz stupste, stieß Kor einen scharfen Laut aus, ein raues Ausatmen. Ich stützte mich auf seinen kräftigen Oberschenkeln ab und spürte, wie die Muskeln unter meinen Fingern vibrierten. Zitterten.

Plötzlich fühlte ich mich gar nicht mehr hilflos. Ich hatte keinen Einfluss darauf, was Kor dort draußen passieren würde. Aber auf diesen Moment hatte ich sehr wohl Einfluss. Hier, wo es nur uns beide gab, hatte ich so viel Macht. Kor verlieh mir diese Macht. Er war größer und stärker als ich, daran gab es nichts zu rütteln. Aber in diesem Moment überwältigte ich ihn mit jeder Bewegung, jeder Berührung, jedem Gedanken, den ich in die Tat umsetzte.

„Zoey", brachte er heiser hervor, als ich die Lippen nach unten gleiten ließ, um über die Stacheln zu lecken. Vorsichtig knabberte ich an einem, neckte die feste Haut mit den Zähnen, was mir ein tiefes Stöhnen von Kor einbrachte.

„Ich weiß nicht, wie lange ich das noch aushalte", keuchte er. Er legte mir eine Hand auf den Hinterkopf, strich mir dann jedoch über die Wange und zog mich von seiner Erektion weg. Das war in Ordnung. So sehr ich seine Reaktionen auf meinen Mund genoss, ich hielt das auch nicht mehr lange durch. Ich brauchte mehr. Zwischen meinen Beinen spürte ich ein intensives Pulsieren, eine Hitzewelle jagte über meine Haut hinweg.

Eilig stand ich auf und zog mich komplett aus. Kor stöhnte auf, rührte sich aber nicht, sondern beobachtete mich nur. Als seine Sichtsterne über meinen Körper wanderten und zwischen meinen Beinen hängen blieben, ruckte sein Becken nach oben und sein Schaft zuckte.

„Sollte ich heute Nacht mein Leben lassen, werde ich als glücklichster Krieger dieser Welt sterben. Der Segen deiner Schönheit ... ist ein unglaubliches Geschenk", sagte er atemlos.

Ich ging in die Hocke und krabbelte nach oben, bis ich rittlings über seiner Hüfte kniete. Als ich mich in Position brachte, streifte meine Pussy über seine harte Länge, was uns beide zum Stöhnen brachte.

„Hör auf damit", flüsterte ich und ließ mich knapp oberhalb seines Schafts nieder, sodass er sich nun an meinen Hintern drückte. Ich wollte nicht ans Später denken. Ich wollte nicht, dass dieser Moment von Traurigkeit überschattet wurde.

„Vergib mir", raunte er mir heiser zu und umfing meine Taille mit beiden Händen. Mit einem leisen Brummen drehte er die Klauen nach oben, um mit den rauen Fingerkuppen über meine Brüste zu streichen. Das elektrisierende Kribbeln, als er meine Nippel umspielte, ließ mich den Rücken durchbiegen und entlockte mir einen Aufschrei. Ich stützte mich mit beiden Händen auf seinem Bauch ab und drängte mich nach hinten, weil mir meine Selbstbeherrschung zunehmend entglitt, als er weiter meine Brüste erst streichelte und sie dann massierte.

Einige der nachgiebigen Fortsätze um seinen Schaft bogen sich unter meinen Bewegungen nach oben und ich stöhnte auf, als einer von ihnen in mich glitt. Kors Sichtsterne verteilten sich mit einem Ruck nach außen und er umfasste meinen Hintern mit festem Griff. Der Stachel fühlte sich so, so gut in mir an. Aber es war nicht mal annähernd genug. Er hatte nur etwa den Umfang meines Daumens und ich brauchte mehr.

Kor offensichtlich auch. Er blähte die Nasenflügel und seine Fänge schimmerten hell im Licht der aufgehenden Sterne. Ich stemmte mich hoch, sodass der Stachel aus mir herausglitt, und versuchte, mich so zu positionieren, dass ich seinen Schaft in mich aufnehmen konnte. Aber er war einfach zu lang und meine Beine zu kurz.

„Leg dich hin", forderte ich ihn atemlos auf und Kor gehorchte, ohne zu zögern. Ich lehnte mich nach vorn und tastete mit einer Hand hinter mich, um seine Härte gegen seinen Bauch zu drücken und die Spitze auf meine Öffnung zu richten. Dann rutschte ich langsam nach hinten und als meine Klitoris dabei über seine Stacheln rieb, entwich mir ein lustvolles Keuchen. Einen halben Atemzug später spürte ich die harte, glatte Spitze an meiner Pussy. Kors Becken zuckte nach oben, doch er unterband die Bewegung, bevor er in mich eindringen konnte. Ich wimmerte leise, weil er so mit den Stacheln über meine Schamlippen rieb und gegen meine Klit stupste.

„Bist du dir sicher, Zoey?", fragte Kor. Seine Finger gruben sich fest in meinen Hintern und seine Brust hob und senkte sich unter mühsam beherrschten Atemzügen. Ich biss mir auf die Unterlippe und schob die Hüften dann nach hinten, immer weiter und weiter. Als seine Spitze in mich eindrang, entkam mir ein leises Seufzen.

„Ja, Kor", brachte ich gerade so hervor und drängte mich fester gegen ihn, nahm mehr von seiner Spitze in mich auf. „Ich bin mir sicher. Ich will das hier. Ich will dich."

„Ich möchte dir nicht wehtun", knurrte er.

Ich hatte noch nie penetrativen Sex gehabt und mir war klar, dass es am Anfang ein bisschen unangenehm werden könnte. Mal ganz abgesehen von der Tatsache, dass das hier kein normales erstes Mal zwischen zwei Menschen war. Kor war größer als ein Mensch. Aber er war auch so sanft und rücksichtsvoll und beherrschte sich so sehr, nicht einfach in meine mehr als feuchte Pussy zu stoßen. Seine Hüften zuckten ganz leicht nach oben, doch er behielt sich mit eisernem Willen unter Kontrolle.

„Halt einfach still", flüsterte ich. Dann ließ ich mich tiefer sinken und schnappte unwillkürlich nach Luft, als ich ihn tiefer in mir spürte. Ich war schon so feucht und er auch, was die Sache etwas einfacher machte. Aber er war immer noch verdammt groß. Riesig. Ich hielt einen Moment lang inne, schob mich dann ein Stückchen nach vorn, bevor ich erneut nach hinten rutschte, um mehr von ihm aufzunehmen.

Kors Kehle entrang sich ein lang gezogener, heiserer Laut, und sein Griff um meinen Hintern wurde noch fester. Seine Erregung war beinahe greifbar.

„Tut mir leid, dass ich so langsam bin", sage ich und versuchte, ihn tiefer in mich gleiten zu lassen, nur um prompt zusammenzuzucken, als ich ein schmerzhaftes Ziehen in mir spürte.

Kors lustvernebelte Sichtsterne richteten sich sofort auf mich. „Entschuldige dich nicht. Nicht dafür. Du hast mir schon so viel mehr Lust geschenkt, als ich je zu empfinden gehofft hatte."

Seine Worte fuhren mir direkt zwischen die Beine und ließen mich meine inneren Muskeln anspannen. Das entlockte ihm ein Zischen und ich bewegte mich erneut vor und zurück, nahm ihn jedes Mal ein bisschen weiter auf. Jeder Funke Schmerz wurde sofort durch Hitze und Lust verdrängt, die sich in mir zusammenballten.

Schließlich schaffte ich das letzte Stück und spürte nun seine feuchten Stacheln um meine Öffnung – die über meine Schamlippen, meine Klit und meinen Hintern strichen. Die sanfte Reibung war ein krasser Kontrast zu Kors Härte in mir. Ich lehnte mich nach vorn, bis ich praktisch auf ihm lag, und meine Erregung stieg in ungeahnte Höhen, als meine Klit durch mein Körpergewicht gegen die Fortsätze gepresst wurde.

Doch in dieser Position konnte ich mein Becken nicht mehr bewegen. Oh *Dieu*, das brauchte ich aber dringend.

„Beweg die Hüften vor und zurück, aber mach ganz langsam", murmelte ich an Kors Brust und schmiegte die Wange gegen seine schuppige Haut. Seine Hände hielten meinen Hintern immer noch wie in einem Schraubstock fest und er begann, mit kurzen, ruckartigen Bewegungen in mich zu stoßen. Jedes Mal entkam mir ein Wimmern. Er traf einen Lustpunkt tief in mir, der mich zusammen mit den Stacheln, die über meine Klit rieben, schon jetzt an den Rand des Orgasmus brachten.

„Mehr", flehte ich und Kor kam meinem Wunsch mit einem Brummen nach, indem er das Tempo anzog. Noch immer waren seine Stöße beherrscht, wofür ich wirklich dankbar war. Er war so groß, so stark und er musste vorsichtig sein.

Aller Schmerz war verflogen, nur noch eine heiße Erinnerung, und zurück blieb ein erfüllendes Pulsieren in mir, das mich dehnte, bis es nicht mehr ging, und jeden meiner Sinne überrollte. Alle Kraft wich aus meinem Körper, meine Muskeln entspannten sich, während er weiter seinen harten Schaft in mir bewegte. Schließlich löste er eine Hand von meinem Hintern und schob sie in meine Zöpfe und über meine Kopfhaut, was jeden Nerv in mir erwachen ließ.

Und das gab mir den Rest. Seine Finger in meinen Haaren und sein Schaft in meiner Pussy ließen mich mit einem Aufschrei den Rücken durchbiegen. Jetzt waren meine Muskeln nicht mehr entspannt – ganz im Gegenteil. Jeder einzelne fühlte sich lebendig an und verspannte sich. Ich stemmte Hände und Ellenbogen gegen seinen Bauch und drückte mich ein wenig nach oben. Kor ließ die Fingerspitzen an einem meiner Zöpfe nach unten gleiten, hielt den Blick aber fest auf mein Gesicht gerichtet. Seine Miene war so hart und wild, und dann spürte ich, wie er pulsierend in mir kam. Er schnappte in die Luft und noch vor ein paar Tagen hätten mir seine Fänge und das animalische Brüllen, das er ausstieß, eine Heidenangst eingejagt. Aber jetzt? Jetzt konnte ich davon nicht genug bekommen.

Wieder und wieder glitt er in mich hinein und kostete den Höhepunkt voll aus, während meine Muskeln sich im gleichen Takt um ihn verengten. Als er schließlich zur Ruhe kam, ließ ich mich auf seine Brust sacken, behielt seinen großen Schaft aber weiter in mir.

Ich rührte mich nicht. Atmete kaum. Sagte kein Wort.

Wenn ich mich ganz still und leise verhielt, würde der Moment nicht enden und er musste mich nicht verlassen.

Aber das war natürlich dumm. Und selbst wenn Kor sich auch wünschte, einfach weiter mit mir hier liegen zu bleiben, war er doch zu pflichtbewusst dafür. Er musste los. Das wusste ich. Wirklich. Aber trotzdem ...

Deswegen tat ich, als würde ich ihn nicht hören, als er mich ansprach. Ich schmiegte mich dichter an ihn, atmete tief seinen Duft nach Leder und Sand ein. Doch er wiederholte seine Worte, lauter dieses Mal. Und ich biss mir auf die Lippe, als mir klar wurde, dass ich mich nicht länger taub stellen konnte.

„Steh auf, kleine Gefährtin. Es ist an der Zeit für mich zu gehen."

KAPITEL ZWEIUNDZWANZIG
Kor

ICH WAR EIN FURCHTBARER Gefährte. Da erfüllte ich meine Gefährtin zum ersten Mal – für uns beide zum ersten Mal – mit meinem Samen, nur um im nächsten Moment aufzuspringen und anderen Pflichten nachzugehen. Meine einzige Verpflichtung sollte darin bestehen, die ganze Nacht über an ihrer Seite zu bleiben, mich um sie zu kümmern und sie erneut mit meinem Schaft und Samen zu erfüllen, wenn sie wieder bereit dafür war.

Doch es sollte nicht sein.

„Steh auf, kleine Gefährtin. Es ist an der Zeit für mich zu gehen."

Die Worte schmerzten mich sehr und dann noch mehr, als ich sie wiederholen musste, weil Zoey sich nicht rührte. Ich spürte ihre feuchte, enge Hitze noch um mich und war noch so tief in ihr, dass ich mich daraus nicht zurückziehen wollte. Doch auf mich warteten nun andere tiefe Gefilde. Die deutlich kälter und weniger einladend waren als Zoeys Körper.

Sie stemmte sich ein wenig hoch, ohne ganz von mir hinunterzusteigen. Ich richtete mich auf, hob Schultern und

Kopf vom Boden, sodass unsere Gesichter sich auf gleicher Höhe befanden. Das war wahrlich der schönste Moment meines Lebens. Zoey saß auf mir, ihr Schoß hielt mich umfangen und kein Fetzchen Kleidung trennte uns voneinander, nicht einmal ihre Brille. Das Licht des Mondes und der Sterne verwandelte ihre Zöpfe in silberne Schnüre und ihre Augen schimmerten tiefer als die Bittersee. Sie war eine Erscheinung, eine Vision, so perfekt, dass mich das Gefühl beschlich, sie mir vielleicht nur zu erträumen.

Doch sie war echt. Und sie brauchte meinen Schutz. Weswegen ich sie nun zurücklassen musste.

Sie schaute mich jedoch nur weiter an und machte keine Anstalten, tatsächlich aufzustehen. Schließlich schob ich die Finger unter ihre Kehrseite, achtete aber sorgsam auf meine Krallen unter ihren Oberschenkeln, als ich sie vorsichtig hochhob. Als ich aus ihr herausglitt, entlockte mir die Bewegung ein Zischen und meine Hüften stießen instinktiv nach oben. Ich setzte mich ganz auf und stellte Zoey neben mir auf die Beine, bevor ich mich ebenfalls erhob.

„Ich will dich nicht gehen lassen", sagte sie. Und Schande über mich, weil ich so schwach war. Beinahe hätte ich ihr versprochen, bei ihr zu bleiben, und uns damit beide ins Unglück gestürzt. Ich zwang mich, den Blick von ihr abzuwenden, und sammelte meinen Lendenschurz und meine Waffen – Speer und Messer – vom felsigen Untergrund auf.

„Das solltest du auch nicht wollen. Konzentrier dich lieber auf unser Wiedersehen", murmelte ich und wandte mich ihr noch einmal zu. Sie kniff die Lippen zusammen und schüttelte mit großen Augen den Kopf, bevor sie dicht zu mir trat und die Stirn an meine Brust lehnte. Oh, wie sehr ich sie begehrte. Selbst jetzt, wo ich gerade erst Erlösung in ihr gefunden hatte, ließ mich das Verlangen erneut hart werden. Ich strich mit beiden Händen über ihren Rücken nach oben, zog sie dann jedoch sanft an den Schultern von mir weg.

„Kleide dich an, kleine Gefährtin. Die Nacht ist kühl", drängte ich sie. Einen langen Moment schaute sie mich nur an, dann legte sie jedoch ihre Kleidung wieder an, bis sie zum Schluss die Schnüre an ihren Fußbedeckungen verknotete und sich dann die Brille wieder auf die Nase setzte. Jetzt sah sie wieder aus wie an dem Tag, als ich sie zum ersten Mal erblickt hatte. Unendlich schön.

Ich nahm meine Habseligkeiten in eine Hand, damit ich den anderen Arm um ihre Schultern legen konnte.

„Ich werde dich zum Hain zurückbringen und mich versichern, dass dir dort keine Gefahr droht, bevor ich aufbreche." In diesem Punkt ließ ich nicht mit mir reden – ich würde Zoey nirgendwo allein hingehen lassen. Und jetzt kam mir das entgegen, weil es meinen Aufbruch noch um ein paar Augenblicke verzögerte. Ein paar Augenblicke, in denen ich in der Anwesenheit meiner Gefährtin schwelgen konnte. In ihrer Liebe.

Sie hatte mir gestanden, dass sie mich liebte. Nicht wahr? Auf dem Weg zurück zum *babkit*-Hain überfiel mich auf einmal die Angst, dass nichts von dem wirklich geschehen war, was ich gerade erlebt hatte. Wir erreichten den Rand des Wäldchens und ich hörte Gahn Talioks Stimme in der Dunkelheit. *Sie ist jetzt sicher.*

Aber ich war noch nicht bereit, sie gehen zu lassen. Ich musste die Worte noch einmal hören. Vielleicht machte mich das zu einer erbärmlichen Kreatur. Vielleicht machte es mich schwach. Aber es war, wie es war. Wenn ich schwach war, dann nur für sie.

„Zoey, sag mir noch einmal, was du mich am Wasser hast hören lassen. Es tut mir leid, dich um etwas bitten zu müssen, ich entschuldige mich für mein Flehen. Aber ich … Ich muss es noch einmal hören. Bevor ich gehe."

Zoey erstarrte einen Moment, doch dann stellte sie sich mir gegenüber und legte die warmen Hände auf meine Schuppen. „Ich liebe dich, Kor. Ich liebe dich und du musst zu mir zurückkommen."

Ah. Es stimmte also. Es war tatsächlich wahr.

Und ich fühlte mich nicht länger schwach, sondern mehr als stark. So stark, als könnte ich die schwarzen Schatten des Todes mit meinen Klauen entzweireißen, wenn Zoey mich darum bat.

Ich strich mit den Fingerspitzen über ihre flache Stirn, die runden Wangen hinunter zu ihrem kleinen Kinn, bevor ich mich zu ihr beugte und ihren Mund mit der Schnauze anstupste. Seufzend drückte sie die Lippen auf meine Haut und bewegte sie leicht darüber. Doch ich hatte bereits zu lange gewartet. Die Zeit rann mir durch die Finger wie die Wellen, die sich vom Ufer zurückzogen.

„Es ist Zeit", sagte ich und meine Worte landeten wie Steine zu ihren Füßen. Schwer und endgültig.

Ich beobachtete, wie ihre merkwürdigen menschlichen Tränen hervortraten und in schimmernden Bahnen über ihre Wangen liefen. Doch meine starke Gefährtin gab nicht auf, brach nicht zusammen. Sie nickte nur.

„Denk an dein Versprechen. Denk daran, dass du nach Hause kommen musst", sagte sie und ich hörte ihr an, wie sehr sie sich bemühte, das Zittern ihrer Stimme zu beherrschen.

„Ich werde daran denken. Immer. Hier, nimm das an dich."

Ich reichte ihr meinen Speer, das Messer und den Lendenschurz.

Erschrocken riss sie die Augen auf. „Aber die brauchst du! Du musst dich doch schützen."

„Die Waffen werden mir beim Schwimmen nur hinderlich sein. Sollte ich mich gegen Angehörige vom Volk meines Vaters zur Wehr setzen müssen, wird mir kein Speer und keine Klinge dabei helfen können. Aber es tröstet mich, wenn du sie bei dir hast."

Wortlos nahm sie alles entgegen. Die Waffen sahen in ihren kleinen Händen so riesig aus. Und am liebsten hätte ich mich der Verzweiflung hingegeben. Der Verzweiflung darüber, dass sie so winzig und zart war, dass ich sie schutzlos zurücklassen musste. Dass wir voneinander getrennt sein würden.

Sie drückte sich meine Besitztümer an die Brust und schenkte mir noch einen letzten, langen Blick. Dann wandte sie sich ohne ein weiteres Wort ab und verschwand in den Schatten der *babkit*-Bäume. Ich verlor sie zwischen den Stämmen schnell aus den Augen und blieb einen weiteren Moment stehen, um vielleicht doch noch einen Blick auf sie zu erhaschen.

Beweg dich, Kor.

Ich konnte das Unausweichliche nicht länger hinauszögern. Also wandte ich mich von den Bäumen ab und ließ die Stimmen von Zoey und den anderen hinter mir zurück, während ich zum Ufer ging.

Das Wasser schlug zu meinen Füßen dunkel und hungrig gegen die Felsen. Das kühle Nass fühlte sich gut an. Als wäre ich an einem Ort, der mir vorbestimmt war. Für meinen Vater musste es schwer gewesen sein, das hinter sich zu lassen und den Rest seines Lebens in der Wüste zu verbringen. Doch wenn er für meine Mutter auch nur einen Bruchteil dessen empfunden hatte, was ich für Zoey fühlte, konnte ich diese Entscheidung nachvollziehen. Ich würde absolut alles aufgeben, um bei ihr zu sein. Ich würde mir selbst die Haut abziehen, sollte es notwendig sein.

Und ich würde das Volk meines Vaters aufsuchen und damit vielleicht dem Tod ins Auge sehen.

Ich atmete noch einmal tief durch und watete bis zu den Knien ins Wasser, dann bis zur Hüfte, bis mir die Wellen gegen die Brust schlugen, als wollten sie mich nach Hause holen. Ich holte tief Luft und tauchte dann Kopf über unter. Mein Körper flog geradezu durchs Wasser. Ich konnte meinen Atem sehr lange anhalten, war aber nicht in der Lage, unter der Oberfläche zu atmen. Und Schwimmen verbrauchte mehr Energie, was bedeutete, dass mir die Luft nicht so lange reichen würde wie sonst. Ich würde also in regelmäßigen Abständen auftauchen müssen.

Doch wenn ich mich zur Höchstgeschwindigkeit antrieb, würde ich unterhalb der tosenden Wellen trotzdem zügig vorankommen. Nichts würde mich aufhalten. Auch die Dunkelheit nicht. Das letzte Mal war ich nachts geschwommen, als die Kell mich zu sich gerufen hatten, und genau wie damals gewöhnten sich meine Augen innerhalb kürzester Zeit an die Schwärze. Die wenigen kleinen Wasserkreaturen, die mir begegneten, ergriffen sofort die Flucht, und mein Weg lag offen vor mir.

Mithilfe von Schwanz und Beinen pflügte ich durchs Wasser. Immer weiter, nur unterbrochen von kurzen Atemzügen an der Oberfläche, gefolgt von schnelleren Bewegungen, um die verlorene Zeit wieder aufzuholen.

Doch obwohl ich gut vorankam, näherte ich mich erst bei Sonnenaufgang der *Insel*, wie Zoey es genannt hatte. Die Dämmerung schimmerte im Wasser und erhellte das Land der *Insel*, führte mich direkt dorthin. Noch war ich mir nicht sicher, ob das Licht gut oder schlecht war. Wahrscheinlich entdeckte man mich am Tag schneller, aber schließlich war ich hier, um mit diesen Leuten zu sprechen. Also musste ich mich so oder so sehen lassen.

Trotzdem tauchte ich nach dem letzten Atemzug wieder ab. Damit bot ich immerhin einem Speer kein direktes Ziel.

Doch schon bald wurde das Wasser flacher. Hier gab es keine Felsen am Ufer, sondern weichen Sand, der sogar noch feiner als der in der Wüste war, und heller in der Farbe. Langsam kroch ich weiter, blieb aber größtenteils unter der Oberfläche und schaute mich suchend um. Bislang konnte ich niemanden entdecken.

Schließlich betrat ich die Sandfläche, behielt meine geduckte Haltung aber bei und genoss die wärmenden Strahlen der Sonne nach der langen Zeit in der Dunkelheit. Vom Strand aus stieg das Land in einem leichten Abhang an, auf dem ich *babkit*-Bäume und Büsche entdeckte, deren Blätter wie hübsche Steine glänzten. Dunkle Ranken, die an die *veroar* in Talioks Bergen erinnerten, wanden sich zwischen den *babkit*-Ästen hindurch und ich entdeckte die huschenden Flügel von *brazel*-Vögeln und *drizel*-Fliegen. Ein Tier mit einem Panzer, der aussah wie die Oberfläche eines unserer Monde, floh vor meiner Hand. Blitzschnell griff ich danach, erwischte es noch und zermalmte den Panzer, um sein Inneres zu essen. Der Weg hierher hatte mir viel abverlangt und ich wusste nicht, wann ich wieder Nahrung bekommen würde.

Das Fleisch war gut, zart und erinnerte im Geschmack entfernt an die See. Als ich fertig war, warf ich den Panzer beiseite.

Die *Insel* war groß, aber nicht so groß, dass ich weit laufen musste, um auf ihre Bewohner zu treffen. Die *babkit*-Bäume und die anderen Pflanzen standen dichter zusammen und waren größer, als ich es je irgendwo gesehen hatte, also war es durchaus möglich, dass sich schon in diesem Moment Krieger zwischen ihnen verbargen, doch bisher hörte ich nichts bis auf das Zwitschern der Vögel und das Summen der Insekten.

Ich trottete zurück zum Wasser und tauchte hinein, während die Sonne immer höher stieg und die Umgebung erhellte. Ich schwamm an der Küste der Insel entlang. Nach dem schier endlos langen Strand erreichte ich eine Art Einbuchtung. Eine Lagune, in der die See flach und warm in ein großes Becken mit sandigem Boden überging, umgeben von Fels und Sand. Auf der gegenüberliegenden Seite der Lagune entdeckte ich eine Öffnung in der Felswand. Und die wurde von zwei Männern bewacht.

Meine Sichtsterne zogen sich zusammen und ich ließ mich tiefer ins Wasser sinken. Dieser Eingang führte wahrscheinlich zu den Höhlen, in denen das Volk der Bittersee lebte. Ich musterte die zwei Wachen und schätze ihre Fähigkeiten ab. Ihre Speere sahen meinem ähnlich, waren aber doch etwas anders. Selbst von hier aus erkannte ich, dass die beiden Männer mich um einen Kopf überragten und ihre Schultern breiter waren als meine. Ihre Schnauzen waren länger und spitzer und während ich an einigen Körperstellen glatte Haut besaß, waren sie offenbar komplett von Schuppen bedeckt. Außerdem hatte ihre Haut eine andere Farbe als meine. Die Schuppen des linken Manns waren von einem tiefen, schlammigen Grün, das an seinen Stacheln beinahe schwarz wirkte – an seinem Hals, den Armen und auf dem Rücken. Der andere Mann schimmerte braun und grau, seine Brauenwölbungen und die Stacheln waren tiefrot.

Wer die beiden waren, wusste ich nicht. Tatsächlich wusste ich überhaupt nur sehr wenig über das Leben hier. Alle meine Kenntnisse stammten aus Erzählungen meiner Mutter, die auf dem Wenigen basierte, was mein Vater ihr berichtet hatte. Offenbar gab es hier einen Anführer, den Hakah, und zu Zeiten meines Vaters hatten etwa hundert Personen in den Höhlen gelebt, die Frauen und Kinder mitgezählt. Das Volk der Bittersee teilte das in der Wüste herrschende Missverhältnis von Männern und Frauen nicht, was bedeutete, dass es hier sicher dreißig starke Krieger gab, wenn nicht sogar mehr.

An diesen Wachen kam ich niemals ungesehen vorbei und was würde mir das auch bringen? Mich an den beiden vorbeizuschleichen, nur um dann in den Höhlen auf mehr Leute zu treffen. Nein, ich würde meine Anwesenheit kundtun, gleich hier, und darauf hoffen, dass die Männer mich nicht auf der Stelle töteten.

Einen Moment lang wartete ich aber noch und schloss die Augen. Ich beschwor Zoeys Abbild vor meinem inneren Auge herauf – ihre runden, glänzenden Augen, die Form ihres Gesichts, die braunen Spitzen ihrer Brüste, ihre feuchte Enge. *Falls ich jetzt sterbe, tue ich es mit dieser Erinnerung.*

Ruhig und gewappnet richtete ich mich im Wasser auf und stand damit am äußeren Ende der Lagune.

Die beiden Krieger bemerkten mich sofort. Zuerst reagierten sie nicht aggressiv, weil sie mich auf den ersten Blick zweifellos für ein Mitglied ihres Clans hielten. Doch dann schauten sie genauer hin und ich hörte sie fauchen.

Sie ließen mir keine Gelegenheit, etwas zu sagen, bevor die Speere auch schon auf mich zuflogen. Einer verfehlte mich. Der andere erwischte mich an der Schulter. Ich stellte meine Stacheln einen Moment zu spät auf, sodass die *hok*-Schuppe meine Haut durchschnitt und dunkles Blut meinen Arm hinunterfloss.

Nun, dann ist wohl doch rohe Gewalt nötig. Seufzend kauerte ich mich im Wasser zusammen, denn die Krieger waren bereits auf dem Weg zu mir. Ich würde nicht beide gleichzeitig abwehren können. Da war ich mir sicher. Also zog ich mich zurück und wich seitlich aus, um einen Felsen zu erklimmen und die beiden Wachen damit zu zwingen, mir zu folgen.

Sie jagten mir nach, doch ich hatte den Eingang zu den Höhlen schon fast erreicht. Kurz bevor ich mich in die Dunkelheit stürzen konnte, packte mich der grün geschuppte Krieger am Schwanz und zog mich mit einer Kraft nach hinten, wie ich sie noch nie bei einem Gegner erlebt hatte. Ich fiel hart auf die Brust und sah gerade noch, wie mehr mit Speeren bewaffnete Männer im Tunnel zu den Höhlen auftauchten.

Doch ich war noch nicht bereit, mich dem Tod zu ergeben. Nicht, bevor ich Zoey noch einmal gesehen hatte.

Als der braun geschuppte Krieger zu dem anderen aufschloss und mich am Bein packte, holte ich tief Luft und brüllte so laut ich konnte in ihrer Sprache: „Ich bin Kor! Sohn des Kon! Ich bin weit gereist, vom Land jenseits der Wellen, um mit dem Hakah zu sprechen!"

Die beiden Wachen erstarrten, doch ihr spürte ihre Klauen, die sich weiterhin unerbittlich in meinen Schwanz und meine Beine gruben. Ein Fauchen ging durch die Gruppe von inzwischen sicher fünfzehn Männern vor mir.

„Wie kannst du es wagen, dich Sohn des Kon zu nennen. Kon war einer unserer stärksten Krieger, der Bruder des tapferen Hakah Gog. Er hätte niemals einen Sohn hervorgebracht, der so klein und schwach ist wie du", knurrte einer der Krieger, die mich festhielten.

Ich ließ nicht zu, dass diese Worte meinen Stolz verletzten. Das würde meinem Auftrag nicht dienen. Ich war nicht hier, um mich diesen Männern zu beweisen oder meinen Stolz zu zeigen. Ich war nur hier, um meiner Zarten zu Diensten zu sein.

„Lasst mich ihn ansehen!"

Eine befehlsgewohnte Stimme dröhnte über die Anwesenden hinweg und die Männer, die sich am Eingang des Tunnels versammelt hatte, machten sofort Platz und schlugen sich mit den Fäusten gegen die Brauenwölbungen. Ein riesiger Mann, größer als alle anderen, erschien. Von allen dieser Gruppe sah er mir am ähnlichsten. Unsere Haut hatte beinahe dieselbe Färbung – ein tiefes Graublau mit schwarzen Stacheln. Doch als er näher kam, bemerkte ich erschrocken, dass er keine Sichtsterne besaß. Keiner der Männer tat das. Stattdessen entdeckte ich eine runde Scheibe im Innenwinkel ihrer Augen, die sich ausdehnte und zusammenzog. Als der Mann vor mir in die Hocke ging, erweiterte sich die leuchtend blaue Scheibe in seinen schwarzen Augen so sehr, dass das Schwarz beinahe vollständig verdrängt wurde.

„Erweist du dem Hakah nicht die Ehre der erhobenen Faust?"

Ich spürte, wie sich die Klauen der Wachen tiefer in mein Fleisch bohrten, hörte ihr aufgebrachtes Fauchen, doch ich ignorierte sie.

„Wo ich herkomme, gebietet es die Höflichkeit, den Schwanz vor die Augen zu heben. Aber wie du siehst, bin ich nicht in der Position, dir das zu erweisen."

Der Blick des riesigen Kriegers wanderte zu der Wache, die meinen Schwanz festhielt, und dann wieder zu meinem Gesicht.

„Es ist wohl nur zu erwarten, dass ein Lügner dem Hakah keinen Respekt erweist."

Ah. Dann war er also der Hakah. Der Mann namens Gog? Und wenn man den Worten des anderen Kriegers glauben durfte, war er auch der Bruder meines Vaters.

Ich musterte ihn eingehender und mit jedem Moment war ich mich sicherer, dass er und ich in der Tat miteinander verwandt waren. Abgesehen von der Farbe waren die Stacheln auf seinen Armen genauso angeordnet wie meine. Es fühlte sich merkwürdig an, so meine Familie kennenzulernen. Mit Gewalt und gefletschten Zähnen.

Nein. Ich habe meine echte Familie in der Wüste zurückgelassen.

„Ich lüge nicht", sagte ich und drehte den Kopf, um Gog in die Augen sehen zu können. „Ich bin der Sohn des Kon. Vor vielen Zyklen wurde Kon von den Kell gerufen, um das Gesicht seiner Gefährtin zu erblicken. Diese Gefährtin war eine Frau anders als alle, die er je gesehen hatte. Er reiste über die Wellen, um sie zu finden, und spürte sie in einem Clan von Wüstenbewohnern auf, Krieger des Sandmeers. Ein Volk jenseits der See. Aus ihrer Verbindung wurde ich geboren und ich komme mit wichtiger Kunde. Ihr müsst mich anhören." Die drohende Gefahr ließ meine Worte zum Ende hin schärfer klingen. Ich war noch nicht getötet worden, aber es wirkte auch nicht, als würde meine Mission unter einem guten Stern stehen.

Doch mit dem Drängen in meinem Tonfall hatte ich den Hakah, meinen Onkel, offenbar beleidigt. Er fauchte und bleckte seine beeindruckenden Fänge, die viel länger waren als meine eigenen.

„Dies sind unnatürliche Erzählungen, die hier kein Gewicht haben!", rief er und erhob sich, um sich zu voller

Größe aufzurichten. Die Männer um ihn herum schlugen sich wieder mit der Faust gegen die Brauenwölbungen und brüllten laut auf.

Doch dann durchbrach eine hohe, klare Stimme den Tumult.

„Aber Vater, sieh doch nur! Sieh dir seine Schuppen an. Seine Stacheln."

Ich schaute mich ruckartig nach der Quelle der Stimme um. Eine weitere Person trat aus dem Tunnel und blieb neben dem Hakah stehen. Obwohl ich diese Leute noch nie gesehen hatte, wusste ich instinktiv, dass sie eine Frau war. Sie war kleiner als die Männer, aber wahrscheinlich immer noch ein wenig größer als ich. Außerdem waren ihre Körperproportionen anders – ihr Oberkörper war länger, ihre Beine kürzer. Das hatte sicher seinen Sinn, ein längerer Oberkörper ließ mehr Raum zum Austragen eines Kinds. Ihre Schnauze war ein wenig runder als die der Männer und ihre Brauenwölbungen weniger ausgeprägt. Doch ihre Haut hatte die gleiche Färbung wie Gogs und meine, und sie schaute dem Hakah mit einem Mut direkt in die Augen, der dem der Männer in nichts nachstand.

„Sieh hin", drängte sie ihn noch einmal und schaute selbst zu mir. „Seine Schuppen gleichen deinen und meinen. Und sieh dir nur seine Augen an. Sie sind zersplittert und merkwürdig, aber sie sind blau. Du weißt genauso gut wie ich, dass nur wir das Erbe dieser Farbe in uns tragen, die blauer ist als die Bittersee."

Ich musterte sie erstaunt. Sie hatte die gleichen Scheiben in den Augen wie der Hakah und sie waren ebenso strahlend blau wie seine. Im Lauf der Zeit hatte ich immer mal wieder einen Blick auf mein eigenes Gesicht werfen können, wenn es sich im Wasser spiegelte, also wusste ich, dass meine Sichtsterne den gleichen Farbton wie ihre besaßen, auch wenn ich eine Vielzahl davon besaß und nicht nur eine Scheibe.

„Ich glaube, dass er die Wahrheit sagt", meinte die Frau.

Ihr Vater schnaubte und warf den Kopf in den Nacken. „Dann bist du nicht die weise Tochter, für die ich dich gehalten habe. Dieser Schwächling lügt, dass sich die Schuppen biegen. Er ist den Tiefen entstiegen, um mich als Anführer zu prüfen. Nun, ich werde nicht versagen."

Sein Blick ging zu den Männern hinter mir. „Bringt ihn in die tiefste Höhle. Versorgt ihn nicht mit Fleisch. Das wird seine Zunge genug lockern, um uns seine wahren Absichten preiszugeben."

Die beiden Wachen zogen mich auf die Füße und packten mich an den Armen, um mich mit sich zu zerren. Der Hakah, mein Onkel, wandte sich zum Gehen, wobei sein langer Schwanz über den Boden schleifte. Ich erhob die Stimme.

„Ich habe dir nichts als Ehrlichkeit mit meinen Worten entgegengebracht, Onkel." Die vertrauliche Anrede verließ schneidend meine Kehle und ließ den großen Hakah wie angewurzelt stehen bleiben. „Ich bin der Sohn des Kon. Glaub es oder lass es bleiben. Doch dein Glaube ändert nichts daran, warum ich hier bin. Noch wird es ändern, was auf euch zukommt." Ich beobachtete, wie seine Stacheln zuckten. Doch er drehte sich nicht um. Und einen Moment später war er in der Dunkelheit der Höhlen verschwunden. Ich wurde von den Wachen den gleichen Weg entlanggezerrt. Als ich noch einmal über die Schulter schaute, sah ich eine Gruppe höhnisch johlender Krieger und mitten unter ihnen ein ruhiges, leuchtend blaues Augenpaar, das mir nachsah, als ich in der Dunkelheit verschwand.

KAPITEL DREIUNDZWANZIG
Zoey

„KOR?" ICH ERWACHTE mit seinem Namen auf den Lippen. Meine Träume verblassten bereits, aber ich wusste, dass er in ihnen vorgekommen war. Als ich die Augen öffnete, erwartete ich beinahe, seine dunkle Schnauze, seine lebhaften blauen Augen direkt vor mir zu sehen. Doch er war nicht da.

Er ist doch erst seit gestern Abend weg. Könntest du dich bitte mal beruhigen?

Aber nein. Offenbar konnte ich mich nicht beruhigen. Sobald mir klar wurde, dass er weg war, und ich mich an unsere derzeitige Lage erinnerte, schlug mir das Herz wieder bis zum Hals und Panik machte sich in meiner Brust breit. Ich setzte mich auf und schluckte hart, während ich nach meiner Brille griff.

„Wie geht's dir?" Chapmans Stimme ließ mich erschrocken zusammenfahren. Sie ging neben mir in die Hocke und reichte mir ein Stück *valok*, das ich wenig begeistert entgegennahm.

„Danke." Doch ich trank nichts.

Chapman zog die roten Augenbrauen zusammen und musterte mich besorgt. „Du musst genug Flüssigkeit zu dir nehmen und bei Kräften bleiben. Wir können uns hier ein paar Tage ausruhen, aber die Reise war anstrengend und wir müssen den gleichen Weg auch wieder zurück."

Bald. *Aber nicht ohne Kor.*

„Du hast recht", sagte ich und saugte an dem bitteren Gel. Ich wusste, dass sie recht hatte. Aber es war nicht leicht, an Essen und Trinken zu denken, wenn die Person, in die man sich gerade erst verliebt hatte, vielleicht schon nicht mehr am Leben war.

„Es ist schwer, wenn sie nicht da sind. Ich verstehe das", meinte Chapman leiser und setzte sich neben mir.

„Danke", wiederholte ich und meinte es auch so. Ich hatte beinahe vergessen, dass Fallo allein durch die Wüste unterwegs war. So sehr war ich in meinen eigenen Sorgen versunken, dass mir Chapmans Situation überhaupt nicht bewusst geworden war. Und sie schien das auch gar nicht zu wollen, weil sie bereits eine wegwerfende Handbewegung machte.

„Diese Mistkerle sind beinhart drauf. Fallo schafft das schon und ich würde drauf wetten, dass Kor es auch packt."

Ich hoffte von Herzen, dass sie recht behalten würde. Immerhin war das alles ihre Idee gewesen. Ich wollte wütend auf sie sein, sie dafür verantwortlich machen, dass Kor nicht mehr da war. Aber ich konnte es nicht. Ich wusste, dass der Plan durchdacht und mit guten Absichten entstanden war. Mir gefiel nur nicht, wie die Sache sich entwickelte. Ich hatte ein mieses Gefühl bei der Sache.

Ich trank den Rest des *valok*-Gels aus und stand dann auf. Galok und Taliok aßen etwas von dem geräucherten Fleisch, unterhielten sich aber nicht. Selbst Galoks Lächeln war zurückhaltender. Seit Kors Aufbruch war die Stimmung in unserem *babkit*-Hain gedrückt.

„Bin gleich wieder da", sagte ich zu Chapman und deutete mit dem Kopf in Richtung der Stelle, an die wir zum Pinkeln gingen. Sie nickte und ich verließ das Lager.

Schnell erledigte ich, was ich zu erledigen hatte, und zog meine Hose wieder hoch. Angestrengt versuchte ich, nicht an Kor zu denken. Doch das war unmöglich. Ständig wanderten meine Gedanken wieder zu ihm und ich fragte mich, was er gerade tat, ob es ihm gut ging. *Was, wenn sie ihn wie einen Feind behandeln? Was, wenn sie ihm nicht mal zuhören, wenn sie ...*

„Zoey!"

Ich fuhr erschrocken zusammen und spähte zwischen den Bäumen hindurch auf die Ebene. Jara kam auf den Hain zu und ich lächelte erleichtert, aber auch ein bisschen enttäuscht, weil es nicht Kor war, der meinen Namen gerufen hatte. Nicht, dass ihre Stimmen sich so ähnlich klangen, aber trotzdem.

„Guten Morgen", begrüßte ich sie und die Freude auf ihrem Gesicht ließ mich ein wenig breiter lächeln.

„Dir ebenso. Wie schön, dich heute zu sehen", erwiderte sie und kam in den Schatten der Bäume, um meine Hände in ihre zu nehmen.

„Kor ist noch nicht wieder da", platzte ich heraus, wobei ich nicht verhindern konnte, dass meine Stimme brach. Ihre Nähe war so tröstlich, so mütterlich, obwohl ich sie doch gerade erst kennengelernt hatte. Das brachte mich dazu, meine Sorgen mit ihr zu teilen. Auch wenn es dabei um ihren eigenen Sohn ging.

Sie drückte meine Hände und ihr Lächeln verblasste ein bisschen. „Vermutlich hat er gerade erst die Heimat des Bittersee-Volkes erreicht. Er ist stark. Und ich weiß, dass er alles tun wird, um zu dir zurückzukommen."

Ich schürzte die Lippen und nickte. Sie hatte recht, aber das brachte mir leider nichts.

„Setzt du dich zu mir?", fragte Jara, machte es sich auf dem ausgetrockneten, rissigen Boden bequem und klopfte neben sich.

„Natürlich." Ich ließ mich im Schneidersitz nieder.

„Kor ist so stark und so gut. Er ist anders als sein Vater, ihm aber in so vieler Hinsicht auch sehr ähnlich. Sein Vater war auch stark."

In diesem Moment ging mir auf, dass Jara und ich von allen Leuten auf diesem Planeten, die anderen Menschen mit Alien-Gefährten eingeschlossen, wohl die ähnlichsten Erfahrungen gemacht hatten. Unsere Gefährten stammten beide vom uns unbekannten Volk der Bittersee und hatten weite Reisen auf sich genommen, um uns zu finden.

„War es seltsam für dich, als ihr euch zum ersten Mal gesehen habt?", fragte ich vorsichtig.

Sie seufzte grinsend. „So kann man es auch nennen. Kors Vater Kon hatte nicht die Geduld meines Sohnes und ihm wohnte auch nicht so viel Gutes inne. Er suchte nach mir, wie Kor nach dir. Doch anders als Kor schlich er sich zwischen die Zelte meines Clans und raubte mich."

Ich schnappte entsetzt nach Luft. Sie war von ihrem Gefährten entführt worden?

„Das ist ja furchtbar", murmelte ich und sah sie auf einmal mit ganz anderen Augen. Sie war eine herausragend starke Frau.

„Es war schwer, so plötzlich meinen Clan nicht mehr um mich zu haben. Und Kon und ich teilten nicht die gleiche Sprache. Es dauerte viele, viele Tage, bis wir uns verständigen konnten. Und doch spürten wir die Gefährtenbindung von Anfang an stark in uns. Es war falsch von ihm, mich zu rauben, das ist unbestritten. Aber er hatte niemanden, der ihm den Weg weisen konnte, nur die Visionen der Lavrika der Bittersee und seinen Instinkt. Trotz der schwierigen Zeit am Anfang passten wir gut zusammen. Ich habe ihn in der kurzen Zeit, die er an meiner Seite war, sehr als Gefährten geschätzt."

Ihre Stimme wurde immer leiser und ich spürte, wie mir Tränen in die Augen stiegen. Unsere Geschichten begannen ähnlich, mit starken Gefährten, die sich auf die Suche nach uns machten. Aber ich hoffte entgegen aller Vorzeichen, dass meine anders ausgehen würde. Dass Kor nicht so früh starb wie sein Vater.

Schließlich gewann ihre Stimme wieder an Stärke, als sie weitersprach. „Aber ich habe Kor meine eigenen Überzeugungen beigebracht. Seit er ein Kind war, habe ich stets versucht, ihm bessere Entscheidungen aufzuzeigen. Wie er sich um eine Gefährtin kümmern, wie er sich ihr nähern soll, falls ihm dieser Segen zuteilwird."

Ihre warme Sichtsternen begegneten meinem Blick.

Deswegen war Kor quasi mit aufgemalter Zielscheibe auf dem Rücken direkt ins Lager an den Klippen von Uruzai marschiert. Deswegen hatte er sein Leben aufs Spiel gesetzt, nur um bei mir zu sein. Weil er es besser wusste, als die Taten seines Vaters zu wiederholen. Weil er seine Kraft und Fähigkeiten nicht einsetzen wollte, um mich mitten in der Nacht zu entführen.

Liebe breitete sich als schmerzhaftes Ziehen in mir aus. „Das hast du geschafft. Ich kann mir keinen besseren Gefährten vorstellen", brachte ich erstickt hervor.

Wirklich nicht. So lange hatte ich gedacht, dass er das Gegenteil eines guten Partners, eines Gefährten war. Aber er hatte mir immer wieder bewiesen, wie anständig und freundlich und hingebungsvoll er war. Und daran hatte Jara zweifellos einen großen Anteil.

„Danke", flüsterte ich.

„Es gibt keinen Grund, mir zu danken. Dass er mit einer Gefährtin gesegnet wurde und ich mit einer neuen Tochter, ist mir eine größere Freude, als ich je zu hoffen gewagt hätte. Nun wünsche ich mir nur noch, dass er wohlbehalten zurückkehrt. Und dass wir dann alle in Sicherheit sind."

Ich nickte und schluckte hart, um meine Gefühle unter Kontrolle zu bekommen. Aber es fiel mir schwer. Mein Bauchgefühl sagte mir, dass ich so lange fast durchdrehen würde, bis Kor unversehrt wieder hier war.

Eine Weile saßen wir schweigend in der Morgenhitze nebeneinander. Schließlich erhob Jara sich wieder. Ich tat es ihr nach und wir hielten uns noch einmal an den Händen.

„Ich sollte jetzt zu den Zelten meines Clans zurückkehren. Doch ich werde weiterhin jeden Tag zu dir kommen, bis ihr aufbrechen müsst", sagte sie. Mehr musste sie nicht hinzufügen – dass sie herkommen würde, um herauszufinden, ob Kor heil wieder da war. Das wusste ich auch so.

„Bis morgen", verabschiedete ich mich von ihr. Doch als sie sich abwenden wollte, stürzte ich mich praktisch auf sie und schlang die Arme um ihre Taille. Einen Moment später spürte ich, wie sie die Geste erwiderte. Jara war so vieles in einer Person – meine einzige Verbindung zu Kor. Und die einzige Mutterfigur, die mir blieb. Ich kannte sie erst so kurz und doch war meine Bindung an sie schon jetzt so eng.

Ihr schien es genauso zu gehen, weil sie mich erst eine ganze Weile später wieder losließ. Dann schaute ich ihr wieder nach, wie sie auf die Ebene hinausging, in Richtung ihres Clans. Ich vermisste sie jetzt schon.

Aber am folgenden Morgen war sie wie versprochen wieder da. Von Kor gab es bislang kein Lebenszeichen, also auch keine guten Nachrichten für sie. Ebenso wenig am darauffolgenden Tag. Dem dritten Tag. Dem letzten Tag.

„Ihr werdet heute Abend aufbrechen?", fragte Jara mich bei ihrem Besuch am Morgen. Auch heute saßen wir zusammen unter den flachen, paddelförmigen Ästen der *babkit*-Bäume ein Stück entfernt von den anderen.

„Ja", antwortete ich niedergeschlagen. Ich konnte nicht fassen, wie schnell die Tage verstrichen waren. Und dass Kor nicht zurückgekommen war. Alles fühlte sich taub und leer an. In der vergangenen Nacht hatte ich stundenlang geweint und jetzt schien nichts mehr in mir übrig zu sein.

Jaras Miene blieb stoisch, doch ich merkte, dass sie ebenfalls litt.

„Selbst wenn ihr heute Abend geht, besteht immer noch die Möglichkeit, dass er wohlbehalten in die Wüste zurückkehrt und dich dort findet", tröstete sie mich. Ich schwieg. So gerne wollte ich ihr glauben. Und ein Teil von mir tat das auch. Ein verzweifelter, sehnsüchtiger, liebender Teil, der an Kors Kraft und Entschlossenheit glaubte. Der Teil, der an unsere miteinander verwobenen Schicksale glaubte. Es fühlte sich wirklich an, als hätte Kors und meine Geschichte gerade erst begonnen. Doch es wurde immer schwerer, das mit der Realität in Einklang zu bringen, die sich mir aufdrängte. Dass mein Gefährte sehenden Auges in eine Todesfalle gelaufen und nicht zurückgekommen war.

Jara blieb bis lange in den Nachmittag hinein bei mir, aber irgendwann musste sie wieder zum Lager. Aufzustehen und mich von ihr zu verabschieden, fiel mir beinahe ebenso schwer wie bei Kor. Wir umarmten uns fest und sie flüsterte mitfühlende Worte in meine Haare.

„Ganz egal, was mit Kor geschieht, ich hoffe darauf, dass wir uns eines Tages wiedersehen werden, meine Tochter."

Dass sie mich ihre Tochter nannte, war zu viel für mich. Schluchzend ließ ich mich gegen sie sacken. Sie drückte mich noch fester an sich und strich mir in beruhigenden Kreisen über den Rücken. Worte brachte ich keine zustande, aber ich nickte heftig an ihrer Brust. Wir waren jetzt eine Familie. So schmerzhaft es auch war, ich freute mich trotzdem sie zu haben.

Dann verließ Jara zum letzten Mal unseren kleinen Hain und ich sah ihr mit zusammengekniffenen Augen nach, bis sie hinterm Horizont verschwunden war. Ich atmete noch einmal tief durch und versuchte, mich für die Rückkehr zu den anderen zu wappnen.

Der Weg ins Lager war kurz und dort empfing mich die angespannte Stimmung, die in der Luft lag. Mit jedem Tag, der vergangen war, hatten Taliok, Galok und Chapman sich mehr zurückgezogen und waren stiller geworden. Sie wussten genauso gut wie ich, dass Kors Chancen, diese Reise zu überleben, immer mehr schwanden.

Trotzdem trafen sie bereits Vorbereitungen zum Aufbruch. Galok war jagen gegangen und zerlegte nun das Fleisch für den Rückweg. Taliok und Chapman sortierten unsere wenigen Habseligkeiten und hatten einen Vorrat frischer *valok*-Pflanzen gesammelt.

Dass sie alles vorbereiteten, noch bevor die drei Tage komplett um waren, ohne Kor den vollen vereinbarten Zeitrahmen zu geben, machte mich unsäglich wütend. Meine Verzweiflung wurde durch brennenden Zorn ersetzt. Und darüber hinaus von Entschlossenheit, endlich was zu *tun*, anstatt hier herumzusitzen und darauf zu warten, dass mein Gefährte nach Hause kam. Wenn ich in Gefahr wäre, würde er alles, absolut alles tun, um mir zu helfen. Und in diesem Moment wurde mir klar, dass ich ebenfalls Himmel und Hölle in Bewegung setzen würde.

Ich ließ den Blick über die schweigsamen Leute und die wenigen Gegenstände in unserem kleinen Lager wandern. Er blieb an dem Haufen *babkit*-Äste hängen, den Kor vor seiner Abreise gefällt hatte. Plötzlich schoss mir eine Idee durch den Kopf, die mich nicht mehr losließ. *Ich muss mich beeilen.* Und außerdem durften die anderen nichts davon mitbekommen. Nie im Leben würden die mich losziehen lassen, nicht mal der umgängliche Galok.

Ich bückte mich und sammelte so viele Äste ein, wie ich auf einmal tragen konnte. Das reichte nicht. So würde ich nie genug mitnehmen können. Also ließ ich sie wieder fallen und holte das Lederseil aus meinem Rucksack, das ich für Notfälle dabei hatte, und wickelte es um das große Holzbündel.

„Was machst du da?", fragte Chapman, die mich skeptisch beobachtete.

„Ich bringe die noch schnell zu Jara. Sie ist gerade losgegangen, hat aber vergessen, was von dem Holz mitzunehmen. Nachdem wir es eh nicht brauchen, soll sie es lieber mitnehmen, damit es für ihren Clan aussieht, als hätte sie was Nützliches getan."

Es schockierte mich fast, wie leicht mir diese Lüge über die Lippen kam. Den Blick hielt ich jedoch fest auf meine Hände gesenkt, während ich alles festzurrte, um Chapman nicht ansehen zu müssen.

„Okay, aber bleib im Hain. Dass sie das Holz mitnimmt, ist nicht so wichtig wie deine Sicherheit."

Ich nickte stumm. Dann packte ich das Seil und zerrte das große Bündel flacher Äste in Richtung der Bäume. Auf dem Weg schnappte ich mir noch Kors Messer. Das würde ich für meinen Plan brauchen.

„Nur für alle Fälle", meinte ich wie nebenbei. Am liebsten würde ich seinen Speer auch mitnehmen, aber das riesige Ding konnte ich unmöglich auch noch tragen.

Ich spürte Chapmans Blick in meinem Rücken, während ich das Holz wegschleifte, ignorierte sie aber. Innerlich betete ich, dass sie nicht misstrauisch wurde und nach mir sah, bevor ich meinen Plan in die Tat umgesetzt hatte.

Natürlich folgte ich Jara nicht. Stattdessen bog ich scharf ab und zerrte das Holz über die Felsen zum Wasser. Als ich am Ufer stand, wo die Wellen mich mit salziger Gischt bespritzten, löste ich das Seil und verteilte die Äste auf dem Boden.

Sorgsam verschaffte ich mir einen Überblick, was mir zur Verfügung stand, und rechnete das Ganze schnell im Kopf durch. Das würde knapp werden. Ich hatte kaum genug Material.

Ich schaffe das.

Umgehend machte ich mich an die Arbeit und ließ mich weder von Zweifeln noch von Vernunft aufhalten. In irrsinniger Geschwindigkeit spaltete ich Holz, hackte es zurecht und setzte die Einzelteile zusammen wie ein 3D-Puzzle. Doch ich hatte nicht genug Seil, um alles zusammenzubinden, also schaute ich mich panisch um, ob ich hier etwas fand, dass ich dazu nutzen konnte.

Ein Stück weiter fiel mir eine flachere Stelle im Wasser zwischen ein paar Felsen auf. Ich rannte hinüber, rutschte prompt auf den glitschigen Steinen aus und wäre beinahe gestürzt.

Ja!

Wie ich gehofft hatte, wuchsen in dem flachen Becken lange, rankenartige Pflanzen. Alien-Seetang. Und wie alles auf diesem rauen Planeten war auch das zäher und widerstandsfähiger als sein Äquivalent auf der Erde. Zum Glück war Kors Messer unglaublich scharf und durchschnitt die schwarzen Algen mühelos. Ich schleppte die Ranken zurück und band damit die Holzplanken zusammen.

Allerdings fehlten mir etwas, um das Ganze zu befestigen. Fluchend schnitzte ich ein paar kleine Holzpflöcke zurecht und hämmerte sie mit dem Griff von Kors Messer ein. Schweiß rann mir über die Haut, meine Hände taten weh und meine Fingerspitzen bluteten, aber ich gönnte mir keine Pause. Ich hörte die Uhr praktisch im Hintergrund ticken. Den Countdown, bis die anderen sich auf die Suche nach mir machten. Und der Countdown von Kors Lebenszeit, die ablief.

Der Gedanke an Kor spornte mich zusätzlich an und kurz darauf war ich fertig. Viel hatte ich nicht zustande gebracht, es war kaum mehr als ein Floß. Aber der Aufbau war solide, daran hatte ich keine Zweifel. Das *babkit*-Holz war leicht und flexibel, aber unglaublich widerstandsfähig. Ich probierte meinen improvisierten Handkurbel-Propeller aus und tatsächlich drehten sich die gebogenen *babkit*-Stücke hinter dem kleinen Gefährt.

Du kannst nicht schwimmen.

Die Erkenntnis traf mich wie ein Faustschlag. Doch ich ignorierte sie, schob sie beiseite. Ich musste nicht schwimmen können. Ich war Ingenieurin und eine verdammt gute noch dazu. Also hatte ich mich um das Schwimmproblem herumingenieurt. Dieses Floß würde mich an mein Ziel bringen. So weit konnte die Insel nicht weg sein – ich sah sie schließlich am Horizont. Sofern nicht etwas absolut Verrücktes und Unerwartetes passierte, würde mein kleines Boot halten.

Dass verrückte und unerwartete Dinge auf diesem Planeten die Norm zu sein schienen, verdrängte ich rasch, und zog mein Floß ins Wasser. Mit einem letzten, tiefen Durchatmen stieß ich mich vom Ufer ab.

Halte durch, Kor. Attends-moi. *Ich komme.*

KAPITEL VIERUNDZWANZIG
Kor

IN DER DUNKELHEIT DER Höhle konnte ich nicht bestimmen, wie viel Zeit verging. Trotzdem war mir klar, dass es zu viel war. Mein nagender Hunger sagte mir, dass es wohl auf die zwei Tage zuging. Vielleicht sogar mehr. Bald würden Zoey und die anderen den Hain am Ufer verlassen.

Und womöglich war es auch das Beste. Mit jedem Moment, der verstrich, wurde der Erfolg dieser Mission unwahrscheinlicher. Also war es besser, wenn Zoey und die anderen zu den Clans an den Klippen von Uruzai zurückkehrten. Dort war es wenigstens halbwegs sicher.

Ich spürte, wie die Distanz zwischen mir und meiner wunderschönen Gefährtin immer mehr wuchs. Im Zwielicht der Höhle beschwor ich die Umrisse ihres Gesichts vor meinem inneren Auge herauf. Aber das reichte nicht. Ich musste sie wieder berühren. Meine Klauen in ihre Zöpfe schieben, über ihre Haut streichen. Ihren feuchten Mund spüren. Ihren Schoß.

Die Vorstellung ließ ein Knurren in meiner Kehle aufsteigen, was einer der Wachen ein warnendes Fauchen entlockte. Zwei riesige Krieger waren am schmalen Eingang dieser Höhle postiert worden und hinderten mich daran, sie zu verlassen. Die Höhle selbst war nicht sehr groß und dunkel, aber einige der Felsen waren mit etwas Glitschigem bewachsen, das schwach bläulich leuchtete und alles in ein gedämpftes Licht tauchte. Die Höhle schien auch tiefer zu liegen als die anderen. Man hatte mich tief in die Eingeweide der Insel gebracht. Und hier saß ich nun, kochend vor Wut, mehr als hungrig und plante meine Flucht.

Doch bislang wollte mir nichts einfallen. Die Wachen in meinem geschwächten Zustand überwältigen zu wollen, würde nur für einen schnellen Tod sorgen. Aber was sollte ich sonst machen? Hier bleiben und verhungern?

Plötzlich riss mich eine Stimme aus meinen Gedanken und ich schaute auf. Die Person wurde von den Wachen verdeckt, aber die Stimme kam mir bekannt vor.

„Macht Platz. Ich bin hier, um den Gefangenen zu befragen."

Die Wachen standen jetzt mit dem Rücken zu mir. Ich setzte mich etwas aufrechter hin und versuchte, an ihnen vorbeizuschauen.

„Warum hast du Fleisch dabei? Der Hakah hat angewiesen, dass er kein Fleisch bekommt."

Ich atmete tief durch die Nase ein und mein Magen krampfte sich zusammen. Neben feuchtem Stein roch ich es nun auch. Seltsam salziges Fleisch von einer Seekreatur.

„Anordnung meines Vaters. Er wünscht, den Gefangenen mit Essen zu locken, um ihn zum Sprechen zu bringen."

Die Wachen blieben, wo sie waren, und die Stimme wurde lauter und zorniger.

„Ihr widersetzt euch mir, der Tochter des Hakahs? Ich teile euch seine direkten Befehle mit. Ich bin hier, um den Gefangenen zu befragen. Allein." Das letzte Wort zischte sie scharf und nach einem weiteren Moment des Zögerns tauschten die Krieger einen Blick miteinander, bevor sie in der Dunkelheit jenseits meiner Höhle verschwanden. Nun sah ich auch, dass die Stimme tatsächlich der Frau gehörte, die ich zuvor schon gesehen hatte.

Sie eilte in die Höhle und ging vor mir in die Hocke. Unsere Blicke trafen sich und sie musterte mich für einen langen, stillen Moment. Doch ich hielt das nicht lange durch. Kurz darauf schaute ich auf die Speise in ihren Händen – ein Tier mit weißem Fleisch und schimmernden Schuppen.

„Das habe ich für dich mitgebracht. Verzeih mir, dass es so lange gedauert hat. Ich konnte mich erst jetzt davonmachen, ohne dass es mein Vater bemerkt."

Sie reichte mir das Fleisch und ich grub sofort gierig die Zähne hinein. Mein Hunger ließ mich sogar die Gefahr ignorieren, dass sie mich vielleicht vergiften wollte.

„Im Inneren ist ein Organ mit Flüssigkeit, dass den Durst deiner Kehle stillen wird", sagte die Frau. Die Scheiben in ihren Augen waren durch das Dämmerlicht sehr groß.

Ich arbeitete mich ins Innere des Tiers vor und entdeckte, was sie gemeint hatte – ein großes Organ, gefüllt mit Flüssigkeit. Normalerweise brauchte ich nicht viel davon, auch nicht in Form von *valok*, aber nach Tagen des Darbens war das salzige Nass Balsam für meine Kehle. Auch mit dem Rest des Tiers machte ich kurzen Prozess und verschlang es mitsamt seinen Gräten.

Nachdem der schlimmste Hunger nun gestillt war, richtete ich den Blick wieder auf die Frau. Unter dem Fleisch hatte sie wohl einen kleinen Beutel verborgen, den sie nun in den Händen hielt. Sie öffnete ihn und deutete auf die Wunden an meiner Schulter, den Beinen und am Schwanz.

„Die Milch der Kell", sagte sie und reichte mir den Beutel. Rasch schmierte ich mich mit der weißlichen Flüssigkeit ein, was den Schmerz der halb verheilten Verletzungen sofort abklingen ließ, sobald die Substanz ihr Werk verrichtete.

Als sie nichts weiter sagte, tat ich es schließlich. „Du bist die Tochter von Hakah Gog?"

„Ja, ich bin Gigga", bestätige sie. Dann fügte sie nach einem weiteren Blick hinzu: „Deine Cousine."

Cousine. Noch nie zuvor hatte ich eine Cousine.

„Dann schenkst du meinen Worten Glauben?", fragte ich. Das hatte sie ja bei meiner Ankunft schon deutlich gemacht, aber ich musste es genau wissen.

„Ja", antwortete sie. „Deine Augen sind merkwürdig, aber ihre Farbe ist wie meine und die meines Vaters. Und auch wie Kons, der vor vielen Zyklen verschwand."

„Wenn das so offensichtlich für dich ist, warum glaubt mir dein Vater dann nicht?" Ich konnte den Zorn nicht aus meiner Stimme halten. Diesen Leuten hatte ich nichts als die Wahrheit gesagt. Und doch war ich hier gefangen, als wäre ich ein Feind. Ein Monster.

„Selbst dir muss klar sein, wie seltsam du für uns aussiehst."

„Das ist auf das Erbe meiner Mutter zurückzuführen. Das habe ich bereits erklärt", erwiderte ich.

Gigga seufzte. „Du hast recht. Für gewöhnlich ist mein Vater ein weiser Mann und unserem Volk ein guter Hakah. Aber er ist blind vor Trauer über das Verschwinden seines Bruders. Das umwölkt seinen Verstand."

Ich brummte leise. Das konnte ich nachvollziehen, es milderte meinen Ärger jedoch nicht.

„Aber ich glaube dir." Gigga legte die Klauen auf meine nun verheilte Schulter. „Und ich will dir helfen, wenn ich kann. Aber berichte mir zuerst, warum du hier bist und woher du stammst."

Erst wusste ich nicht recht, wo ich anfangen sollte, doch nach einem holprigen Beginn erzählte ich ihr alles. Von meinem Vater Kon, der von dieser Insel auszog, um meine Mutter zu finden. Von seinem Tod und meinem Leben allein mit meiner Mutter als Geächtete in der Wüste, weil es uns unmöglich war, uns einem der Clans anzuschließen. Von den neuen Frauen, die von jenseits des Himmels gekommen waren, von den Kriegern des Sandmeers und zu guter Letzt von meiner perfekten Gefährtin. Während ich Zoeys Güte und Schönheit in Worte spann, hatte ich beinahe das Gefühl, sie berühren und schmecken zu können, als wäre sie bei mir. Schließlich erzählte ich Gigga auch von der Bedrohung, die uns bevorstehen könnte – und von den Waffen, die der Feind besaß. Von ihrer zerstörerischen Macht.

Nachdem ich geendet hatte, schwieg Gigga, als würde sie angestrengt darüber nachdenken. Dann sagte sie: „Uns wurde seit jeher beigebracht, dass jenseits der Wellen nichts von Wert auf uns wartet. Dass das Land in der Ferne nur toter Fels ist und wir hier alles haben, was wir brauchen."

„Jenseits der Wellen gibt es viel", versicherte ich ihr. „Zwar nur wenig Wasser, aber Sand und Pflanzen und Tiere und viel mehr Leute als hier."

Das ließ Gigga einen Moment lang auf sich wirken und setzte sich. Ihr Schwanz strich über den Felsboden.

„Ich werde dir helfen, von hier fortzukommen. Ich respektiere meinen Vater und vertraue seinem Urteil in allen Belangen. Aber hier halte ich es für falsch."

Ich erstarrte und mein Herz klopfte wie wild. Mir würde die Flucht doch noch gelingen. Ich konnte zu Zoey zurückkehren.

„Unter einer Bedingung", fügte sie jedoch hinzu, was mich aus meinen Träumen holte.

„Und die wäre?", fragte ich misstrauisch.

„Du wirst mich mitnehmen. Ich will dieses Land und das andere Volk mit eigenen Augen sehen. Du wirst für mich ihre Sprache übersetzen."

„Das werde ich", stimmte ich rasch zu. Genau darauf hatte ich gehofft – jemanden, der genug Mitgefühl besaß, um unser Verbündeter zu werden, mich begleitete und unser Begehr anhörte. Und nur eine Frau mitzubringen, würde als weniger bedrohlich angesehen werden, als eine ganze Gruppe von männlichen Kriegern. „Aber wir müssen schnell aufbrechen. Meine Leute wollten nur drei Tage auf mich warten. Wenn sie schon fort sind, müssen wir lange reisen, bevor wir sie einholen."

„Dann müssen wir jetzt gehen", erwiderte Gigga knapp. „Es ist der Morgen des dritten Tags nach deiner Ankunft."

Ich sprang auf, doch meine geschwächten, steifen Muskeln ließen mich aufstöhnen.

„Bist du stark genug für die Reise?", fragte Gigga und ihre blauen Augenscheiben wurden schmal, als sie mich prüfend musterte.

Doch meine Antwort war unmissverständlich und fest. „Ja."

Ich brauchte weder Nahrung noch Flüssigkeit noch Schlaf oder Kraft. Weil Liebe mich durch die Wellen tragen würde, zurück an Zoeys Seite.

„Wie verlassen wir die Höhlen unentdeckt?", fragte ich. Gigga war bereits zum Eingang unterwegs und spähte hinaus.

„Ich kenne einen geheimen Weg. Einen kleinen, dunklen Tunnel, in dem ich als Kind immer gespielt habe. Er wird für uns sehr schmal sein, aber kein Krieger kann sich hindurchzwängen. Er führt direkt in die See." Sie wandte sich zu mir um. „Die Wachen sind noch fort. Beeil dich, wir müssen los."

Ich folgte ihr ohne zu zögern.

In Windeseile liefen wir durch die Dunkelheit des Höhlensystems. Der Weg kam mir nicht bekannt vor – Gigga führte mich fort von den Tunneln, durch die ich vor drei Tagen hierher gebracht worden war. Schließlich bogen wir um eine scharfe Wendung und kurz darauf senkte sich der Fels über unseren Köpfen nach unten und zwang uns auf alle viere.

Immer enger und enger wurde der Weg, bis wir kaum noch hindurchpassten. Gigga hatte recht – kein Mann der Bittersee schaffte es durch diesen Tunnel. Selbst Gigga und ich zwängten uns inzwischen mühsam voran und für einen atemlosen Moment dachte ich, dass wir feststeckten und für immer hier gefangen waren. Doch als ich schon das Gefühl bekam, dem steinernen Griff des Felsens nie mehr zu entkommen, hörte ich ein Platschen und Giggas Schwanz, den ich bislang vor der Nase gehabt hatte, verschwand. Ich ächzte erleichtert, wand mich noch ein letztes Mal und schaffte es schließlich hinaus, um direkt ins Wasser zu fallen. Wir befanden uns noch immer unter der Insel, in einem dunklen Wasserloch. Giggas Kopf tauchte neben mir auf.

„Schwimm mir nach, Kor. Sobald wir uns im offenen Wasser befinden, werde ich dir folgen."

Wir glitten unter die Oberfläche. Hier drin war das Wasser ruhig und unbewegt, geschützt vom Fels. Ich hielt den Blick fest auf Giggas Schwanz gerichtet, der meinem so ähnlich sah, und schwamm tief hinunter in die Dunkelheit. Erneut überkam mich Angst – Angst davor, dass sie mich in die Irre führte, dass sie mich in der Tiefe ertrinken lassen würde. Doch dann sah ich, wohin sie ihre Bewegungen lenkte: eine Öffnung im Fels ein Stück vor uns.

Wir schwammen durch einen weiteren, langen Tunnel, doch dieser war viel breiter als der in den Höhlen. Vor Gigga wurde das Wasser ein wenig heller und die Schwärze wich Blautönen.

Sonnenlicht.

Jetzt befanden wir uns auf offener See. Entschlossenheit pulsierte durch meinen Körper und trieb meine Glieder trotz des Schwächegefühls an. Ich zog an Gigga vorbei, um die Führung zu übernehmen.

Ich war frei.

Und meine Gefährtin wartete auf mich.

KAPITEL FÜNFUNDZWANZIG

Zoey

TJA, IMMERHIN SCHAFFTE ich etwa die Hälfte der Strecke zur Insel, bevor alles den Bach runterging. Bevor die Wellen zu rau wurden, kam mein kleines Floß erstaunlich gut klar. Mein Propeller drehte sich, wie er sollte, und sorgte für ganz ordentliche Geschwindigkeit – auch wenn mein Arm schon nach kurzer Zeit schmerzte. Doch als ich tiefere Gewässer erreichte, wo die Wellen höherschlugen, geriet die ganze Sache ... in Schieflage.

Okay, sie kenterte auf ganzer Linie.

Immerhin hielt mein Floß. Mein Bauplan und die verwendeten Materialien waren widerstandsfähig genug, um mir nicht unter den Füßen wegzubrechen, obwohl die Wellen mit Wucht dagegenrollten. Meine Klamotten und Haare waren klatschnass und die Gischtropfen auf meiner Brille ließen mich kaum etwas erkennen. Ich wischte sie in einer kleinen Atempause zwischen zwei Wellen weg und hielt den Blick fest auf die Insel in der Ferne gerichtet. Meine Armmuskeln zitterten, doch ich kämpfte weiter, um den Propeller in die richtige Richtung zu drehen und auf Kurs zu bleiben. Die Wellen schlugen noch höher und mehr als einmal wäre ich fast über Bord gegangen. Nur meine Hand am Griff des Propellers verhinderte, dass ich ins Meer stürzte.

Das Floß könnte umkippen, schoss es mir plötzlich durch den Kopf und ließ Panik in mir aufsteigen. Wenn das passierte, war es aus mit mir. Und ich war noch nicht mal in der Nähe der Insel.

Ich biss die Zähne zusammen, um das gequälte Stöhnen zurückzuhalten, das an die Oberfläche drängte. Das war so beschissen unfair. Schlimmer konnte es wohl nicht mehr werden.

Was war ich doch naiv. Denn einen Moment später durchbrach ein riesiges Tier vor mir die Wasseroberfläche. Und ich erkannte, dass meine Situation auf einen Schlag sehr, *sehr* viel schlimmer geworden war.

Das Vieh war gigantisch, fast so groß wie ein Blauwal, soweit ich das beurteilen konnte. Sein Körper hat mehr oder weniger die Form einer dicken Zigarre und lief an einem Ende spitz zu wie bei einem Kalmar. Aber statt vieler Tentakel hatte es offenbar nur zwei, die aus seinem glänzenden Körper wuchsen. Mit einem Klatschen landete es wieder im Wasser, aber ich bekam noch einen guten Blick auf seine Schuppen, die im gleißenden Sonnenlicht in unzähligen Farben schillerten.

Schuppen, die genauso aussahen wie die an Kors Speer.

Das Ding tauchte wieder aus dem Wasser auf und obwohl die tosenden Wellen mir größtenteils die Sicht nahmen, merkte ich im nächsten Moment, dass es direkt auf mich zuhielt.

„Ach, komm schon, du willst mich doch verarschen!",
brüllte ich dem Meer entgegen, als das Vieh wieder verschwand. Mit beiden Händen klammerte ich mich an
meinen Propellergriff, um nicht den Halt zu verlieren. Ich
konnte nicht mal nach Kors Messer greifen, um wenigstens
zu versuchen, mich zu verteidigen.

Ich suchte hektisch das schäumende dunkle Wasser ab.
Wo war das Alien-Monster, der *hok*, hin? Das war's dann.
Mein Ende. Entweder würde ich ertrinken oder von diesem
Alien-Kalmar gefressen werden. Tränen nahmen mir den
Rest der Sicht, den mir die Gischt noch gelassen hatte, also
sah ich fast nichts mehr, als der *hok* plötzlich direkt neben
meinem Floß aus dem Wasser schoss. Die Welle, die er mit
seinem riesigen Körper auslöste, ließ mein Floß im Bruchteil
einer Sekunde kentern. Mein Worst-Case-Szenario wurde
schnell zu meinem einzigen Szenario und Realität.

Wie durch ein Wunder schaffte ich es, mich am Griff
des Propellers festzuklammern. Das Ding war zwar genauso
unter Wasser wie ich, aber ich hielt tapfer den Atem an und
tastete mich voran, bis ich eins der Bodenbretter des umge-
drehten Floßes zu fassen bekam und mich daran hochzog,
um den Kopf knapp über die Wasseroberfläche zu bekommen.

Meine Sonnenbrille war weg, aber meine normale hatte
sich mit einem Bügel in einem meiner Zöpfe verfangen. Vorsichtig manövrierte ich sie wieder auf meine Nase, achtete
aber darauf, den Halt auf den glitschigen Brettern nicht zu
verlieren. Dann suchte ich hektisch die Umgebung ab und
versuchte strampelnd, mich auf das Floß zu ziehen. Doch
meine Brillengläser waren voller Wassertropfen und ich sah

kaum die Bretter vor mir, geschweige denn den *hok* unter den Wellen.

Schnell musste ich feststellen, dass ich nicht genug Kraft hatte, um mich auf die Unterseite des Floßes zu ziehen. Die Wellen trafen mich immer noch heftig und meine Muskeln waren vom Antreiben des Propellers erschöpft. Doch ich biss die Zähne zusammen und hielt mich eisern weiter fest. Weil ich keine andere Wahl hatte. Ich würde jetzt nicht aufgeben. Ich hatte Kor noch nicht gefunden.

Doch dann durchschlug ein gigantischer Tentakel mein Floß und nahm mir die Entscheidung ab. Und das Holz aus der Hand.

Die Bretter zerbarsten und ich wurde nach hinten in die tosenden Wellen geschleudert. Mir blieb nicht einmal Zeit zum Luftholen. Dann war ich unter Wasser und strampelte, so fest ich konnte, doch es war zwecklos. Selbst wenn ich schwimmen könnte, hätte mir das gerade wohl nichts geholfen. Die See war zu rau. Und ich zu weit draußen.

Mein Herz hämmerte immer heftiger, was das bisschen Sauerstoff, das mir noch blieb, viel zu schnell verbrauchte. Die Wasseroberfläche schien sich immer weiter von mir zu entfernen, egal wie sehr ich kämpfte, wieder dorthin zu gelangen. Das Licht schwand und Dunkelheit umfing mich. Plötzlich war mir kalt, so eiskalt. Kälter als je zuvor.

Tut mir leid, Kor. Ich habe es versucht.

Ich stellte meine Schwimmversuche ein. Wehrte mich nicht mehr. Den Atem hielt ich noch an, aber das würde ich auch nicht mehr lange schaffen. Meine Lunge brannte, meine Kehle verkrampfte sich und sehnte sich nach einem Atemzug. Ich schloss die Augen und meine Glieder erschlafften. Meinen Körper spürte ich nicht mehr. Ich spürte gar nichts mehr außer Kälte und Nässe und Dunkelheit.

Doch als sich plötzlich vertraute, starke Krallen um mein Handgelenk schlossen, spürte ich *die* sehr wohl. Deutlicher als alles andere.

Irgendwas bewegte sich. Mein Körper wurde kraftvoll durch die Wellen gezogen. Und dann spürte ich den herrlich frischen Hauch von Luft auf meinem Gesicht.

Ich rang keuchend nach Atem und suchte verzweifelt nach etwas, woran ich mich festhalten konnte, weil ich Panik hatte, direkt wieder unterzugehen. Doch dann realisierte ich, was hier gerade passierte, und mir wurde klar, dass ich mir keine Sorgen machen musste.

Weil Kor mich sicher an der Wasseroberfläche hielt.

Meine Brille war mir erneut vom Gesicht gerutscht und hing seitlich in meinen Haaren fest. Ich brauchte sie aber nicht, um ihn zu sehen. Seine Schnauze, die Knochenkämme, seine pulsierenden, blauen Sichtsterne.

Meine Brust hob und senkte sich schwer und meine Kehle brannte wie Feuer. Ich klammerte mich mit aller Kraft an seinen Nacken und schlang die Beine um seine Taille, während er uns mit kräftigen Bewegungen aufrecht im Wasser hielt. Doch mir blieb keine Zeit, um im Wiedersehen mit ihm zu schwelgen, weil der *hok* im nächsten Moment unweit von uns auftauchte. Allerdings schien das Vieh sich jetzt langsamer zu bewegen und mir fiel ein tiefgrüner Streifen zwischen seinen Schuppen auf, der nach Blut aussah.

Kor drehte sich mit einem ungehaltenen Laut mit mir im Wasser, sodass er dem Alien-Monster den Rücken zuwandte und mich mit seinem Körper schützte.

„Nein, Kor, nein!", schrie ich. Die Kreatur war zwar verletzt, hielt aber unbeirrt auf uns zu. Und Kor wurde durch mich behindert und konnte sich nicht verteidigen.

Über seine Schulter hinweg entdeckte ich im nächsten Moment jedoch einen Schatten, der aus dem Wasser auftauchte und sich auf den *hok* stürzte. Perplex versuchte ich zu verstehen, was ich da sah, als ein zweiter Kor sein Messer ins Auge des Alien-Seeungeheuers trieb. Der *hok* stieß ein markerschütterndes Heulen aus, als der Krieger, der Kor so ähnlich sah, die Faust tiefer in die Augenhöhle stieß und sein starker Arm bis zur Schulter darin verschwand. Der *hok* gab noch einmal einen schwächeren Laut von sich und rührte sich dann nicht mehr. Der fremde Krieger zog seinen Arm mit einem Ruck aus dem Kopf des sterbenden *hok* und schwamm dann mit erschreckender Mühelosigkeit zu uns.

Kor sagte etwas zu ihm, aber ich verstand die Worte nicht. Ich war fix und alle und stand unter Schock, also starrte ich den anderen Krieger nur wortlos an. Er war sogar noch größer als Kor und hatte statt Sichtsternen große blaue Pupillen im inneren Winkel seiner Augen. Seine Hautfärbung sah Kors ähnlich – eine Mischung aus blau, dunkelgrau und schwarz mit genauso schwarzen Stacheln. Der Krieger musterte mich neugierig.

Kor beachtete ihn jedoch nicht weiter, als seine Sichtsterne sich auf mein Gesicht fokussierten. Unter Wasser spürte ich, wie seine Hände meinen Körper abtasteten und nach Verletzungen suchten.

„Zoey", grollte er aufgebracht. „Sag mir, dass es dir gut geht. Sag mir, dass du unverletzt bist, sonst spalte ich in meiner Wut die See."

Ich versuchte zu antworten, doch meine Zähne klapperten zu heftig. Also beschränkte ich mich auf ein steifes, abgehacktes Nicken. Kor gab einen gequälten, sehnsüchtigen Laut von sich und drückte mich fester an seine Brust. Selbst hier, mitten im Ozean und nachdem ich fast gestorben wäre, gab mir das ein Gefühl von Sicherheit. Sicherheit, weil Kor bei mir war. Es war ein verdammtes Wunder, dass wir uns gefunden hatten. Ich klammerte mich weiter an seinen Nacken – so fest, dass ich schon glaubte, meine Muskeln würden dauerhaft in dieser Position bleiben.

„Wir müssen zurück an Land", knurrte Kor. Dann sagte er etwas zu dem anderen Krieger, was mich daran erinnerte, dass wir nicht allein waren.

„Das ist Gigga", fügte er in unserer Sprache hinzu. „Sie ist meine Cousine."

Sie?

Das hätte ich nie im Leben vermutet – sie war größer als Kor! Doch als ich mir das Wasser aus den Augen blinzelte und sie angestrengt noch einmal musterte, fiel mir auf, dass ihre Knochenkämme weniger ausgeprägt und ihre Schnauze runder als Kors war. Ich nickte ihr zu, weil ich es nicht schaffte, meinen Dank in Worten auszudrücken.

„Wenn ich dich auf meinen Rücken schiebe, Zoey, kannst du dich daran festhalten?"

Ich nickte erneut. Ja, meine Arme waren so verdammt steif und verspannt, dass mich wahrscheinlich irgendwann jemand von Kor runterpflücken musste. Er schob mich vorsichtig auf seinen stachligen Rücken und ich schlang die Beine noch ein wenig fester um ihn.

„Halt dich gut fest, meine Zarte", rief er mir über die Schulter hinweg zu. Ich hörte die Sorge in seiner Stimme. Aber die war unnötig. Zumindest jetzt. Jetzt, wo er hier war, würde ich ihn nicht mehr loslassen. Selbst wenn wir noch Tage unterwegs waren, würde ich durchhalten.

Tatsächlich hatte ich mich mit meinem kleinen Floß nicht so weit vom Ufer entfernt, wie ich gedacht hatte, weswegen der Rückweg mir nicht so lang vorkam. Oder es lag vielleicht am Schock und ich war zu schwach, um die Zeitspanne richtig mitzubekommen. Als wir uns schließlich erschöpft aus dem Flachwasser ans Ufer zogen, ging die Sonne gerade unter.

Sobald Kor an Land war, ließ er sich auf die Knie sinken und zog mich von seinem Rücken nach vorn. Meine Arme lösten sich von ihm und fielen kraftlos auf meine Brust, während Kor mich liebevoll an sich drückte.

Wie aus weiter Ferne hörte ich, dass jemand meinen Namen rief. Aber dem konnte ich gerade keine Beachtung schenken. Alle meine Sinne waren von Kor erfüllt – seiner nassen, rauen Haut an meiner, dem Heben und Senken seiner *lebendigen* Brust. Sein Atem strich zittrig über meinen Kopf und ich schloss die Augen wieder.

Das Letzte, was ich mitbekam, war noch ein paarmal mein Name und das Geräusch von Stiefeln auf nassem Fels. Und dann war da nur noch Dunkelheit. Dunkelheit geformt aus Schuppen und Stacheln. Dunkelheit, die mich umfing, mich einhüllte, bis ich schließlich ganz wegdämmerte.

KAPITEL
SECHSUNDZWANZIG

Kor

MEINE GEFÄHRTIN GEBÄRDETE sich zutiefst beunruhigend. Sie sprach nicht mit mir, sah mich nicht an. Und sie zitterte am ganzen Körper, bebte heftig an meiner Brust. Meine Sorge schwand ein wenig, als ich die menschliche Gahnala hörte, die Zoeys Namen rief.

Gut. Eine andere der neuen Frauen wird wissen, was zu tun ist.

Das verletzte mich in meinem Stolz – dass ich nicht wusste, wie ich in diesem Moment für Zoey sorgen konnte. Doch hier war für Stolz kein Platz. Mein einziger Wunsch war es, meine Zarte wieder gesund und wohlbehalten vor mir zu sehen. Und dafür würde ich tun, was auch immer die Gahnala von mir verlangte. Das musste ich, denn Zoey lag nun komplett reglos in meinen Armen, was eine Welle blinder Panik durch meine Adern schickte.

Als Gigga die Gahnala bemerkte, nahm sie fauchend eine kampfbereite Haltung ein. Ich knurrte sie an, ohne den Blick auch nur einen Moment von Zoeys Gesicht abzuwenden.

„Das ist eine Verbündete und Freundin. Sie gehört zum Volk meiner Gefährtin und will uns kein Leid zufügen."

Gigga gab einen Laut der Bestätigung von sich, als Chapman uns endlich keuchend erreichte.

„Was zum *Teufel* ist passiert?", wollte sie wissen und starrte auf Zoey in meinen Armen hinunter. „Ach, weißt du was? Vergiss es. Wir müssen sie aufwärmen, und zwar schnell. Steh auf, los."

Sofort sprang ich auf. Chapman wollte schon wieder umkehren und zu dem kleinen Hain vorangehen, als ihr Blick an Gigga hängen blieb und sie erstarrte.

„Gigga ist meine Cousine. Sie hat mir geholfen, dem Volk meines Vaters zu entkommen, und war mir in der See eine wertvolle Verbündete."

Chapman seufzte. „Dafür habe ich jetzt keine Zeit. Wird sie mich umbringen, sobald ich ihr den Rücken zudrehe?"

Ich gab die Frage an Gigga weiter, die die Unterstellung mit einem angewiderten Zischen quittierte.

„Das wird sie nicht", übersetzte ich. Dann hastete ich auf das Wäldchen zu. Gigga konnte mühelos mit mir mithalten und Chapman folgte in einigem Abstand. Aber die Gahnala holte uns rasch ein, nachdem wir die *babkit*-Bäume erreichten. Zoey hatte sich immer noch nicht geregt, lag vollkommen schlaff in meinen Armen. Doch ich spürte, wie sich ihre Brust an meiner regelmäßig hob und senkte. Und das gab mir Hoffnung, dass meine zerbrechliche kleine Gefährtin überleben würde.

„Sag mir, was ich tun soll", wandte ich mich halb befehlend, halb flehend an die Gahnala.

„Hol mehr Äste. Wir brauchen ein Feuer", erwiderte sie.

Ich bettete Zoey behutsam auf den Boden und wollte sie keinen Moment aus meinen Armen entlassen. Doch ich vertraute darauf, dass Chapman wusste, was zu tun war. Mit meinen Klauen riss ich mehrere *babkit*-Äste von den Bäumen. Als ich mich umdrehte, um nach Zoey zu sehen, zog Chapman ihr gerade die durchnässte Kleidung aus. Mit zusammengebissenen Zähnen riss ich den Blick von ihr los, denn es entsetzte mich, wie leblos Zoey immer noch erschien. Stattdessen beschäftigte mich damit, die Feuersteine aus unseren Habseligkeiten herauszusuchen und einen Funken zu entzünden.

Gigga beobachtete alles stumm aus den Schatten heraus.

Als das Feuer aufloderte, kehrte ich an die Seite meiner Gefährtin zurück und fühlte mich so hilflos wie nie zuvor. Das gefiel mir überhaupt nicht.

Die Gahnala zog Zoey frische, trockene Kleidung an.

„Hilf mir mal", ächzte sie, während sie sich damit abmühte, Zoey die Beinkleider über die feuchte Haut nach oben zu zerren.

Sofort ging ich in die Hocke, nahm den Stoff vorsichtig zwischen die Fingerspitzen, damit er nicht riss, und half der Gahnala dabei, ihn nach oben zu ziehen. Da Zoey jetzt (bis auf ihre Fußschalen) vollständig bekleidet war, trugen wir sie näher ans Feuer. Ich schmiegte mich an sie, sodass mein Körper sowohl ein behagliches Nest als auch einen schützenden Schild für meine Gefährtin darstellte. Ihre *Brille* war in ihren Zöpfen hängen geblieben, also zog ich sie behutsam heraus, wobei ich sorgfältig darauf achtete, mit meinen Klauen keine der Strähnen abzutrennen oder an ihnen zu zerren. Als ich die winzige *Brille* schließlich aus ihren Haaren befreit hatte, legte ich sie neben uns auf den Boden.

„Das Feuer ist ein Risiko, aber ich fürchte, wir haben keine andere Wahl", sagte Chapman und mit Blick auf die Flammen. „Wir müssen einfach aufpassen, dass es nicht zu groß wird."

„Wo sind die anderen?", erkundigte ich mich, denn mir fiel erst jetzt auf, dass Galok und Gahn Taliok abwesend waren.

Chapman zog die Augenbrauen zusammen und seufzte wütend. „Was glaubst du denn? Sie sind auf der Suche nach Zoey. Aber wir hatten ausgemacht, dass wir uns wieder hier treffen, wenn es dunkel wird. Sie sollten also bald zurück sein."

Die Nacht war mittlerweile hereingebrochen und das Feuer spendete das einzig sichtbare Licht weit und breit. Sein flackernder Schein tanzte über Chapmans und Giggas Gestalt und hob die Unterschiede zwischen uns noch einmal deutlicher hervor. Doch das kümmerte mich gerade nicht. Ich beobachtete nur das unstete Flackern auf dem reglosen Gesicht meiner Gefährtin.

Geräusche von außerhalb des Hains versetzten uns alle in Alarmbereitschaft. Gigga wirbelte fauchend zu den Schatten herum und ließ sich auf alle viere sinken. Chapman sprang auf und spähte mit verengten Augen in die Dunkelheit, und ich rollte mich fester um Zoey zusammen.

Die Gahnala entspannte sich. „Es sind nur die anderen", stellte sie fest.

„Das sind die Sandmeer-Krieger, meine Verbündeten",
ließ ich Gigga wissen. Ihr Blick huschte zu mir, aber sie behielt ihre Verteidigungshaltung bei.

Taliok und Galok kamen in Sicht und Gigga kauerte
sich noch tiefer zu Boden und starrte misstrauisch zu ihnen
hinauf. „Diese Kreaturen unterscheiden sich so sehr von mir.
Und sogar von dir", bemerkte sie.

Gahn Taliok und Galok erstarrten, als sie sie erblickten,
und griffen nach ihren Klingen.

„Halt!", sagte ich und richtete mich halb auf.

Die beiden Männer wandten sich mir zu. „Zoey! Ihr
habt sie gefunden!", rief Galok und steckte als Erster seine
Waffe weg. Er ging neben uns auf die Knie und betrachtete
sie. „Schläft sie?"

„Sie ist bewusstlos. Sie hat versucht, aufs Meer
rauszuschwimmen und Kor zu finden", erklärte Chapman.
Mir gefiel der vorwurfsvolle Unterton in ihrer Stimme nicht.

„Meine Gefährtin ist keine Närrin. Sie ist nicht
geschwommen. Sie nutzte ein Gebilde aus *babkit*-Ästen. Ein
Gebilde, das sie gewiss mit ihren eigenen geschickten Händen gebaut hat."

Die Gahnala zog überrascht die orangeroten Augenbrauen nach oben. „Wirklich? Na ja, sie ist Ingenieurin. Ich
bin gar nicht auf die Idee gekommen, dass sie so was
vorhaben könnte. Was ist da draußen passiert?"

Taliok und Galok setzten sich zu uns, während Gigga
in geduckter Haltung auf der anderen Seite des Feuers blieb
und alles wachsam beobachtete.

Rasch erzählte ich meine Geschichte – wie ich das Volk
meines Vaters gefunden hatte. Wie sie mich gefangen

genommen hatten. Wie meine Cousine Gigga mir als Einzige Glauben geschenkt und mir bei der Flucht geholfen hatte. Und wie sie dem *hok* den Todesstoß versetzt hatte, als wir auf Zoeys zerstörtes Floß gestoßen waren.

Nachdem ich ausführlich berichtet hatte, worum es sich bei dem *hok* handelte, musterten die Männer Gigga mit einer Mischung aus Anerkennung und Argwohn. Anerkennung für ihre Tapferkeit und ihre Stärke. Argwohn, weil das bedeutete, dass sie uns alle in Stücke reißen könnte, wenn sie denn wollte.

„Tja, ich bin jedenfalls sehr froh, dass euch beiden nichts passiert ist", sagte Chapman. „Zwischendurch sah es echt düster aus. Für euch beide."

Ich schob die finsteren Gedanken von mir und konzentrierte mich nur auf meine Gefährtin. Und kurz darauf nahm ich wahr, wie sie sich wieder rührte.

Erleichterung und Freude raubten mir den Atem. Ich beobachtete, wie Zoeys umkränzte Augenlider flatterten, und machte mir bewusst, welch Wunder es war, sie in den Armen halten zu können.

Doch dann wurde ich von ihr abgelenkt, weil meine Cousine sich erhob, woraufhin die Sandmeer-Krieger sich wieder versteiften.

„Ich habe genug gesehen, um sicher sein zu können, dass deine Erzählungen über dieses Land und seine Bewohner der Wahrheit entsprechen, Kor. Ich habe beschlossen, die Bedrohung ernst zu nehmen, von der du berichtet hast. Nun, da ich den Beweis für deine Worte mit eigenen Augen gesehen habe, werde ich umgehend zu meinem Vater zurückkehren und ihn darüber in Kenntnis setzen."

„Er hat dir zuvor kein Gehör geschenkt, als er mich einsperren ließ. Warum sollte er das jetzt tun?", fragte ich sie.

„Weil mein Vater weiß, dass ich ihn niemals anlügen würde. Als ich seinen Wachen gegenüber die Unwahrheit gesagt habe, um dich zu sehen und dann zu befreien, habe ich mich ihm damit zum allerersten Mal widersetzt. Und als ich das letzte Mal gesagt habe, dass ich dir glaube, habe ich ihm nur meine Meinung mitgeteilt. Ich habe deine Worte für wahr gehalten, hatte aber keinerlei Beweise. Die habe ich jetzt. Er wird hören wollen, was ich zu sagen habe. Wenn er einsichtig ist, komme ich für weitere Verhandlungen mit ihm hierher zurück. Und ich werde alles daran setzen, ihn zur Einsicht zu bewegen."

Sie begab sich an den Rand des Wäldchens.

„Ich bin eine gute Schwimmerin, viel schneller als du. Sollte mein Vater einwilligen, mich hierher zu begleiten, werden wir im Morgengrauen zurück sein." Ihr fester Blick fand meinen und wurde noch durchdringender. „Du hast mein Volk und mein Leben in Aufruhr versetzt, Kor. Doch ich bin trotzdem froh, dich kennengelernt zu haben, werter Cousin."

„Ich empfinde genau so", erwiderte ich. „Danke für alles, was du für mich getan hast."

Sie schlug noch einmal mit dem Schwanz, drehte sich um und verschwand in den Schatten.

„Was hat sie gesagt? Wo geht sie hin?", wollte Chapman wissen.

„Da sie nun gesehen hat, dass meine Worte der Wahrheit entsprochen haben, kehrt sie zum Volk meines Vaters zurück. Sie wird sich bemühen, bei Tagesanbruch mit ihrem Anführer, meinem Onkel, wieder zu uns zu stoßen."

„Dann bleiben wir noch eine weitere Nacht hier. Deine Gefährtin braucht Ruhe, genau wie du", sagte Gahn Taliok.

Und in diesem Moment öffnete Zoey endlich, *endlich* die Augen und ihr Blick fand meinen.

„Kor", krächzte sie und ich drückte sie ächzend an mich. Alles andere verschmolz mit den Schatten. Sogar das Feuer entschwand meiner Wahrnehmung. Nichts war mir mehr wichtig.

Nichts außer ihr.

KAPITEL SIEBENUNZWANZIG

Zoey

ALS ICH ALLMÄHLICH zu mir kam, fühlte ich als Erstes das Schaukeln der Wellen. Angst durchflutete mich. *Ich bin noch auf dem Floß. Draußen auf dem Wasser. Ich muss Kor finden ...*

Ich versuchte, die Augen zu öffnen und mich zu orientieren. Aber meine Augenlider waren so verflucht schwer. Das Schaukeln setzte sich fort, doch aus irgendeinem Grund wurde es langsamer. Schwächer. Und dann bemerkte ich ein schweres Gewicht an meiner Seite. Starke Arme, die mich hielten. Ein kräftiger Schwanz, der sich an meine Wirbelsäule drückte.

Mir war *warm*. Das Schaukeln hörte auf und mit größer Mühe öffnete ich schließlich die Augen.

Und, *Dieu merci*, da war Kor. Ich lag auf dem Boden, sein Gesicht war meinem ganz nah und sein Körper hüllte mich ein.

„Kor", brachte ich mühsam hervor. Meine Kehle fühlte sich staubtrocken an. Er war hier. Hatte ich ihn wirklich gefunden?

Oder war uns etwas zugestoßen?

War ich tot? Waren wir beide tot? *Was soll's. Wir sind zusammen. So oder so habe ich den Weg zurück zu ihm gefunden.*

Aber als ich Chapmans Stimme irgendwo über mir hörte, wurde mir klar, dass ich nicht gestorben war. Ich war zurück bei den anderen. Aber wie ...?

„Schnell, gib ihr das. Und pass auf, dass sie es auch wirklich trinkt."

Ich rümpfte die Nase, als Kor mir eine geöffnete *valok*-Pflanze an die Lippen hielt. Bei der Vorstellung, etwas zu essen oder zu trinken, protestierte mein Magen heftig. Nein, ich wollte einfach nur hier liegen bleiben und meine Kopfschmerzen in Kors Armen auskurieren.

„Trink etwas, meine Zarte." Kors drängender Tonfall brachte mich dann doch dazu, den Mund zu öffnen. Er schob mir den Rand des *valok* zwischen die Lippen und ich schluckte den Inhalt zögerlich herunter.

„Und jetzt das hier", hörte ich Chapman sagen. Ich sah sie immer noch nicht. Kor war alles, was ich vor mir wahrnahm. Und wenn ich ehrlich war, wollte ich auch gar nicht mehr.

Kor drückte mir ein kleines Stück Räucherfleisch an die Lippen. Ich protestierte leise und drehte den Kopf weg, doch er ließ nicht locker.

„Du musst etwas essen, meine Gefährtin. Du *musst*." Seine Worte wurden zu einem heiseren Flehen. Müde öffnete ich den Mund, nahm das Fleisch an, kaute langsam und zwang mich zu schlucken. Gleich darauf drängte Kor mir noch ein Stück auf, und dann noch eins.

„Okay, mehr schaffe ich nicht. Wirklich", sagte ich matt. „Hilf mir mal beim Aufsetzen, ja?"

Kors starke Arme hoben mich mühelos in eine sitzende Position. Er rückte mich zwischen seinen Beinen zurecht, sodass ich mich gegen seine Brust lehnen konnte.

Ein kleines Feuer erhellte das *babkit*-Wäldchen, was mir bestätigte, dass ich es tatsächlich irgendwie hierher geschafft hatte.

„Was ist passiert?", fragte ich. Meine Zunge fühlte sich schwer an und mein Kopf wie in Watte gepackt.

„Du bist auf einem selbst gebauten Floß zu einem Himmelfahrtskommando in unbekannten Gewässern losgezogen, das ist passiert", sagte Chapman und durchbohrte mich mit ihrem finsteren Blick. „Du hast dich in der Hitze auf dem Wasser verausgabt, dann bist du fast ertrunken und hast irgendwann das Bewusstsein verloren."

Die Erinnerung kehrte zurück, aber nur ganz langsam, wie verschwommene Überbleibsel eines Traums.

Als die Bilder in meinem Kopf klarer wurden, schnappte ich nach Luft und drehte mich zu Kor um. „Du hast mich gefunden! Und da war dieses Tentakel-Ding ... der *hok*."

„Ja", antwortete Kor und verdammt, das Grollen an meinem Rücken zu spüren, war so tröstlich. Ich kuschelte mich fester an ihn, während er weitersprach. „Gigga hat mir geholfen, der Gefangenschaft auf der Insel zu entfliehen. Auf dem Rückweg hierher stießen wir auf den *hok*. Wir waren froh, dass er sich von uns entfernte. Bis ich dich auf deinem kleinen Gebilde auf den Wellen erblickt habe."

Daran erinnerte ich mich jetzt. An die Angst, als das riesige Seeungeheuer auf mich zukam.

„Es war ein wunderschöner und zugleich furchtbarer Moment. Dass ich dich dort sah, so nah bei mir, hat mein Herz mit Freude erfüllt. Aber als ich beobachten musste, wie der *hok* Kurs auf dich nahm ..."

Er stockte und ich ließ einen langsamen Atemzug entweichen. „Es tut mir leid", sagte ich. Es musste schrecklich gewesen sein, mich in so einer Gefahr zu wissen.

„Alles ist gut gegangen, meine Zarte. Ich habe dem *hok* eine Wunde beigebracht, doch als ich dich ins Wasser fallen sah, musste ich dich retten. Gigga hat die Bestie erlegt."

Ich setzte mich auf und schaute mich suchend nach ihr um, doch sie war nirgends zu sehen. „Wo ist sie denn?"

Kor erzählte mir alles, was ich verpasst hatte – wie sein Besuch auf der Insel abgelaufen war und dass seine Cousine sich noch einmal daran versuchte, ihren Vater zum Umdenken zu bewegen.

Ich kaute auf meiner Unterlippe herum und ließ mir alles in Ruhe durch den Kopf gehen. Dann hob ich den Kopf und bemerkte, dass Chapman, Gahn Taliok und Galok mich anstarrten. „Es tut mir leid, dass ich allein losgezogen bin und euch einen Schreck eingejagt habe. Aber ich ... ich konnte einfach nicht ohne Kor gehen. Nicht, ohne etwas zu unternehmen. Irgendetwas." Ich verstummte unter den eindringlichen Blicken der anderen.

Galok lächelte. „Wir waren unglücklich darüber, dass du dich in Gefahr begeben hast. Aber niemand hier kann behaupten, sie hätten für den eigenen Gefährten oder die eigene Gefährtin in dieser Situation nicht genau dasselbe tun wollen."

Taliok brummte zustimmend, während Chapman seufzte und widerwillig nickte. „Aber so was ziehst du nicht noch mal ab, klar? Kor ist zurück und ab jetzt bleiben wir alle zusammen. Mann, irgendwann krieg ich wegen euch noch ein Magengeschwür."

Ich rang mich ein mattes Lachen ab.

„Du solltest noch etwas essen und dann schlafen", wies Chapman mich an.

Angewidert beäugte ich das Fleisch, das sie mir hinhielt, nahm es aber trotzdem und steckte es mir lustlos in den Mund. Natürlich hatte sie recht. Ich musste wieder zu Kräften kommen, wenn wir uns morgen auf den Rückweg zu den Klippen machen wollten. Ich wollte sie nicht noch mehr aufhalten als ohnehin schon.

Gahn Taliok trat das Feuer aus, sodass das flackernde Licht Stück für Stück erlosch.

„Komm, Zoey", sagte Kor, zog mich mit sich zu Boden und bildete einen schützenden Kokon um mich. Zufrieden seufzend schwelgte ich in dem Gefühl, in seinen Armen zu liegen, von seiner unnachgiebigen Stärke umgeben zu sein. Er war zurück. Wir waren wieder zusammen. Egal, was uns jetzt noch erwartete, wir würden uns dem gemeinsam stellen.

Ich behielt die Augen so lange wie möglich offen, betrachtete Kors Gesicht, seine Stacheln, seine Brust und seinen Bauch. Mit den Fingern strich ich über seine raue Haut und schmiegte mich an ihn, während ein Teil von mir immer noch nicht fassen konnte, dass er wirklich hier war. Deswegen wollte ich unbedingt wach bleiben, aber dafür war ich viel zu erschöpft. Also rollte ich mich eingehüllt in Kors Liebe zusammen und schlief ein.

Als ich wieder wach wurde, war Kor immer noch da. Das erste Licht der Dämmerung schimmerte durch die Bäume und verwandelte seine Gestalt in eine geisterhafte Silhouette. Ich rutschte noch näher an ihn heran, legte ein Bein über seine Hüfte und drückte mich fest an ihn. Eine Hand legte ich auf seine Brust und das herrliche Gefühl, ihn atmen zu spüren, trieb mir Tränen in die Augen. Dann wurden seine Atemzüge unregelmäßiger und er öffnete die Augen.

„Wie fühlst du dich?", fragte er und spielte mit einem meiner Zöpfe.

„Viel besser", flüsterte ich. So furchtbar ich es zu dem Zeitpunkt auch gefunden hatte, Chapman hatte definitiv recht damit gehabt, mich zum Essen zu zwingen. Das und eine Mütze voll Schlaf hatten dafür gesorgt, dass ich heute zwar Muskelkater, aber schon sehr viel mehr Energie hatte.

„Das ist gut", murmelte Kor. Eine seiner Hände wanderte von meiner Schulter hinunter zu meiner Hüfte und drückte sie leicht. Ich keuchte, als sich sein Schaft gegen meinen Bauch drängte. Instinktiv griff ich nach der dunklen Länge und genoss, wie sie unter meiner Berührung noch härter wurde.

„Solltest du dich noch unwohl fühlen und mehr Ruhe brauchen ..."

Ich schnitt ihm das Wort ab. „Nein. Mir geht's gut."

Doch so heftig das Verlangen nach ihm plötzlich in mir aufwallte, ich brauchte dabei ganz bestimmt kein Publikum und würde sicher nicht vor allen anderen mit ihm vögeln.

„Komm mit", forderte ich ihn auf und erhob mich. Kor folgte mir sofort. Mein Blick wanderte über seine beeindruckende Gestalt und blieb an seinem aufgerichteten dunklen Schaft hängen.

Ich griff nach seiner Hand und führte ihn aus dem Schatten der Bäume, weg von unseren schlafenden Freunden. Ein Stück von dem Hain entfernt blieben wir an einer Stelle, die von einem großen Felsblock abgeschirmt wurde, stehen. Ich zog seine Hand zu mir, sodass ich seinen Arm um mich legen und mich mit dem Rücken an Kors Brust schmiegen konnte. Sein Schaft zuckte an meinem Rücken und mit einer ungestümen Bewegung, die mich unendlich erregte, riss er mir die Hose runter und drängte sich an meine heiße Pussy.

„Noch nicht", stöhnte ich, auch wenn sich diese Worte wie Verrat an meinem Körper anfühlten. Denn der wollte ihn, und zwar auf der Stelle. Aber er war immer noch verdammt riesig und ich hatte mich noch nicht mal annähernd an seine Größe gewöhnt. Ich hielt seinen Arm fest an meine Brust gedrückt, während ich seine freie Hand zwischen meine Beine führte und sanft eine seiner großen Fingerkuppen an meine Klit legte.

„Rühr dich nicht", flehte Kor gequält. „Meine Klauen ..."

„Ich vertraue dir", hauchte ich und meine Worte gingen in ein Stöhnen über, als Kor die raue Fingerspitze bewegte. Er ging langsam vor, probierte herum, umkreiste und streichelte meine Klit. Dann glitt sein Finger vorsichtig tiefer und weiter nach hinten.

„So feucht", stieß er hervor und ich bäumte mich auf, als sein Finger sich gegen meinen Eingang drückte. Alles in mir schrie danach, mich ihm entgegenzudrängen, damit er in mich eindrang, doch das war wegen seiner Krallen eine furchtbare Idee. Also blieb ich stocksteif und mit zitternden Muskeln stehen, während Kor über meine Schamlippen strich. Dann widmete er sich wieder meiner Klit und ich schrie auf, als er etwas mehr Druck darauf ausübte. Die Berührung vibrierte durch meinen ganzen Körper – von einem Punkt tief in mir an meiner Wirbelsäule hinauf und bis hinunter in meine Zehenspitzen. Jede Zelle war von ihm erfüllt.

„Als ich in dieser finsteren Höhle eingesperrt war", raunte Kor, während die Bewegungen seiner Finger leidenschaftlicher wurden, „war das Einzige, was mir Kraft gab, der Gedanke an dein Gesicht. Und an deinen Körper ..."

„Oh Gott, *Dieu*", keuchte ich und lehnte den Kopf nach hinten an seine Brust. Dass er sich so verzweifelt nach mir sehnte und mich gleichzeitig so begehrte, trieb meine Erregung noch einmal in die Höhe.

„Du bist mein Traum. Mein Schicksal. Der einzige Stern, dessen Licht ich je folgen werde. Dem ich je huldigen werde."

Seine Worte hallten durch meinen Körper und weckten ein Pulsieren zwischen meinen Beinen, das die Wellen der Lust noch höher aufbranden ließ.

„Ich bin soweit", seufzte ich hungrig und schob seine Finger von meiner feuchten Haut weg. Ich war so verflucht nah dran. Und ich wollte erst kommen, wenn er in mir war.

Kor unterdrückte ein heiseres Knurren und drängte erneut seine Spitze gegen meinen Eingang. Automatisch kam ich ihm entgegen, weil mein Verlangen mir mittlerweile den Verstand raubte. Meine Feuchtigkeit traf auf seine und ebnete den Weg. Ich stieß einen langen Atemzug aus und Kor drang in mich ein, so verdammt langsam, Zentimeter um Zentimeter seines heißen, großen Schafts. Er zog sich wieder zurück und mein Mund öffnete sich zu einem lautlosen Stöhnen, als er wieder in mich hineinglitt, etwas tiefer als zuvor.

Er packte mich an den Hüften und mit einem Ächzen sank ich nach vorn, um mich an dem Felsblock abzustützen. Mit dieser neuen Haltung war der Winkel für seine Länge geradezu perfekt. Er zog sich noch einmal zurück und stieß weiter vor. Ich wimmerte. Und dann fanden seine Bewegungen einen langsam Rhythmus.

Es war zu viel. Und dann doch wieder nicht. Es war genau das, was ich brauchte. Von ihm ausgefüllt zu werden. Auf jede nur erdenkliche Art von ihm eingenommen zu werden.

„Fass dich an", knurrte er und der Befehl schickte unerwartet ein lustvolles Ziehen durch meine Klit. „Ich würde es selbst tun, aber ich bezweifle, dass ich meine Klauen in diesem Moment unter Kontrolle hätte ..." Nur Kor konnte etwas wie den Befehl, es mir selbst zu besorgen, in etwas Rücksichtsvolles und, ehrlich gesagt, ziemlich Süßes verwandeln.

Ich gehorchte, konnte gar nicht anders. Fasziniert spürte ich der aufflammenden Lust nach, die seine Stöße zusammen mit meinen eigenen Fingern immer weiter anfachten.

Kors Bewegungen wurden härter, schneller, reichten tiefer. Mein Atem wurde zu flachem Keuchen, als die nachgiebigen Stacheln am Ansatz seines Schafts über meine empfindliche Haut rieben. Dieser zusätzliche Reiz schickte mich über die Klippe. Ich warf den Kopf in den Nacken und stöhnte auf, während ich mich so fest um ihn zusammenzog, wie ich es nicht für möglich gehalten hätte.

„Ja!", zischte Kor und auch ohne ihn zu sehen, wusste ich, dass er dabei die Fänge zusammenbiss. Meine Knie gaben nach, als er weiter in mich stieß, und er schlang wieder die Arme um mich, zog mich nach hinten und hielt mich aufrecht, während seine Hüften gegen meinen Hintern zuckten.

„Zoey", presste Kor erstickt hervor, doch dann versagte ihm die Stimme. Es schien das einzige Wort zu sein, das er zustande brachte, als die Lust ihn mit sich riss und er sich tief in mir ergoss. Hitze und Feuchtigkeit erfüllten mich und sein Schaft pulsierte in mir, während er sich immer wieder in mir versenkte, solange sein Höhepunkt anhielt. In seinen Bewegungen lag Verzweiflung – eine Verzweiflung, die ich nachvollziehen konnte. Wir hatten beide geglaubt, den anderen nie wiederzusehen. Deshalb war diese Vereinigung, diese Liebe, so hemmungslos, beinahe wie im Wahn.

Noch eine Weile kosteten wir den gleichmäßigen Rhythmus aus, bis Kor schließlich nach einem letzten Stoß stöhnend und völlig erschöpft zur Ruhe kam. Seine Brust hob sich heftig an meinem Rücken unter keuchenden Atemzügen, die meinen eigenen in nichts nachstanden. Mühsam öffnete ich die Augen. Die Sonne war mittlerweile ganz aufgegangen und tauchte die Ebene in blasses Morgenlicht.

Kor verlagerte das Gewicht und glitt aus mir heraus, was eine quälende Leere in mir hinterließ. Eine Leere, die nur er füllen konnte. Behutsam vergewisserte er sich, dass meine

Beine mich trugen. Als ich mich bückte, um mir die Hose wieder anzuziehen, hielt er mich auf und sank vor mir auf die Knie.

„Überlass das mir, meine Gefährtin", murmelte er und zog den Stoff vorsichtig hoch. Mir ging auf, dass mein Slip nass werden würde, sobald ich ihn anhatte, aber daran war wohl nichts zu ändern. Und es war so verflucht süß, wie Kor sogar versuchte, den Reißverschluss und den winzigen Knopf meiner Hose zu schließen. Die Wölbungen über seinen Augen zogen sich hoch konzentriert zusammen, während seine Klauen an dem Verschluss herumfummelten, der in seinen großen Fingern so lächerlich klein wirkte.

Lachend kam ich ihm zu Hilfe. „Schon okay. Wir sollten zurückgehen."

Ich wollte nicht zurückgehen. Ich wollte mich der Realität nicht stellen – der Gefahr und der Flucht vor den Feinden und einem Krieg, der uns drohte. Ich wollte einfach nur hier bei Kor bleiben, von seiner Liebe umgeben.

Aber egal, was auf uns zukam, wir waren jetzt wenigstens zusammen. Als Kor sich erhob und wieder über mir aufragte, legte ich den Kopf in den Nacken und sah zu ihm auf.

„Ich liebe dich", sagte ich sanft lächelnd. Dann nahm ich ihn an der Hand. „Gehen wir."

KAPITEL
ACHTUNDZWANZIG
Kor

WIR SCHAFFTEN ES NICHT bis zum Hain, in dem unsere Reisegruppe noch schlief. Denn auf dem Weg dorthin entdeckten wir vier dunkle, riesenhafte Gestalten, die den Wellen entstiegen und auf kräftigen, geschuppten Beinen durch die Brandung wateten.

Umgehend schob ich Zoey hinter mich und sah mich hastig um. Ich könnte sie auf die Arme nehmen und mit ihr in die mäßige Sicherheit des Wäldchens fliehen. Doch wenn die Neuankömmlinge die Verfolgung aufnahmen, würden sie mich vorher einholen. Gegen vier von ihnen konnte ich unmöglich bestehen. Und es bestand die Möglichkeit, dass sie in Frieden kamen – oder auch nicht.

Die Sonne stand in ihrem Rücken und blendete mich, sodass es mir schwerfiel, Einzelheiten zu erkennen, während sie sich dem Ufer näherten. Doch dann ließ mich Giggas Stimme erleichtert aufatmen.

„Kor, ich bin mit meinem Vater zurückgekehrt." Dann wandte sie sich an den Hakah, der neben ihr ging: „Sieh nur, Vater, was er berichtete, ist wahr. Du hast die Frau doch gesehen, die er hinter sich verbirgt, nicht wahr? Die so fremdartig aussieht? Das ist seine Gefährtin."

„Ich habe selbst Augen im Kopf, Gigga. Dräng mich nicht, ich habe dir deinen Verrat noch nicht verziehen."

Mit Verrat meinte er wohl ihre Hilfe bei meiner Flucht. Es tat mir leid, dass sie wegen mir in Schwierigkeiten steckte, doch ich hegte den Verdacht, dass sie sich vor jedem behaupten konnte, selbst vor ihrem übellaunigen Vater.

„Was ist los?", wollte Zoey wissen.

„Bleib hinter mir, meine Gefährtin. Lass mich mit ihnen reden." Ich hielt sie mit einer Hand fest hinter mir, während die vier Bewohner der Bittersee das Wasser verließen. Nun verschleierte mir die Sonne nicht mehr die Sicht. Gigga und der Hakah befanden sich in der Mitte der kleinen Gruppe und wurden von zwei weiteren Kriegern flankiert, die mir nicht bekannt vorkamen. Die Schuppen des linken hatten die Farbe von Sand und seine Stacheln waren von dunklem, glänzendem Braun. Der andere zur Rechten schimmerte so grün wie ein *brazel*-Vogel und seine Schuppen leuchteten geradezu im Licht der Sonne. Die Gruppe blieb vor uns stehen.

„Versichert mir, dass ihr meiner Gefährtin und mir keinen Schaden zufügen wollt", knurrte ich und in meiner Stimme schwang eine düstere Warnung mit.

Der Hakah erwiderte das Knurren, gab letztendlich jedoch nach. „Nachdem mir meine Tochter die Kunde von diesem Ort und den Leuten hier überbracht hat, musste ich es mit eigenen Augen sehen. Ist dies geschehen, können wir uns ausführlicher über die Bedrohung unterhalten, von der du ihr berichtet hast. Von diesem Krieg, der sich deiner Meinung nach ankündigt."

Ich reagierte zurückhaltend auf seine Worte, denn ich erinnerte mich noch gut daran, wie er mich bei unserer letzten Zusammenkunft als Schwächling und Lügner beschimpft hatte. Wie er meine Gefangennahme angeordnet hatte. Doch Gigga hatte mir versichert, dass er für gewöhnlich ein weiser und umsichtiger Anführer war. Und bisher hatte sie mir keinen Grund gegeben, ihrem Urteil zu misstrauen.

„Worum geht es gerade?", flüsterte Zoey an meinem Rücken.

„Ich vergewissere mich, dass sie in Frieden kommen", erklärte ich ihr. Langsam zog ich sie hinter meinem Rücken hervor. Es widersprach jedem meiner Instinkte – am liebsten hätte ich sie schnellstmöglich von hier weggebracht, weit fort von ihnen. Doch irgendwann würden sie sie ohnehin zu Gesicht bekommen. Und wir mussten die Gruppe womöglich auch zu den anderen ins Lager mitnehmen.

Bei Zoeys Anblick fauchten die drei Männer und versteiften sich. Gigga beobachtete das Geschehen reglos.

„Du hattest recht, Tochter. Sie sieht merkwürdig aus. Ein neues Volk auf dem Angesicht dieser Welt." Der Hakah richtete den Blick seiner blauen Augen auf mich. „Du sagtest, deine Mutter, die Gefährtin meines Bruders, sei auch nicht von unserem Volk. Ist sie wie diese Frau?"

„Nein. Meine Mutter stammt aus dem Sandmeer. In unserem Lager halten sich zwei Sandmeer-Krieger auf. Sie sind bereit, ein Treffen abzuhalten, wenn ihr weiterhin den Frieden wahrt."

Der Hakah brummte widerwillig und ohne uns aus den Augen zu lassen, näherten wir uns langsam dem *babkit*-Hain.

Noch im Näherkommen rief ich eine Warnung, damit niemand aufgescheucht wurde. „Gahn Taliok! Galok! Gahnala Chapman! Ich kehre mit einer Gesandtschaft aus der Bittersee zurück." Mehr sagte ich nicht dazu. Ich konnte keine Sicherheit versprechen, weil ich davon selbst noch nicht überzeugt war. Allerdings ermutigte mich Giggas Anwesenheit. Trotzdem drückte ich Zoey fest an meine den anderen abgewandte Seite.

Zwischen den Bäumen erkannte ich Bewegung und dann traten die drei uns entgegen. Beim Anblick der Fremden – den vier riesigen Kreaturen aus der See – erstarrten sie. Galok und Gahn Taliok griffen nach ihren Waffen, zogen sie jedoch nicht.

Wieder fauchten die Bittersee-Krieger erstaunt, als sie dieses für sie neue Volk erblickten.

„Dies ist Galok. Der dort drüben mit den Narben ist Taliok. Er ist ein Gahn, ein Anführer, ähnlich wie ein Hakah. Die Frau hier ist die Gefährtin eines anderen Gahns. Gahnala Chapman", erklärte ich der Gruppe.

Der Hakah ließ einen geräuschvollen Atemzug entweichen. Dann drehte er den gewaltigen Kopf in meine Richtung. „Wenn du sprichst, erinnerst du mich an meinen Bruder."

Als er sich an unsere Freunde wandte, übersetzte ich die nächsten Worte des Hakahs für sie.

„Ich habe genug gesehen, um die Wahrheit in Kors Worten zu erkennen. Ich glaube nun, dass er der Sohn meines Bruders ist, des verschollenen Kriegers Kon. Und ich komme in Frieden, solange ihr es ebenso haltet, um über die Bedrohung zu sprechen, die uns allen bevorstehen soll."

Chapman, Gahn Taliok und Galok tauschten Blicke miteinander. Schließlich ergriff Gahn Taliok das Wort. „Wir begegnen euch ebenfalls in Frieden. Lasst uns in den Schutz der Bäume zurückkehren, wo wir unser Lager aufgeschlagen haben. Nicht alle Sandmeer-Krieger heißen unsere Anwesenheit auf dieser Ebene willkommen heißen."

Ich übersetzte rasch und bemerkte, wie sich alle vier Gesandten der Bittersee angespannt umschauten.

„Kommt", drängte ich sie. „Der Gahn sagt die Wahrheit. Zwischen den Bewohnern der Wüste gibt es viele Fehden und wir haben uns in feindliches Gebiet begeben, um zu euch zu gelangen."

Schnell zog sich die ganze Gruppe in die Schatten der Bäume zurück. Niemand setzte sich, wir blieben alle einander zugewandt: Zoey, Chapman, Galok und Taliok auf der einen Seite, die Bittersee-Krieger auf der anderen. Ich positionierte mich in der Mitte, immer bereit, meinen Körper als schützenden Schild für Zoey einzusetzen, falls irgendetwas schiefging.

Mithilfe meiner Übersetzung berichteten wir dem Hakah und seiner Gruppe von der Ankunft der neuen Frauen und von unserer Befürchtung, dass ihr Volk bewaffnet zurückkehren könnte.

„Sie wollen den Kell den Tod bringen!", zischte der Hakah angewidert. Ich konnte es ihm nicht verdenken. Allein der Gedanke verstieß gegen unser Allerheiligstes.

„Davon sind die neuen Frauen überzeugt, ja. Dass ihr Volk den Kell Schaden zufügen will – und auch den Kell des Sandmeers, die dort Lavrika genannt werden."

„So etwas darf nicht geschehen. Wir werden es nicht zulassen!", knurrte der Hakah.

Die beiden Krieger stimmten lautstark zu und schlugen sich auf die Wölbung über ihren Augen, was meine Freunde zusammenzucken und mir verwirrte Blicke zuwerfen ließ. Ich erklärte ihnen die Bedeutung der Worte und Gesten, bevor irgendjemand voreilige Schlüsse zog.

„Deshalb haben wir euch aufgesucht", fuhr ich fort. „In der Hoffnung, so viele Verbündete wie möglich für diesen Kampf zu gewinnen. Um diese Welt zum Wohle aller zu beschützen."

Mein Onkel bedachte mich mit einem langen, durchdringenden Blick. „Wenn das, wovon du berichtest, tatsächlich eintritt, werden wir uns dem Kampf anschließen, das versichere ich dir. Aber wann wird es dazu kommen? Wie wollt ihr dagegen vorgehen?"

„Das wissen wir noch nicht", antwortete Chapman, nachdem ich seine Worte übersetzt hatte. „Im Moment lagern drei verbündete Sandmeer-Clans an einer zentralen Stelle in der Wüste. Wir hatten gehofft, ihr könntet zu uns stoßen."

„Wir sollen in die Wüste ziehen?" Der Hakah machte große Augen. „Ich werde meinem Volk nicht einfach so die Heimat nehmen. Nein, wir werden es anders angehen. Ich werde Gigga zurück zu meinem Volk schicken, damit sie ihnen davon berichtet, was hier geschehen ist. Sie ist wortgewandt und wird die Nachricht angemessen übermitteln.

Nicht wahr?" Er richtete den Blick eindringlich auf seine Tochter, die ihn gelassen erwiderte.

„Das werde ich", versicherte sie ihm.

„Gut. Gigga wird sich wieder bei uns einfinden und meine zwei Krieger und ich werden euch auf der Rückreise begleiten. Ich möchte weitere Mitglieder dieser Clans kennenlernen. Ich möchte die Klippen mit eigenen Augen sehen und mehr über euch und euer Volk erfahren, bevor ich eine endgültige Entscheidung treffe."

Chapman und die anderen berieten sich leise. Schließlich nickte die Gahnala. „Wir stimmen euren Bedingungen zu. Solange ihr einwilligt, keine Gewalt gegen uns anzuwenden, dürft ihr uns als Verbündete begleiten und bekommt Zutritt zu unserem Lager."

Ich schaute zwischen den beiden Gruppen hin und her, während ich übersetzte. Noch wollte ich Zoey nicht loslassen, aber ich erlaubte mir, mich etwas zu entspannen, nur ein kleines bisschen. Es schien, als würden alle zaghaft Vertrauen zueinander fassen. Vielleicht konnte diese Mission tatsächlich gelingen …

Doch diese Illusion war dahin, als sich plötzlich Schritte näherten. Alle Anwesenden fuhren erschrocken herum.

„Was ist das, eine Falle?", knurrte mein Onkel und stellte instinktiv die Stacheln auf. Sofort zogen Taliok und Galok die Waffen. Ich riss Zoey an meine Seite und entfernte mich rückwärts von der Gruppe. Ihre Sicherheit war alles, was zählte. Doch Zoeys Stimme ließ mich innehalten.

„Wartet!", rief meine Gefährtin. „Das ist Jara!"

KAPITEL NEUNUNDZWANZIG

Zoey

JARA BETRAT DAS WÄLDCHEN und blieb wie angewurzelt stehen. Ich konnte ihr ansehen, was ihr gerade durch den Kopf ging – Überraschung, als sie die kleine Versammlung sah, Erleichterung und Freude, als sie Kor wohlbehalten an meiner Seite entdeckte. Und dann bemerkte sie die anderen. Ihr Blick fiel auf den größten der Neuankömmlinge, Kors Onkel, und ihre Miene wurde komplett ausdruckslos, während ihre Sichtsterne sich zu einem feinen Nebel in ihren dunklen Augen zerstäubten. Sie wirkte, als hätte sie einen Geist gesehen.

Kor sagte hastig ein paar Sätze in der Sprache der Bittersee. Bestimmt sagte er den Anwesenden, dass sie seine Mutter war, kein Feind und keine Bedrohung. Stacheln und Klingen wurden wieder weggepackt, doch eine gewisse Anspannung blieb.

„Kor, wer ist das?", fragte Jara mit hoher, angespannter Stimme.

„Mutter, das ist der Anführer der Bewohner der Bittersee. Er ist mein Onkel, der Bruder meines Vaters, Gog."

„Er sieht genau so aus wie ..." Ihr versagte die Stimme und sie konnte den Blick nicht von dem gewaltigen Echsen-Krieger abwenden. Schließlich brachte sie erstickt hervor: „Dein Vater."

Kor zog Jara an seine andere Seite. Ich griff um Kors Rücken herum und nach ihrer Hand. Erst zuckte sie zusammen, doch dann drückte sie meine Finger.

Kor sprach rasch mit den Bittersee-Kriegern, bevor er für uns übersetzte.

„Ich habe ihnen erzählt, dass du Kons Gefährtin warst. Der Hakah weiß nun, dass du die Letzte warst, die seinen Bruder lebend gesehen hat."

„Ja", bestätigte Jara mit etwas festerer Stimme. „Er war mein Gefährte. Der Vater meines Sohnes. Er kam aus den Wellen, um mich zu finden, und wir bauten uns gemeinsam ein Leben auf, bevor er starb. Er fand den Tod durch eine schwärende Wunde." Sie richtete ihre Worte direkt an den Hakah und ihr Blick wurde zunehmend klarer, während Kor übersetzte.

Gogs Nasenflügel blähten sich, während er das Gehörte einen Moment sacken ließ. Dann ergriff er das Wort.

„Mein Onkel sagt, dass er froh ist, endlich zu erfahren, was aus seinem Bruder geworden ist. Obwohl er nicht erwartet hat, so eine Geschichte jemals zugetragen zu bekommen. Er kann sie fast nicht glauben, doch unsere Anwesenheit ist Beweis genug."

„Soll er sie mal lieber glauben", murmelte Jara wütend. „Es ist die Wahrheit. So hat sich das Leben seines Bruders zugetragen. Ein Leben mit mir. Unser Schicksal war miteinander verwoben. Niemand kann es wagen, das zu leugnen."

In diesem Moment hatte ich so viel Mitgefühl mit Jara und verschränkte meine Finger mit ihren. Kurz darauf seufzte sie und löste sich aus unserer Gruppenumarmung.

„Ich sollte zurückkehren. Ich hatte nicht erwartet, hier jemandem zu begegnen. Schließlich wolltet ihr alle gestern schon aufbrechen, mit oder ohne Kor."

Ihr Lächeln wirkte glücklich und traurig zugleich, als sie ihren Sohn anschaute, meinen Gefährten.

„Ich bin so froh, dass du wohlauf bist, mein Sohn. Dich in Sicherheit zu wissen, wird den Abschied so viel erträglicher machen."

„Aber warum muss es überhaupt einen Abschied geben?", platzte ich heraus. „Warum kommst du nicht mit uns?"

Alle Blicke richteten sich auf mich, während Kor für die Bittersee-Krieger übersetzte.

„Dein Zuhause könnte bei uns sein. Du hast doch schon gesagt, dass dein Clan dich gar nicht richtig aufgenommen hat. Aber an den Klippen von Uruzai bist du willkommen. Glaub mir. Wir sind sowieso ein verrückter Haufen. Du würdest gut zu uns passen", ermutigte ich sie. Es fühlte sich falsch an, Jara hier zurückzulassen.

„Als Gahn eines der Clans lade ich dich dazu ein, uns zu begleiten", sagte Gahn Taliok.

„Als Gahnala schließe ich mich dem an", fügte Chapman hinzu.

Ich lächelte sie an und formte ein stummes „Danke" mit den Lippen. Meine Brust fühlte sich ganz eng an.

„Ich spreche für Gahn Buroudei und biete dir ebenfalls an, mit uns zu kommen, Jara", ergänzte Galok.

Kors Brust hob sich schwer und ich schmiegte eine Wange an seine Haut, während er die letzten Worte übersetzte. Vor nicht allzu langer Zeit hatten seine Mutter und er noch allein in der Wüste gelebt, als Ausgestoßene beider Völker. Jetzt hatten sie beide einen Platz im Leben, ein Zuhause, bei uns.

Jaras Blick schweifte über die Gruppe und landete dann auf Kor und mir. „Einverstanden. Ich werde mit euch gehen und die Klippen zu meinem neuen Zuhause machen. In der Nähe meines Sohnes und meiner neuen Tochter zu sein, ist mein innigster Wunsch."

Ich lächelte so breit, dass mir die Wangen wehtaten, als ich sie umarmte. Kor trat hinter mich und legte die langen Arme um uns beide. Ich schluchzte halb lachend, halb weinend.

Nie hätte ich gedacht, dass meine Familie mal so aussehen würde. Doch sie gehörten beide zu mir.

Und jetzt gingen wir alle gemeinsam nach Hause.

NACHWORT

Vielen Dank, dass du *Alien-Geächteter* gelesen hast! Ich hatte unglaublich viel Spaß beim Schreiben dieser Geschichte und hoffe, dass es dir beim Lesen genauso ging. In Band 6 ist als Nächstes Gahn Baldors Geschichte an der Reihe!

Um den Überblick über meine deutschen Veröffentlichungen nicht zu verlieren, meld dich gerne unter http://www.ursadaxwriting.com/deutsch für meinen deutschen Newsletter an.

GEFÄHRTINNEN DER SANDMEER-WARLORDS

Buch 1 ALIEN-TYRANN

Buch 2 ALIEN-ERZFEIND

Buch 3 ALIEN-WAISE

Buch 4 ALIEN-VEREHRER

Buch 5 ALIEN-GEÄCHTETER

Buch 6 ALIEN-KLINGE

www.ingramcontent.com/pod-product-compliance
Lightning Source LLC
Chambersburg PA
CBHW020428030726
47495CB00006B/1702